Gestern, Morgen, Für immer?

Sommertrilogie Band 1

Lily Winter

Lily Winter

Gestern, Morgen, Für immer?

Sommertrilogie Band 1

Roman

Impressum

Bibliografische Information der Deutschen Nationalbibliothek:
Die Deutsche Nationalbibliothek verzeichnet diese Publikation in der Deutschen
Nationalbibliografie; detaillierte bibliografische Daten sind im Internet über
http://dnb.dnb.de abrufbar.

Cover Design: Hannah Sternjakob

Herstellung und Verlag: BoD – Books on Demand, Norderstedt

ISBN: 978-3-7519-0636-4

PROLOG

Anna

Sein Zug kommt zu spät. Wie jedes Jahr oder, weil er immer einen Zug

später nimmt. So genau weiß ich das nicht. Es hat mich auch nie

interessiert. Jedes Jahr treffen wir uns hier, an diesem Ort irgendwo in

Nord-Rhein Westfalen. Er kommt aus Hamburg und ich komme aus

München. Also so ziemlich in der Mitte und irgendwie auch, weil wir

beide von hier stammen. Einmal im Jahr treffen wir uns hier. Einmal im

Jahr tischen wir unseren Ehepartnern und unseren Kindern eine Lüge auf.

Ich sage, dass ich zu einer Lehrerfortbildung fahre und er, dass er

geschäftlich wegmuss. Meiner Tochter sage ich, dass ich zu einer Freundin

nach Wiesbaden fahre, die ich noch aus dem Studium kenne und die auch

tatsächlich dort lebt. Wir telefonieren manchmal, mehr aber auch nicht.

Meine Tochter würde mir das mit der Lehrerfortbildung nie abkaufen.

Schon, weil sie auf dieselbe Schule geht wie ich. Zum Glück reden sie und

ihr Vater nur das Nötigste miteinander. Vielleicht ahnt sie auch etwas,

aber sie hat sich bis jetzt nie etwas anmerken lassen. Sie ist 12 und

normalerweise sehr kritisch. Plötzlich steht Ralf vor mir.

„Hallo Anna. Schön dich, zu sehen", sagt er und küsst mich zärtlich.

Diese Wochenenden gehören uns, uns allein. Sie zeigen uns, was wir

hätten haben können.

1. KAPITEL

Anna

Ich seufze leise vor mich hin.

Das Wochenende mit Ralf war schön. Wie immer.

Denn, einmal im Jahr sehen wir uns für ein Wochenende.

Das hat vor ein paar Jahren angefangen als wir uns zufällig in der Bahn getroffen haben, hier in München. Ohne Vorwarnung saß Ralf dort. Wir haben uns begrüßt wie Fremde, aber mein Herz hat geklopft wie damals. Ich kenne Ralf bereits seit dem Kindergarten.

Wir sind im selben Stadtteil aufgewachsen, unsere Eltern haben sich gekannt, waren aber nicht befreundet. Meine Mutter hat mir mal erzählt, dass ich immer nur mit Ralf habe spielen wollen. Da Ralf ein Jahr älter ist als ich, musste ich das letzte Kindergartenjahr allerdings ohne ihn verbringen. Deshalb haben wir während der Grundschulzeit eigentlich sehr wenig miteinander zu tun gehabt, aber nur im Nachhinein betrachtet. Denn eigentlich, wenn ich meine Kindheit denke, ist Ralf immer da gewesen. Das liegt wahrscheinlich daran, dass es das einzig Gute an meiner Kindheit war.

Im letzten Kindergartenjahr hatte ich mich mit Antje angefreundet und noch zwei anderen Mädchen. Wir haben ständig zusammen rumgehangen.

Stimmt, das war auch nicht so schlecht. Mit Antje bin ich auch aufs selbe Gymnasium gegangen. Ralf war zwar auch auf demselben Gymnasium, allerdings ein Jahrgang über mir. Während der Grundschulzeit haben wir keine Jungs mehr zu unseren Geburtstagen eingeladen, daher habe ich Ralf wirklich erst wiedergesehen, als ich bereits ein halbes Jahr auf der neuen Schule war.

Jan und Uta, die jeweils in unseren Jahrgängen waren, waren Geschwister und hatten tatsächlich am selben Tag Geburtstag. Deshalb hatte ihre Mutter entschieden, dass einfach eine große Party gefeiert wird.

Ich glaube so wirklich toll hat Jan das nicht gefunden, dass er mit seiner kleinen Schwester zusammen Geburtstag feiern muss, aber als Elfjähriger kann man da erst Mal nichts machen.

Das Wohnzimmer war riesig, wie der Rest des ganzen Hauses. Die Größeren konnten quatschen und wir „Kleineren" sind irgendwie rumgeflitzt.

Aber so richtig erinnern kann ich mich eigentlich nur noch an das Flaschendrehen. Die Älteren kamen natürlich auf die Idee und luden uns ein, um sich über uns lustig zu machen. Und als die Jüngeren, die wir nun mal waren, haben wir uns auch noch geschmeichelt gefühlt, dass die Älteren mit uns spielen wollten.

Nach den albernen Aufgaben waren wir sehr schnell beim Küssen und mir wurde mulmig zumute.

Ralf war übrigens auch dabei. Ich hatte keine Ahnung, wieso er mitgemacht hat. Eigentlich entsprach ihm so ein Spiel gar nicht.

Als er dran war, sollte er diejenige küssen, auf die die Flasche zeigt. Die Mädchen kicherten sich alle an, ich aber blickte zu Boden und hoffte einfach, dass die Flasche auf jemand anderen zeigen würde.

Doch ich hatte kein Glück.

Die Flasche zeigte ganz geradlinig auf mich. Natürlich wurde ich sofort rot. Ralf stand auf und kam auf mich zu.

Ich werde diesen peinlichen Moment nie in meinem Leben vergessen, weil er so unglaublich schön war!

Er hat mir fest in die Augen geblickt, die anderen haben die Luft angehalten und dann hat er mich geküsst. Mir war das Ganze so peinlich damals, ich glaube ich habe nichts außer der Peinlichkeit gespürt.

Wir haben den ganzen Abend nicht miteinander geredet. Doch als ich abends schlafen gegangen bin und an den Kuss gedacht habe, habe ich ein warmes Gefühl im Bauch gehabt.

Am nächsten Tag nach der Schule kam Ralf plötzlich zu mir. „Hi", sagte er nur. „Hi", sagte ich und lief los. Ralf schloss sich mir einfach an und schweigend liefen wir nebeneinander nach Hause. Wir sprachen nichts dabei, aber das Ganze gefiel mir irgendwie. Als wir vor meinem Haus standen, sagte Ralf nur: „Tschüss. Bis morgen Anna".

Ich habe wohl auch so etwas Ähnliches gestammelt und schon war Ralf weg.

Am nächsten Morgen war er tatsächlich wieder da und wartete bereits auf mich.

„Guten Morgen Anna", lächelte er ohne eine Spur von Schüchternheit.

„Guten Morgen Ralf", meinte ich und konnte meine warmen Wangen spüren. Wieder liefen wir schweigend nebeneinander her bis Ralf plötzlich fragte:

„Welches Thema habt ihr eigentlich gerade in Mathe?".

Und plötzlich waren wir wieder befreundet. Jeden Morgen und jeden Nachmittag sind wir gemeinsam gegangen. Irgendwann hat Ralf begonnen, meine Hand zu halten und ich fand es ganz angenehm.

Und irgendwann haben wir uns wieder geküsst, vielleicht zwei Monate später.

Wir haben einfach alles zusammen gemacht.

Wir sind überall zusammen aufgetaucht und man hat uns auch immer zusammen eingeladen.

Diese Jahre sind mir im Gedächtnis geblieben wie eigentlich sonst nichts aus meiner Jugendzeit. Vielleicht habe ich deshalb auch immer das Gefühl, dass Ralf mein ganzes Leben bei mir war, zumindest bis ich achtzehn war. Ich seufze erneut. So viele Jahre hatten wir uns nicht gesehen und trotzdem habe ich sofort dasselbe Herzklopfen gehabt, als ich ihn damals in der Bahn gesehen habe.

Nach diesem eher kurzen Aufeinandertreffen vor ein paar Jahren, hat Ralf mich nur wenige Wochen später angerufen. Irgendwie hatte er wohl meine Handynummer herausgefunden, keine Ahnung wie er das angestellt hat.

Und dann haben wir uns verabredet.

Ich habe nie vorgehabt, meinen Mann zu betrügen, nein wirklich nicht! Aber als Ralf gefragt hat, ob wir uns treffen wollen, habe ich einfach ja gesagt. Ohne nachzudenken, was mir gar nicht ähnlich sieht, aber ich habe es einfach gemacht.

Seitdem treffen wir uns jedes Jahr einmal.

Anfangs habe ich große Schuldgefühle gehabt, aber irgendwie haben sie sich verbraucht, so abgedroschen das auch klingen mag, denn meine Ehe ist leider nicht sehr liebevoll.

„Hallo Mama, träumst du?", fragt Ariane und schaut mich an. Ich fahre aus meinen Gedanken und blicke auf meine Hände, die mit nichts beschäftigt sind.

Was hatte ich doch gerade tun wollen?

„Hallo Ariane", sage ich und umarme meine Tochter. Sie lässt es geschehen, aber es ist ihr sichtlich unangenehm.

„ER ist auch da", sagt sie genervt.

„Er ist dein Vater", sage ich leicht tadelnd.

Aber ich kann ihr nicht wirklich böse sein. Harald ist ein durch und durch rationaler Mensch. Für ein Kind kann das mitunter sehr nervenaufreibend sein. Besonders, wenn man erst fünf ist und sich sprachlich noch nicht durchsetzen kann. Ich kann das leider auch nicht, obwohl ich in wenigen Jahren bereits 40 werde.

Ich habe Harald, Arianes Vater, auf einer Party kennen gelernt. Ich habe mich später immer gefragt wieso er überhaupt dagewesen ist. Schließlich ist er absolut kein Partymensch. Ich könnte auch gar nicht mehr sagen worüber wir uns unterhalten haben, der übliche Smalltalk eben.

Meine beste Freundin Meli hatte ihn eingeladen, aber bestimmt nicht und das betont sie bei jeder Gelegenheit, um mich mit ihm zu verkuppeln. Sie mag Harald nicht besonders, aber ihr damaliger Freund und heutiger Ehemann und er kennen sich noch vom Jurastudium.

Harald ist Staatsanwalt und vertritt die Ansicht, dass man an seiner Situation immer selbst schuld ist, egal wie die Umstände aussehen. Wenn ein fünf jähriges Mädchen sein Eis fallen lässt, weil der Zoo voll ist und sie jemand anrempelt, dann ist das ihre Schuld. Sie hätte ja besser aufpassen können.

Ich schaue in Haralds Arbeitszimmer. Natürlich sitzt er dort und arbeitet.

„Hallo Harald!", rufe ich vorsichtig, um ihn nicht zu erschrecken.

„Hallo Annabelle", erwidert er abwesend.

„Wie war deine Fortbildung?"

„Ach, das Übliche", sage ich abwinkend. „Was hast du gemacht?"

„Ich musste noch ein paar Fälle aufarbeiten", sagt er und zeigt auf einen Berg Akten.

Es ist nicht erstaunlich, dass Ariane und Harald nicht gut miteinander auskommen, denn er ist kein besonders einfühlsamer Mensch.

Wahrscheinlich, weil er, wie gesagt, so rational ist. Für seinen Beruf ist das

sicherlich gut, aber für uns ist das sehr anstrengend. Deshalb hat meine

Tochter irgendwann aufgehört, mit meinem Mann zu sprechen. So

ungefähr mit acht, weil sie einfach nur permanent genervt von ihm war.

Ich lasse Harald weiterarbeiten und gehe erst Mal Wäsche waschen, denn

natürlich liegt ein Haufen Schmutzwäsche rum. Danach muss ich noch

Klassenarbeiten korrigieren. Wer behauptet, dass Lehrer nach

Unterrichtsschluss grundsätzlich frei haben, hat nie als Lehrer gearbeitet.

Und als Englisch- und Deutschlehrerin habe ich jede Woche einen Stapel

Hefte zu Hause liegen.

„Was machst du da. Das gehört mir!", schreit meine Tochter plötzlich.

Ich rase nach oben zu ihrem Zimmer.

Mein Mann steht Wut entbrannt in ihrem Zimmer und hält irgendwas hoch. Ich erstarre als die kleine viereckige Packung erkenne. Ist das etwa die Pille?

„Was ist denn los?", frage ich und versuche ruhig zu bleiben.

„Das habe ich in der Schublade deiner Tochter gefunden", regt sich Harald auf.

„Was hat das hier zu suchen?", schreit er Ariane an.

„Was suchst du denn in meinen Schubladen rum!", schreit meine Tochter empört.

„Nicht in diesem Ton Ariane", sage ich scharf.

„Harald, bitte leg die Schachtel wieder dahin wo sie lag und dann komm` mit mir mit".

Harald steckt die Packung in seine Hosentasche und wutentbrannt marschiert aus dem Zimmer.

„Das ist meins!", kreischt meine Tochter.

„Uff", sage ich genervt. „Ariane, beruhige dich bitte jetzt und dann komm nach unten, Abendbrot essen".

Seufzend gehe ich aus Arianes Zimmer. Wahrscheinlich wird sie nicht

kommen, stur wie sie ist. Verflixt, wann hat sie sich die Pille verschreiben

lassen und wieso überhaupt? Ich wusste gar nicht, dass sie einen Freund

hat!

Schnell bereite ich das Abendbrot vor. Schweigend essen Harald und ich.

Natürlich allein, denn Ariane bleibt den Rest des Abends in ihrem

Zimmer.

2. KAPITEL

Ralf

Ich steige Hamburg Hauptbahnhof aus und nehme mir ein Taxi.

Ich weiß gar nicht wieso ich mit dem Zug gefahren bin.

Und ich weiß auch nicht wieso ich meine Frau nicht verlasse.

Wahrscheinlich wegen der Kinder. Max ist achtzehn und Katja ist fünf.

Allerdings muss sich Esther die meiste Zeit ohnehin allein um die beiden

kümmern, weil ich als Projektmanager ständig unterwegs bin.

Sehnsüchtig denke ich an Anna und wie schön das gemeinsame

Wochenende wieder mit ihr war.

Ich habe sie angerufen, nachdem wir uns zufällig in der Straßenbahn in

München begegnen sind. Ich war damals geschäftlich in München und

gerade aus London von einem anderen Meeting nach München geflogen,

um ein Projekt dort durchzusprechen. Statt mir ein Taxi zu rufen, habe ich

aus einer Laune heraus einfach die Straßenbahn genommen. Ich habe bis

heute keine Ahnung wieso ich das gemacht habe.

Und dann stand da Anna in der Bahn und mein Herz hat für einen

Augenblick ausgesetzt.

„Hallo Anna", sagte ich erstaunt.

„Hallo Ralf", antwortete sie und stieg aus.

Obwohl meine Gedanken für den Rest meiner Reise Achterbahn gefahren sind, habe ich nichts unternommen, sondern bin zum Hauptbahnhof gefahren und habe den nächsten Zug nach Hamburg genommen.

Denn dort lebe ich mit meiner Familie.

Aber irgendwie konnte ich das Ganze nicht auf sich beruhen lassen. Ich habe verschiedene Internetseiten gewälzt, doch leider befand sich Anna auf keiner einzigen Social Media Seite.

Nur wenige Tage später musste ich geschäftlich nach Essen fahren und habe meine Mutter in Hattingen besucht. Wir, Anna und ich, sind beide in Hattingen geboren und aufgewachsen, quasi Tür an Tür.

Im Supermarkt habe ich ganz zufällig alte Bekannte aus der Schule getroffen und einer hatte tatsächlich eine Handynummer von Anna.

„Habt ihr euch etwa aus den Augen verloren?", fragte er erstaunt.

Natürlich habe ich seinen Namen gleich wieder vergessen.

„Ja, ach ja. Das Übliche halt", hatte ich mich schnell rausgeredet.

Denn ich konnte ihm ja schlecht erzählen, dass es meine Schuld gewesen ist. Dass es meine Dummheit war, die uns damals auseinandergebracht hat.

Ein paar Tage habe ich noch gezögert, doch dann habe ich sie angerufen.

Sie ging nur nach einem Klingelzeichen dran, obwohl sie die Nummer nicht kannte.

„Annabelle Mangold", sagte sie.

„Äh, hallo", sagte ich und musste mich direkt räuspern. „Hier ist Ralf, Ralf Sommer", meinte ich überflüssigerweise. Obwohl, vielleicht kennt sie ja doch mehr als einen Ralf.

„Ralf?", fragte sie erstaunt.

„Ich musste irgendwie andauernd an dich denken", sagte ich und biss mir sofort auf die Zunge, weil das so peinlich rüberkam.

„Ich auch", sagte sie leise und ich musste schlucken.

Und dann sagte ich etwas was ich eigentlich niemals von mir erwartet hätte: „Können wir uns vielleicht sehen? Irgendwo?" „Ja", sagte sie sofort, ohne zu zögern und mein Herz machte einen Sprung.

Weiter haben wir nicht geredet, aber nur zwei Wochen später haben wir uns getroffen. Es war die schönste Nacht, die ich jemals gehabt habe.

Unser erstes Mal war zwar aufregend, wir waren dann aber doch sehr unbeholfen und schüchtern.

An diesem Wochenende waren wir jedoch nicht schüchtern und auch nicht sonderlich zärtlich. Ich hatte das Gefühl, dass wir es beide gebraucht haben. Davor und danach waren wir ausschließlich mit uns beschäftigt. Ich bekomme immer noch ein warmes Gefühl, wenn ich an unsere Gespräche denke. Und ein schmerzhaftes Ziehen in der Lendengegend, wenn ich an das Dazwischen denke.

Meiner Familie fällt es nicht weiter auf, wenn ich nicht da bin. Allerdings weiß ich nicht, was Anna ihrer Familie erzählt, wenn sie das Wochenende mit mir verbringt.

Es ist mir ehrlich gestanden völlig egal.

Als Anna und ich uns wiedergesehen haben, war es, als ob keine Zeit vergangen wäre. Wir sind spazieren gegangen und sie hat mir von ihrem Leben in München erzählt. Über meine Familie haben wir damals nicht gesprochen. Und dann sind wir ins Hotel gegangen. Wie selbstverständlich sind wir gemeinsam auf mein Zimmer gegangen. Und dann haben wir uns geküsst. Es war ein bisschen wie damals bei unserem ersten Kuss beim Flaschendrehen. Ich hatte das Gefühl, dass kleine Blitze an meiner Lippe Blasen werfen.

Wahrscheinlich liebe ich Anna seitdem Flaschendrehen oder vielleicht auch schon seit dem Kindergarten.

Nach dem Kuss nach dem Flaschendrehen war mir auf alle Fälle klar, dass wir beide zusammengehören. Für immer. Eigentlich.

Dennoch hat das damalige Wochenende vor ein paar Jahren, nicht zu einer plötzlichen Änderung bei uns beiden geführt. Wir haben nicht alles stehen und liegen lassen.

Anna hat eine zwölfjährige Tochter, was hätte sie ihr erzählen sollen? Nein. Am nächsten Tag sind wir auseinandergegangen und haben uns nicht weiter gesprochen.

Aber ich habe einfach nicht aufhören können, an Anna zu denken.

Deswegen habe ich sie genau ein Jahr später erneut angerufen. Wir haben uns wieder getroffen. Auch das Wochenende war wunderbar.

Wir haben das dann einfach so laufen lassen, ohne großartig darüber zu sprechen, denn wahrscheinlich denkt Anna gar nicht weiter darüber nach.

Das glaube ich zumindest, aber eigentlich sähe das Anna nicht ähnlich.

Mir sieht das Ganze auch nicht ähnlich, trotzdem nehme ich es hin und koste jede Sekunde mit Anna aus bis ich nach Hause zurückkehren muss oder direkt zur nächsten Dienstreise starte.

Zuhause, da warten nur eine Frau, die mich nicht liebt und eine Tochter, die mich nicht kennt und ein Sohn, der nach meiner Aufmerksamkeit hungert, das aber hinter Schweigen versteckt.

Seufzend steige ich aus dem Auto. An der Tür steht bereits Esther.

„Hallo Esther!", sage ich freundlich.

„Hallo Ralf", sagt Esther und umarmt mich herzlich. Schnell drücke ich ihr einen Kuss auf die Wange.

„Wo sind die Kinder?", frage ich.

„Max ist bei einem Freund, glaube ich. Vielleicht aber auch bei einem Mädchen", kichert sie und wird sofort rot. Sie ist so prüde, stöhne ich innerlich.

„Und Katja?", frage ich.

„Katja hat eine Freundin da und spielt in ihrem Zimmer mit Barby".

Ich stöhne innerlich auf. Diese Barbyspielerei hat sie von ihrer Mutter. Sie hat einfach permanent alles, was auch nur irgendwie in Richtung Jungs Spielzeug geht, versteckt. Mit drei hat Katja ständig mit Max Spielsachen gespielt. Mit seinen Autos und seiner Carrera Bahn. Bis Esthers Mutter gesagt hat, dass sich das für ein Mädchen nicht schickt. Dann wurden eine Menge Puppen gekauft und Kleidchen und eine Puppenküche. Katja hat sich über die neuen Sachen gefreut und dann halt damit gespielt. Was hätte sie auch sonst tun sollen. Und ich habe meine Frau machen lassen, denn die Kinder sind ihr Ressort. Ich bin beruflich einfach viel unterwegs. Das Wochenende mit Anna fällt dabei, wie gesagt, gar nicht auf und lässt mich jedes Mal etwas schwermütig zurück. Wir hatten uns tatsächlich die ganzen Jahre über nicht gesehen, bis zu dem zufälligen Treffen in der Bahn. Meine Mutter kennt zwar ihre Mutter, wir haben ja nicht weit voneinander gewohnt, aber meine Mutter kann Annas Mutter nicht leiden. Allerdings kann sie Esther auch nicht leiden. Ich habe da ja so einen Verdacht, dass für sie einfach keine Frau gut genug für mich ist. Anna und Esther sind sehr verschieden. Beide sind zwar ruhig und zurückhaltend, da hören die Gemeinsamkeiten aber auch schon auf.

Ich habe Esther mit achtzehn auf einer Party kennengelernt. Esther war siebzehn, genau so alt wie Anna.

Anna hatte keine Lust auf die Party damals gehabt, deswegen bin ich allein gegangen und habe mich volllaufen lassen. Ich bin völlig abgestürzt und kann mich immer noch nur schemenhaft an diese Nacht erinnern. Ein paar Monate später kam Esther zu mir und sagte, dass sie schwanger sei. Wir haben noch vor Max Geburt geheiratet und daraufhin bei meiner Mutter gelebt, damit ich mein Studium beginnen konnte.

Als Max zwei war, hat Esther eine Ausbildung als Sprechstundenhilfe bei unserem Hausarzt gemacht. Ich hatte das Glück, bereits während meines Studiums für ein Unternehmen zu arbeiten. So kam etwas Geld rein und als ich dann übernommen wurde, konnten wir endlich ausziehen. Die

Stelle war allerdings in Hamburg. Irgendwie war ich froh, dass ich Anna nicht mehr zu sehen brauchte. Nachdem ich ihr gesagt hatte, dass ich Esther heiraten würde, haben wir kein einziges Wort mehr miteinander geredet.

Meine Mutter war natürlich traurig, dass wir nach Hamburg gezogen sind. Sie war uns auch wirklich eine große Hilfe. Sie hat mich erst mit vierzig bekommen und war daher froh, dass sie bereits mit achtundfünfzig Oma wurde. Eigentlich hatte sie sich immer eine große Familie gewünscht. Mein Vater war Baustellenleiter und daher viel im Ausland. Und meine Mutter hat ihn begleitet und jedes Mal eine neue Sprache gelernt. Meine Mutter hätte vieles in ihrem Leben erreichen können, da bin ich mir sicher. Mein Vater ist vor zwei Jahren gestorben. Umgekippt, mitten auf einer Baustelle in Den Haag. Meine Mutter war völlig hilflos. Als sie wieder in Hattingen war, ist Esther mit Katja zu ihr gefahren und ich war mit Max eine Woche allein. Ich war froh, dass Esther so hilfsbereit war. Hilfsbereit und fürsorglich ist sie, ja. Ich gehe schnell rüber zu Katjas Zimmer.

„Hallo Papa", quietscht sie, dass es bestimmt noch die Fledermäuse unter dem Dach hören können.

„Hallo Katja. Ich bin wieder zu Hause", sage ich zu ihr, aber sie ist wieder ganz ins Spiel mit ihrer Freundin vertieft und blickt nicht auf.

Ich bin halt zu viel unterwegs. Als Katja ein Jahr alt war, hat man mir die Stelle des Projektmanagers angeboten. Die konnte ich nicht ablehnen, auch wenn ich wusste, dass ich dadurch kaum noch zu Hause sein würde. Max hat das zum Glück nicht interessiert, zumindest tut er so und Katja ist entweder im Kindergarten oder bei Esthers Mutter. Esthers Mutter ist vor zwei Jahren nach Hamburg in ein betreutes Wohnen gezogen und das war nicht gerade förderlich für unser Eheleben.

Aber ich mische mich nicht ein, denn ich bin ja eh nie da.

3. KAPITEL

Anna

Noch lange sitze ich an den Aufsätzen. Die Klasse soll keinen Nachteil dadurch haben, dass ich das ganze Wochenende weg war. Es ist schon nach zwölf Uhr, als ich endlich im Bett liege. Harald schläft bereits. Das ganze Haus ist ruhig und dunkel. Zum Glück bin ich so müde, dass ich nicht mehr an den Nachmittag und auch das Wochenende mit Ralf denke.

Morgens beim Frühstück sehe ich immer noch nichts von Ariane. Ich gehe rauf in ihr Zimmer, aber es ist leer. Na gut, denke ich. Hoffentlich ist sie einfach bereits zur Schule gegangen, denke ich und fahre allein los. Tatsächlich steht sie bereits mit einigen Freundinnen auf dem Schulhof. Andere Kinder wären vielleicht weggelaufen, aber ihre Freunde sind alle hier. Deshalb kann sie genauso gut zur Schule gehen.

„Guten Morgen Ariane!", sage ich freundlich.

Aber ich ernte nur Schweigen. Vier Mädchen schauen mich ernst und schweigend an. Dann drehen sich alle um und stecken die Köpfe zusammen.

Na gut, denke ich. Vielleicht war das gestern alles etwas übertrieben. Was hätte ich gemacht? Nun, mir nicht einfach die Pille verschreiben lassen, das ist schon Mal klar. Ich habe bis gestern eigentlich gedacht, dass ich ein gutes Verhältnis zu meiner Tochter habe. Jetzt bin ich mir da nicht mehr so sicher.

„Guten Morgen Anna", sagt Melissa zu mir. Ihre Mutter stand unheimlich auf „Unsere kleine Farm". Na ja, es könnte schlimmer sein.

„Hallo Meli", sage ich.

Umarmen tun wir uns hier natürlich nicht, was sollen die Schüler denken. Zusammen gehen wir ins Schulgebäude. Obwohl sie meine beste Freundin ist, wenn man so was bei Erwachsenen überhaupt noch sagen kann, habe ich ihr nie von Ralf erzählt. Ich weiß, dass sie mich nicht verraten würde. Trotzdem sind ihr Mann und Harald Freunde und da ist es nicht ratsam, zu offen zu sein.

„Was machst du heute Nachmittag?", fragt mich Meli.

Ich seufze: „Weiter korrigieren. Manche schreiben tatsächlich zwanzig Seiten. Und das im Grundkurs. Vielleicht sollten sie Bücher schreiben, dann müssen Lektoren das Ganze lesen".

Meli nickt. „Zum Glück ist das in Französisch nicht so tragisch und Mathe ist weniger ausschweifend. Du hättest auch so was machen sollen".

„Ich und Mathe?", sage ich entsetzt. „Nicht dein Ernst", sage ich ernst.

„Die Schüler müssten mir das Ganze erst Mal beibringen".

„Ach was", sagt Meli kurz. „Deine Zeugnisse waren spitze.

Du musst ein halber Einstein sein".

„Nee, aber die Lehrer mochten mich", sage ich unbedacht.

„So, so", sagt Meli und hebt die Brauen.

„Hey, doch nicht so", sage ich entrüstet und bin froh, dass es bereits zum

zweiten Mal schellt.

Meli grinst mich nur anzüglich an.

„Wie lange hast du heute Unterricht? Kaffee um drei?", schlägt sie vor.

„Gerne. Bis später!", sage ich und marschiere schnell in den

Klassenraum.

„Was war denn am Wochenende bei euch los?", fragt mich Meli ohne Umschweife, obwohl ich noch nicht mal sitze.

„Was meinst du?", frage ich erstaunt.

„Na die eiskalte Schulter der vier Grazien war ja filmreif. Was hat ER mal wieder angestellt?"

Mit ER meint sie natürlich Harald.

Ich seufze. „Ach es war eigentlich nichts", versuche ich das Ganze mit einem Achselzucken abzutun.

Die ganze Sache ist viel zu peinlich, um darüber zu reden.

„Ich brauche mehr Details", fordert Meli sofort und ich seufze.

War ja klar. Ich schaue mich hektisch um. Unsere familiären Streitereien muss ja niemand mitbekommen.

„Harald hat etwas gefunden, mmh, du weißt schon", druckse ich rum.

„Nö ich weiß nicht schon", sagt Meli ungeduldig.

„Was hat er denn gefunden?"

„Die Pille", flüstere ich hektisch.

Meli lacht nur.

„Und wo ist jetzt das Problem?", fragt sie erstaunt.

Ich schaue sie entsetzt an.

„Sie hat vorher nicht um Erlaubnis gefragt", sage ich empört.

Meli sieht mich entgeistert an.

„Habe ich das richtig verstanden?", legt sie los.

Oh je, jetzt kommt es wieder. Ihre berühmten Vorträge, die grundsätzlich mit „Habe ich das richtig verstanden?" anfangen. Sie ist einfach schon viel zu lange mit einem Anwalt verheiratet.

„Habe ich das richtig verstanden", wiederholt sie.

„Du bist nicht erleichtert, dass deine zwölfjährige Tochter so viel Verantwortungsbewusstsein besitzt, sich die Pille verschreiben zu lassen", fährt sie fort. „Du bist sauer, weil sie dich nicht vorher gefragt hat". Sie holt Luft und schaut mich dabei prüfend an. Dieser Blick ist allseits gefürchtet und mir wird sofort mulmig zumute. Ich sollte das wirklich mal abstellen, dass mich jeder immer so schnell runtermacht.

„Ariane ist zwölf, da denkt man noch nicht an so was", sage ich vorwurfsvoll.

Meli unterbricht mich.

„Da denkt man ständig an so was. An was hast du denn gedacht als du zwölf warst?"

„An Ralf", sage ich ohne Nachzudenken.

Ich schlucke und plötzlich kullern mir die Tränen runter. Wie peinlich! Meli schaut mich vorsichtig an.

„Und du weißt schon, dass ihr immer noch zusammen wäret, wenn damals jemand die Pille genommen hätte?"

Dann wird ihr Blick weicher und sie drückt mich. Hektisch schaue ich mich wieder um. Nicht, dass mich jemand hier heulen sieht.

„Es tut mir leid, dass ich so ruppig war. Aber eine Frage habe ich noch. Wo genau hat Harald denn die Schachtel gefunden? Ari hat doch nicht so was heimlich gemacht, um sie dann auf dem Couchtisch liegen zu lassen".

Ich schlucke unter ihrem durchdringenden Blick.

„Äh nein. Da lag sie glaube ich nicht. Sie lag in einer Schublade".

„In welcher Schublade?", bohrt Meli weiter und ich gebe auf.

„In Arianes Schublade", gebe ich endlich zu.

„Das dachte ich mir schon", sagt sie ärgerlich.

„Wieso macht Harald sowas?"

„Wenn man nichts zu verbergen hat, spielt das doch keine Rolle", sage ich, allerdings etwas kleinlaut, weil mich Meli so streng anschaut.

„Das hast du ja schön nachgeplappert", tadelt mich Meli.

„Von Privatsphäre haltet ihr wohl beide nichts".

„Sie ist zwölf. Da braucht man so was noch nicht".

Meli unterbricht mich wieder.

„So was braucht man in jedem Alter. Harald respektiert deine Tochter nicht und du schaust schweigend zu!"

„Ich habe ja gar nicht geschwiegen. Ich habe das Abendbrot gemacht",
sage ich entrüstet.

„Und hast du mit Ari mal darüber gesprochen?", fragt Meli weiter.

„Ich habe gewartet, dass sie zum Abendbrot runterkommt. Und dann
wollte ich ihr einfach ein bisschen Zeit geben. Ich wusste auch gar nicht so
recht, worüber ich mit ihr sprechen soll", meine ich zerknirscht.

„Na ja, dass Harald mal wieder zu weit gegangen ist? Zum Beispiel?",
zählt Meli auf.

Ich seufze.

„Ich glaube ich muss jetzt einkaufen gehen. Harald kommt bald nach
Hause und ich muss das Essen kochen, die restliche Wäsche machen und
die Aufsätze weiter korrigieren. Habt ihr Lust am Samstag zum Essen zu
kommen?"

Meli grinst versöhnt.

„Na klar gerne. Die Männer können sich dann mal wieder über ihre
letzten Fälle auslassen. Bis Samstag! Wir bringen den Wein mit".

Ich lache. Melis Mann hat einen Wein Faible und trinkt grundsätzlich nur
das, was er mitgebracht hat. Was natürlich günstiger kommt, wenn man
sich die Mengen so anschaut, die die beiden Männer an einem Abend

trinken.

4. Kapitel

Ralf

Und schon wieder packe ich meine Sachen. Wie meistens in den letzten

Jahren.

Ich hasse diesen Job, aber nur deswegen können wir uns ein Haus mitten

in Hamburg leisten und die Kinder können Klavierunterricht bekommen.

Um den sie allerdings nie gebeten haben. Esther ist einfach der Meinung,

dass die Kinder Klavier lernen sollen und ich habe ihr nicht

widersprochen.

Ich hatte so was damals nicht, obwohl meine Eltern das Geld gehabt

hätten. Zumindest glaube ich das. Aber wegen der unsicheren Jobsituation

meines Vaters sollten die Fixkosten eben niedrig gehalten werden. Das

Haus haben sie auch erst gekauft als ich geboren wurde. Davor hatten sie

als Postadresse die Adresse meiner Großeltern angegeben und waren

ständig unterwegs.

Wie lange werde ich weg sein? Zuerst muss ich nach Wien und danach

wieder Mal nach München. Natürlich war ich schon öfter in München,

seitdem das mit Anna begonnen hat. Und wir sind uns nicht wieder dort

begegnet, zum Glück.

Sie ist mit einem Staatsanwalt verheiratet! Besser, wir begegnen uns nie wieder, denke ich wohl zum hundertsten Mal, seitdem wir begonnen haben, uns zu treffen.

Plötzlich geht mein Handy.

„Ralf. Es haben sich ein paar Änderungen ergeben. Komm sofort in die Firma. So schnell wie möglich", bellt mein Chef in den Hörer und legt wieder auf. Ich lasse den Koffer stehen und rase zu meinem Firmenwagen, natürlich ein Mercedes.

„Setz dich Ralf. Gut, dass du noch nicht unterwegs warst".

Mein Chef. Er hasst Geschwafel, sondern kommt immer sehr schnell auf den Punkt.

„Mastew wurde gefeuert. Seine Bilanzen stimmten nicht und dadurch ist er aufgeflogen. Er ist sofort entlassen worden und jetzt ist seine Stelle frei. In München. Wann kannst du anfangen?"

Wie gesagt. Sehr schnell auf den Punkt. Ohne jegliche Vorwarnung.

„Wie schnell", fange ich an, aber mein Chef unterbricht mich.

„Sofort Ralf. Das Münchener Büro ist unbesetzt und unsere Kunden bekommen bereits Wind davon. Wir brauchen jemanden, der schnell diesen Bereich übernehmen kann und außerdem diplomatisch mit der Staatsanwaltschaft kooperieren kann. Die Sache muss ganz schnell vom Tisch".

Ich nicke, auch wenn sich meine Zustimmung in Grenzen hält

„Ja. Natürlich mache ich das. Kein Problem", sage ich schnell.

„Gut. Platzeck fährt nach Wien und übernimmt dort deine Projekte. Du fährst auf dem schnellsten Weg nach München. Mastews Sekretärin wird sich mit deiner Frau in Verbindung setzen, bis dahin wohnst du eben im Hotel. Sieh zu, dass deine Frau das schnell über die Bühne bringt. Hotels in München sind teuer!"

Und das wars auch schon. Schweigend verlasse ich das Büro. Ich mache, dass ich nach Hause komme. Ich schnappe mir meinen gepackten Koffer und fahre los. Nach München.

Im Auto atme ich tief durch. Schon wieder eine Beförderung, obwohl das irgendwie zu positiv klingt. Müllmann trifft wohl eher zu, denn im Grunde genommen soll ich nur Scherben zusammenräumen und weitere verhindern. Was ihnen danach wohl einfallen wird. Eigentlich hat das Ganze auch sein Gutes. Ich werde öfter bei meiner Familie sein. Als Geschäftsführer des Münchener Standortes werde ich wohl eher Kunden empfangen als herumzureisen.

Als ich bereits auf der Autobahn bin, bekomme ich plötzlich mein übliches Stechen im Magen. Dieses Stechen hat ungefähr angefangen, als Anna und ich uns getrennt haben.

Anna lebt in München.

Zukünftig werde ich in derselben Stadt wie Anna wohnen!

5. KAPITEL

Anna

„Hallo ihr beiden", rufe ich und umarme Meli. Dann schüttele ich ihrem
Mann die Hand. Ansgar lacht und umarmt mich. Irgendwie machen wir
das immer so. Ich denke halt immer, dass er das nicht mag. Harald würde
niemals jemanden umarmen außer vielleicht seine Mutter. Und seine
Mutter ist seit vielen Jahren tot. Sie ist gestorben als Ariane noch ein Baby
war.

„Hallo Harald", ruft Meli und schüttelt ihm die Hand.

„Hallo Ansgar", antwortet Harald. „Lass uns in mein Arbeitszimmer
gehen". Und weg sind die beiden.

„Hallo Tante Meli", ruft Ariane und stürmt an mir vorbei in die Arme
ihrer Patentante.

„Hallo Ari. Was muss ich da hören?", fragt Meli tadelnd, aber mit einem
hörbaren Grinsen in der Stimme.

„Das war doch nur eine blöde Wette", sagt Ari trocken und zieht Meli
ins Wohnzimmer. Ich erstarre.

„Das wusste ich ja gar nicht Ariane!", rufe ich den beiden hinterher.

„Du hast mich auch nicht gefragt", sagt Ari kurz angebunden. Meli nimmt Ari in die Arme.

„Worum ging es denn eigentlich?"

Ari wird rot: „Ach wir haben gewettet, dass ein Junge aus der zehnten Klasse Lara anspricht und ich habe dagegen gewettet. Ich verstehe gar nicht was die an uns finden sollen. Wir sind doch nur Babys für die".

Meli schmunzelt: „Aber der Zehntklässler findet das anscheinend nicht?"

„Er hat sie ganz schön angegraben", sagt Ariane angeekelt. „Bestimmt, weil sie schon so einen riesen Busen hat. Jungen stehen ja auf sowas", sagt Ariane und verdreht die Augen.

Ja wie wahr seufze ich. Deshalb habe ich mich immer gefragt wieso Ralf mit mir zusammen war. Meine Brüste haben sich erst spät entwickelt und auch nicht in einem riesigen Umfang.

„Du hast also verloren", stellt Meli sachlich fest.

„Und dein Einsatz war die Pille?", fragt sie vorsichtig. Bestimmt nur, weil ich da bin. Allein würden die beiden wahrscheinlich sehr viel detaillierter quatschen. Die beiden haben seit Arianes Geburt einen Draht zueinander, weswegen auch völlig klar war, dass Meli Arianes Patentante wird.

„Na ja, das kam mir so in den Sinn", sagt Ari achselzuckend. „Schließlich dachte ich nicht, dass ich verlieren würde. Und so bin ich schon Mal vorbereitet. Nur für den Fall der Fälle".

„Aha. Gibt es denn da jemanden?", fragt Meli schmunzelnd. Ist ja nicht ihre Tochter, also kann sie ganz locker bleiben.

„Und du weißt schon, dass die Tabletten irgendwann ablaufen. Und dann solltest du sie nicht mehr verwenden", gibt Meli zu bedenken.

Jetzt wird Ari wieder ein bisschen rot: „Im Moment ist da niemand, aber man weiß ja nie", sagt sie nur.

Ich streichele meiner Tochter über die Haare. Sie sind dunkelblond wie meine mit roten Strähnen.

„Ariane, wenn ich das gewusst hätte", fange ich an, aber Ariane stößt meine Hand weg.

„Das war dir doch egal. Und dass ER meine Schubladen durchwühlt hat auch. Ich gehe jetzt zu Sara. Ihre Eltern haben erlaubt, dass ich dort schlafe".

„Moment Mal", sage ich ärgerlich. „Uns hast du nicht gefragt".

Aber da ist Ariane auch schon weggedüst. Ich schaue Meli betreten an.

„Tut mir leid", sage ich.

„Was genau?", fragt sie zurück. „Jetzt wissen wir doch Bescheid. Und immerhin hat sie dir sogar gesagt, wo sie übernachten wird", stellt Meli fest.

„Ja klar, dass du das so locker siehst! Sie ist ja schließlich nicht deine Tochter!", sage ich verärgert.

„Nein", sagt Meli geduldig. „Aber Ari ist meine Patentochter und anscheinend hat sie zumindest zu mir genügend Vertrauen gehabt, dass wir jetzt wissen wie es dazu kam. Und ich finde die ganze Aktion immer noch ziemlich blöd von deinem Ehemann".

„Was findest du blöd von ihrem Ehemann?", fragt Harald amüsiert.
Ich zucke zusammen. Ich habe gar nicht gehört, dass die beiden ins Wohnzimmer zurückgekommen sind. Meli dagegen bleibt ganz gelassen.

„Ich finde es nicht gut, die Schubladen anderer Leute zu durchwühlen", sagt sie kühl.
Ansgar schaut meinen Mann streng an.

„Wenn du keinen Durchsuchungsbefehl hattest, sind diese Beweise ungültig!", gibt Ansgar zu bedenken.
Jetzt wirkt Harald doch etwas kleinlaut.

„Das ist mein Haus", sagt er sauer. „Da brauche ich doch keinen Durchsuchungsbefehl", rechtfertigt er sich vor Ansgar.

„Wo ist Ariane überhaupt?", blafft er mich an. „Wir essen doch gleich!"

„Sie übernachtet bei Sara, ihre Eltern haben nichts dagegen", sage ich knapp und versuche mal wieder ruhig zu bleiben, während Harald sich völlig danebenbenimmt.

„Aber uns hat sie nicht gefragt!", ruft er ärgerlich.

„Ich habe sie gehen lassen", sage ich mit fester Stimme. Mein Innerstes kocht. Schließlich haben wir Gäste und meine Familie benimmt sich völlig daneben.

„Lasst uns essen", sage ich versöhnlich. „Der Rehrücken ist längst fertig".

„Rehrücken", strahlt Ansgar. „Da passt ja mein Spätburgunder ganz hervorragend dazu. Weißt du noch Schatz? Den haben wir in Heidelberg gekauft".

„Ja", grinst Meli. „Ihr müsst da auch mal hinfahren. Ein entzückendes Weingut außerhalb von Heidelberg. Und die Küche erst", schwärmt sie. Der Abend entspannt sich, besonders nachdem wir alle etwas Wein intus haben. Der Rehrücken wird gelobt und ich lehne mich mit meinem Glas Wein zurück. Gerade Rotwein lässt mich immer etwas schwermütig werden.

5. KAPITEL

Ralf

Ich parke meinen Dienstwagen auf dem Hof und ignoriere die Plätze auf denen „Geschäftsführung" steht. Das hat noch bis morgen Zeit. Ich muss ja nicht gleich auffallen als der neue Boss.

Dann marschiere ich hinein. Zum Glück bin ich schon des Öfteren am Münchener Standort gewesen, daher weiß ich, dass die Geschäftsführung ganz oben wohnt. Ich klopfe und trete sofort ein.

„Guten Tag. Ich bin Herr Sommer", stelle ich mich höflich vor.

Eine Dame mit kurzen grauen Löckchen, die etwa in ihren Fünfzigern ist, steht von ihrem Schreitisch auf.

„Hallo Herr Sommer. Mein Name ist Frau Tietze. Ich bin ihre Assistentin", sagt sie förmlich, aber nicht unfreundlich. Ihr Händedruck ist allerdings fest, wie der eines Bauarbeiters.

Ich reibe mein schmerzendes Handgelenk und gehe durch die Tür wo ich mein neues Büro vermute. Üblicher Standard. Aktenschränke aus Holz, schwarzer Schreibtisch. In Hamburg habe ich als Teamleiter auch so ein Büro gehabt, nur in weniger neu und natürlich sehr viel kleiner.

„Hier sind Ihre Termine", sagt Frau Tietze und drückt mir ein in Leder gebundenes Buch in die Hand. Ich schaue sie fragend an.

„Ich habe Ihnen sämtliche Termine für heute und morgen reingeschrieben. Bitte übernehmen Sie sie soweit und bringen es mir dann zurück".

Was für ein Quatsch, denke ich. Muss ich meiner Sekretärin etwa noch Office beibringen?

„Frau Tietze", sage ich kurz angebunden und etwas schroffer als beabsichtigt.

„Bitte tragen Sie meine Termine in Outlook ein. Es ist doch nicht mein Job das zu tun!"

Ich nehme ihr die Ordner aus der Hand und drücke ihr das Buch in die leeren Hände und lasse sie stehen. Himmel, ich habe einfach keine Zeit dafür. Die Staatsanwaltschaft hat sich angekündigt und ich muss mir bis dahin zumindest einen Überblick verschafft haben.

„Ach ja", sage ich und drehe mich noch Mal zu ihr um. Sie ist bereits zu ihrem Tisch zurückgekehrt und arbeitet irgendwas an ihrem Rechner.

„Ja bitte", sagt sie und schaut mich an.

„Konnten Sie bereits mit meiner Frau sprechen?", frage ich mit meiner Manager Stimme.

„Ich habe ein Umzugsunternehmen verständigt", antwortet sie völlig unbeeindruckt.

„Ihre Frau wird wahrscheinlich jetzt gerade mit Ihnen alles durch gehen".

„Umzugsunternehmen?", frage ich leicht verdutzt. „Haben wir denn schon ein Haus?"

„Nein", sagt sie geduldig.

Ich glaube ich habe sie unterschätzt, denn sie fängt an, etwas langsamer mit mir zu reden. Ein klares Zeichen dafür, dass sie begriffsstutzige Manager gewöhnt ist.

„Ich habe eine Maklerin angerufen und für morgen bereits Termine festgelegt. Ich trage Sie Ihnen gerne in Outlook ein. Sie meinte, sie hätte zwei Häuser in der näheren Umgebung, ansonsten müssen Sie warten bzw. jemand anderes kontaktieren".

„Danke Frau Tietze", sage ich ruhig und verschwinde in meinem Büro.

Na, das war ja vielleicht ein Auftritt. Aber als Chefsekretärin wird sie wohl einiges gewohnt sein. Und wahrscheinlich hat Mastew das mit den Terminen so gehandhabt. Eben alte Schule.

Kaum habe ich mich gesetzt, geht meine Tür erneut auf.

„Möchten Sie eine Tasse Kaffee oder etwas zu essen?", fragt sie freundlich. Ich blicke auf.

„Das wäre toll, äh ich meine Danke ja, sehr gerne", räuspere ich mich. Sie grinst mich an und irgendwie weiß ich, dass wir gut miteinander auskommen werden. Ich blicke auf die Uhr. Es ist bereits achtzehn Uhr, obwohl ich sogar durchgefahren bin. Aber der Verkehr auf der A2 war furchtbar.

Eine halbe Stunde später beiße ich herzhaft in ein Brot mit Schinken. Keine Ahnung wo die Tietze das herbekommen hat. Vielleicht hat sie es auch selbst geschmiert. Bis nach elf arbeite ich Ordner um Ordner durch. Zwischendurch streckt Frau Tietze den Kopf durch die Tür und wünscht mir einen angenehmen Abend.

„Ich habe Ihnen ein Zimmer in einem Hotel gebucht, nur zehn Minuten von hier. Brauchen Sie sonst noch etwas?"

„Das ist sehr nett von Ihnen, vielen Dank. Können Sie mir sagen wo der nächste Supermarkt ist?"

„Nicht weit von hier", antwortet sie. „Etwa fünf Minuten die Straße entlang. Bis morgen!"

„Bis morgen", sage ich und mache weiter.

Ich kenne Mastew nur vom Hörensagen. Für die Projekte habe ich immer direkt mit den Ingenieuren gesprochen. Ein Partygänger, schon deshalb nicht meine Wellenlänge. Aber Unterschlagung? Bei solch einem Gehalt? Aber Geld und Macht kann man wohl nie genug haben, denke ich seufzend.

Um zwölf Uhr abends sitze ich in meinem Hotelzimmer. Das ist vertraut. Die Vorstellung, jetzt wieder bei meiner Familie zu leben, nicht.

6. KAPITEL

Anna

Nach noch mehr Rotwein verzogen sich unsere Männer wieder in Haralds Arbeitszimmer.

„Sag mal", fängt Meli plötzlich an.

„Wann hast du Ralf eigentlich das letzte Mal gesehen?"

Ich schlucke.

„Wie kommst du denn jetzt da drauf? Du weißt doch, dass wir keinen Kontakt haben".

„Aber abgeschlossen hast du mit dem Thema nicht, oder? Wie erklärst du dir sonst die Flennerei von Montag?"

Ich schaue sie betreten an.

„Ach das. Keine Ahnung. Ich habe wohl schlecht geschlafen und war deshalb empfindlich. Nichts weiter".

„Nichts weiter? Erzähl doch nichts! Du heulst doch sonst nicht so schnell. Ich glaube selbst als deine Mutter gestorben ist, habe ich dich nicht heulen sehen", sagt Meli kopfschüttelnd.

„Meine Mutter war krank. Ich hatte sie lange nicht mehr gesehen. Wir hatten eine schwierige Beziehung", antworte ich stotternd.

„Ja ich weiß. Aber sieh' es mal so. Wenn sie dich hätte Medizin studieren

lassen, hätten wir uns nie getroffen! Das wäre doch ziemlich blöd für die

Welt gewesen", entgegnet Meli.

Ich muss wirklich schmunzeln. So ausgedrückt klingt es fast positiv. Ich

wollte immer Ärztin werden, aber Mama meinte, dass man mit dem

Schichtdienst nicht für eine Familie sorgen kann. Sie wusste wovon sie

sprach. Als gelernte Krankenschwester wusste sie wie hart die Schichten

waren. Sie hat den Job allerdings sofort an den Nagel gehängt als ich kam.

Mein Vater war Filialleiter im Supermarkt und zwanzig Jahre älter als

meine Mutter. Als ich zehn war hat er sich die Hand verletzt. Daraus

wurde eine Blutvergiftung, an der er dann starb. Der neue Filialleiter hat

meiner Mutter einen Job an der Kasse angeboten. Und ja, ich sollte schon

studieren und mehr Geld verdienen als sie. Aber Beamtin ist doch viel

sicherer, meinte sie. Deshalb hat sie beschlossen, dass ich Lehrerin werden

sollte.

„Irgendwas mit Sprachen, das ist doch nicht so schwer. Dann hast du

viel Zeit, dir einen Mann zu suchen", pflegte sie zu sagen.

Damit hat sie allerdings angefangen als ich 11 Jahre alt war. Ich weiß gar

nicht was sie von Ralf gehalten hat.

„Was ist denn jetzt mit Ralf?", unterbricht mich Meli ungeduldig.

„Was soll denn mit ihm sein?", frage ich genervt.

„Hast du gewusst, dass er in München ist?", fragt Meli.

„Wahrscheinlich geschäftlich. Ist er doch häufiger mal", sage ich, ohne nach zu denken.

„Woher weißt du das denn?", fragt die Anwaltsehefrau und Inquisitorin Meli Sörensen.

Ich werde rot.

„Na ja. Unsere Mütter kannten sich doch. Er ist seit ein paar Jahren Projektmanager", sage ich lahm.

„Na ja jetzt nicht mehr", sagt Meli trocken. „Jetzt ist er der Geschäftsführer für den hiesigen Bereich. Ganz schön hohes Tier. Der Typ davor hat wohl ziemlichen Mist gebaut. Liest du denn keine Zeitung?", fragt sie erstaunt. „Das habe ich wohl nicht gelesen", sage ich ärgerlich. „Wir lesen die Welt und da stehen selten so regionale Sachen drin". Plötzlich fängt das Ganze an, in mich einzusickern. „Ralf ist hier?", frage ich wenig intelligent.

Meli grinst anzüglich. „Ja ist er. Wirst du ihn treffen?"

„Natürlich nicht!", sage ich zu schnell.

Ich hoffe trotzdem, dass Meli mir meine Nervosität nicht anmerkt. Doch zum Glück fragt Meli nicht mehr weiter und wir quatschen über unsere Kollegen. Es ist nach drei als die beiden gehen.

7. KAPITEL

Ralf

Ich schaue auf die Uhr. 22 Uhr. Der Job ist wirklich furchtbar. Aber

zumindest war ich bereits seit zwei Wochen nicht mehr auf Dienstreise.

Und in nur drei Wochen zieht Esther mit Katja hierher.

Max wird in Hamburg studieren, aber erst Mal wird er mitkommen, bis

das Studium anfängt.

Permanent muss ich Materialien an die Staatsanwaltschaft übergeben. Die

letzten fünf Jahre werden genauestens unter die Lupe genommen. Und

natürlich sehe ich mir alles vorher an. Neben den ganzen

Vorstandssitzungen und Gesprächen mit den Abteilungsleitern. Ich werde

Katja wohl nicht mehr sehen als bei meinem alten Job, aber vielleicht kann

ich mir übers Wochenende Sachen mit nach Hause nehmen.

Die beiden Häuser waren beides prunkvolle Villen in einem

Angeberviertel von München, aber wenigstens nah am Büro. Ich habe

einfach das genommen, welches den größeren Garten hat. Vielleicht kann

ich dann mit Katja dort Fußball spielen. Aber bestimmt wird Esther was

dagegen haben, denke ich seufzend. Natürlich hat Esther bereits mit

privaten Kindergärten telefoniert, die auch sofort einen Platz hatten. Alles voll mit Angeberkindern von Angebereltern mit meinem Gehalt, wenn nicht sogar noch höher. Ich vermisse unser erstes Haus in Hamburg. Der Garten war winzig, aber für Max und mich hat es ausgereicht, um Fußball zu spielen. Das Indianerzelt hat auch Platz gehabt. Natürlich musste Max es sofort wieder einpacken, wenn Gäste kamen, denn es stand auf der Terrasse.

Ich gehe zu Fuß nach Hause. Mein Auto steht hier auf dem Firmenparkplatz sicherer als vor dem Hotel, denn leider gibt es dort keine Tiefgarage.

Im Hotel mache ich mir ein Brot. Ich würde ja sagen, ich vermisse ein gut gekochtes Mittagessen, aber leider kann Esther nicht sehr gut kochen. Sie versucht es und sie schafft es auch manchmal, etwas zu machen, was nicht völlig ungenießbar ist, aber meistens ist es einfach nur für die Tonne. Für Gäste ruft sie immer einen Caterer an. Und als wir uns das noch nicht leisten konnten, gab es halt kalte Platte und gekauften Kuchen, denn auch ihre Backkünste sind leider recht bescheiden.

Ob Anna kochen kann? Bestimmt hat ihre Mutter es ihr beigebracht und bestimmt kann Anna das auch, wie sie so ziemlich alles perfekt kann. Die geografische Nähe bringt mich Anna auch emotional wieder näher, obwohl ich glaube, dass ich nie sehr weit von ihr entfernt war. Ich denke an unser letztes Wochenende, das noch nicht lange her ist. Ihre Wärme,

ihre Stimme und die Gespräche, die wir einfach so führen können. So war

es schon immer zwischen uns. Ich habe sie wahrscheinlich schon im

Kindergarten geliebt, zumindest kann ich mich an keinen Augenblick

erinnern, in dem ich kein Herzklopfen bei der Erwähnung ihres Namens

hatte.

Esther habe ich nie von Anna erzählt. Warum auch? Wieso hätte ich ihr

von der Liebe meines Lebens erzählen sollen und dass ich sie dank meiner

Dummheit verloren habe? Esther kannte Anna nicht. Sie ist auf eine

andere Schule gegangen als wir. Ich glaube sie weiß, dass ich sie nicht

liebe. Ich glaube auch nicht, dass sie mich liebt. Sie hat sich arrangiert, Max

zu Liebe und sicherlich, weil ihre Mutter das so wollte. Meine Mutter war

wie gesagt nicht begeistert von Esther, aber sie hat sie irgendwie

akzeptiert.

Ich weiß gar nicht, ob sie Anna mochte. Klar war Anna häufig bei uns und

ich auch bei ihr. Ich weiß allerdings, dass meine Mutter Annas Mutter

überhaupt nicht leiden konnte, allerdings fand ich das nie sehr abwegig.

Annas Mutter war kalt, sie hatte nichts Mütterliches an sich. Ich habe nie

gesehen, dass sie Anna umarmt hat.

Der Tod ihres Vaters war hart für Anna. Ich glaube sie hat drei Monate nicht mit mir geredet. Das waren die schlimmsten drei Monate meines Lebens. Und dann stand sie plötzlich vor meiner Tür.

„Hallo Ralf. Kommst du mit raus?", fragte sie.

Ich weiß noch heute wie sie da stand und mein Herz so gerast hat, dass ich Angst hatte, dass sie es hört. Vielleicht fahre ich mal zum Friedhof, denke ich plötzlich. Mein Vater und ihre Eltern liegen dort. Ich werde mal vorbeischauen bevor Esther mit den Kindern kommt.

8. KAPITEL

Anna

Zum Glück lässt mich Harald lange schlafen. Ich schaue auf die Uhr.

Gleich zehn! Schnell ziehe ich mich an und gehe die Treppe runter.

„Ach bist du auch schon wach", begrüßt mich Harald ärgerlich und lässt

mich stehen. Auf dem Küchentisch steht sein Frühstückschaos. Ich mache

mich schnell daran, es aufzuräumen und das Mittagessen vorzubereiten.

Ob Ariane schon zu Hause ist? Schnell sehe ich in ihrem Zimmer nach. Sie

ist tatsächlich schon da.

„Hallo Ariane", sage ich. „Ich hatte noch gar nicht mit dir gerechnet.

Wann bist du denn nach Hause gekommen?"

Ariane sieht durch mich hindurch und sagt kurz angebunden: „Heute

morgen".

Das habe ich wohl verdient, denke ich. Seufzend gehe ich aus ihrem

Zimmer.

„Kommst du gleich zum Mittagessen runter", frage ich und drehe mich

noch Mal zu ihr.

„Was gibt es denn?", fragt Ariane gespielt gelangweilt.

„Spaghetti Bolognese", sage ich und versuche nicht allzu euphorisch zu klingen, denn ich weiß, dass das ihr Lieblingsgericht ist. Schon seitdem sie acht Jahre alt ist.

„Mmh. Mal sehen", sagt Ariane, aber zum Glück nicht mehr so frostig. Tatsächlich kommt Ariane nur wenige Minuten später nach unten und wir fangen an, zu essen. Schweigend sitzen die beiden über dem Mittagessen. Was für Muffpötte, denke ich enttäuscht. Ariane futtert einen riesigen Berg Spaghetti und verschwindet dann schnell wieder. Eigentlich bleiben wir ja sitzen, bis alle aufgegessen haben, aber ich habe keine Lust, hinter Ariane herzurufen. Plötzlich kommt mir ein Gedanke.

„Harald", sage ich. „Ich habe überlegt, dass ich nächstes Wochenende gerne mal auf dem Friedhof nach dem Rechten schauen möchte".

„Wieso?", fragt Harald erstaunt. „Schließlich gebe ich ein Vermögen für die Grabpflege aus!", knurrt er.

Ich schüttele mit dem Kopf. Natürlich zahle ich die Grabpflege von meinem Gehalt, aber ich gehe nicht weiter darauf ein.

„Ich möchte gerne schauen, ob es auch ordentlich gemacht wird. Von Zeit zu Zeit muss man den Leuten auf die Finger schauen", setze ich noch hinzu, denn das ist so ein Satz wie er auch von Harald hätte stammen können.

Da Harald das weiß, räuspert er sich nur und sagt: „Meinetwegen. Es steht ja keine Einladung an. Werdet ihr über Nacht bleiben, du und Ariane?"

„Ich weiß noch nicht ob Ariane mitkommen will. Ich werde sie fragen", sage ich zu meiner eigenen Überraschung und ernte einen missbilligenden Blick von Harald.

„Wahrscheinlich werde ich auch nicht übernachten, aber mal schauen, wann ich überhaupt ankomme. Und vielleicht treffe ich ja den einen oder anderen".

Den Rest des Satzes bekommt Harald schon gar nicht mehr mit, weil er bereits zur Tür raus ist. Ich räume ab und spüle schnell alles. Wir haben die Küche damals übernommen, obwohl sie keinen Geschirrspüler hatte, als wir in das Haus eingezogen sind. Und Harald war nicht davon überzeugt, dass wir überhaupt einen Geschirrspüler brauchen, deshalb durfte ich keinen anschaffen.

„Das bisschen Spülen ist doch schnell gemacht", pflegt er zu sagen. Natürlich hat er keine Ahnung wovon er redet, denn das Spülen mache ja ich. Ab und zu hilft mir Ariane dabei, aber irgendwie geht es doch schneller, wenn ich es allein mache.

Dann staubsauge ich noch das Wohnzimmer. Irgendwie habe ich gar keine Lust auf den Stapel Englischarbeiten und Deutschhausaufgaben. Ich gehe zu Ariane rauf und klopfe an ihre Tür, öffne sie jedoch sofort ohne auf eine Antwort zu warten.

„Ariane. Hättest du vielleicht Lust mit mir spazieren zu gehen? Wir können auch Eis essen gehen, wenn du möchtest". Ich sehe, dass Ariane eigentlich nein sagen möchte, aber überraschenderweise sagt sie zu.

„Schön! Wo wollen wir hingehen?", frage ich glücklich.

Ich vermisse meine Tochter. Natürlich weiß ich, dass sie älter wird und sich abnabeln muss, aber das muss doch alles nicht so schnell gehen!

Wir machen einen langen Spaziergang. Es ist schön hier, aber ich vermisse die beschauliche kleine Stadt mit den vielen Fachwerkhäusern direkt an der Ruhr. Ich weiß auch nicht wieso ich nach Bayern wollte. Eigentlich wollte ich nur ganz weit weg von zu Hause. Weg von meiner dominanten Mutter, die immer meine Entscheidungen treffen wollte. Die ich aber auch alle befolgt habe, das muss ich leider zugeben. Auch Harald zu heiraten war letztendlich meine Entscheidung. Allerdings hat meine Mutter so lange auf mich eingeredet, dass das meine letzte Chance sei, jemanden kennenzulernen, dass ich das irgendwann selbst geglaubt habe. Was wäre so schlimm gewesen, frage ich mich heute. Ich hatte mein Studium bereits mit 24 beendet und die Zusage für das Referendariat in Bayern. Meine

Mutter war nicht mal sauer, denn ich habe ihr einfach gesagt, dass das die

einzige Chance sei, mein Studium zu beenden. Natürlich musste sie mir

das glauben, sie wusste es ja nicht besser. Aber natürlich war sie

enttäuscht und hat mir das bei jeder Gelegenheit mitgeteilt. „Ich könnte

doch so gut auf deine Kinder aufpassen, wenn du hierbleiben würdest",

pflegte sie zu sagen bis ich fort war und immer wieder, wenn ich sie

besucht habe. An der Schule habe ich Meli kennengelernt und wir waren

uns quasi sofort sympathisch. Sie hatte schon ein Jahr hinter sich. Da sie

auf der Europaschule war, hatte sie ihr Abi bereits mit 18 fertig.

„So", sage ich. „Hättest du Lust auf ein Eis Ariane?"

Ariane strahlt mich an. Zu Hause strahlt sie so gut wie nie. Ich kann es ihr

nicht verübeln. Harald sorgt wirklich nicht für ein angenehmes Klima zu

Hause.

Es ist ein wunderschöner warmer Juni Tag. Bald sind Ferien, aber

wahrscheinlich werden wir nicht wegfahren. Harald hat mal wieder

wichtige Fälle. Ich bin ein paar Mal mit Ariane allein weggefahren. An die

Nordsee oder wir haben meine Mutter besucht. Allerdings war das weder

für Ariane noch für mich sonderlich erholsam. Die letzten zwei Jahre sind

wir einfach hiergeblieben. Meli und ihr Mann haben nämlich vor zwei

Jahren in einen Pool investiert. Wir haben beim Buddeln geholfen und uns dadurch ein lebenslanges Schwimmrecht verdient. Also zumindest solange wie sie in diesem Haus wohnen werden meinte Ansgar. Typisch Ansgar.

Ich glaube Ariane würde sofort dort einziehen, wenn ich es erlauben würde.

„Ariane", fange ich an, während wir uns an einen Tisch setzen.

„Nächsten Samstag werde ich zum Friedhof fahren. Einfach mal nach dem Rechten schauen. Du kannst selbst entscheiden, ob du mitkommen möchtest".

Ariane schaut mich mit dem typischen fragenden Ausdruck an. Eben dieser, wenn ein Kind abcheckt, ob es tatsächlich die Wahl hat oder ob das nur eine rhetorische Frage ist.

„Wirklich?", fragt sie erstaunt.

„Ja", sage ich fest.

„Wenn du möchtest, rufe ich Saras Eltern an".

Ariane strahlt. „Ja bitte. Das wäre voll super Mama!"

Noch am selben Abend rufe ich Saras Mutter an. Die ist ganz erstaunt, dass ich überhaupt nachfrage.

„Aber selbstverständlich kann Ari bei uns übernachten! Also ich meine, wenn Sara nichts dagegen hat".

„Sara Schatz", ruft sie. Schnell halte ich den Hörer etwas weiter weg.

„Möchtest du gerne, dass Ari am Samstag vorbeikommt?"

Ich höre nur ein Genuschele im Hintergrund.

Saras Mutter lacht.

„Dachte ich mir. Nein das ist gar kein Problem", gibt sie das Genuschelte wieder. Wir tauschen noch ein paar Floskeln aus und legen dann auf.

„Ariane", rufe ich nach oben.

Aber sie hört mich nicht, wahrscheinlich hört sie Musik. Ich laufe nach oben und klopfe an ihre Tür. Ariane öffnet und schaut mich genervt an.

„Ich wollte dich nicht stören Ariane", sage ich beschwichtigend.

„Nee du störst nicht Mama. Hab nur gerade Telefonkonferenz mit Sara. Danke, dass ich am Samstag bei ihr übernachten darf!"

Und dann ist die Tür auch schon wieder zu.

Am Samstag lasse ich mich mit dem Taxi zum Bahnhof fahren. Harald arbeitet im Moment mal wieder sehr viel. Für das Klima zu Hause ist das sogar wesentlich besser. Er hat keine Zeit, rumzuschreien oder Ariane zu schikanieren. Ich weiß eigentlich gar nicht ob er Kinder haben wollte. Er hat nie viel über die Schwangerschaft gesagt und letztendlich war das ja auch meine Aufgabe.

Ich lehne mich zurück und genieße die Zugfahrt. 5 Stunden einfach mal wieder ein Buch lesen. Natürlich wäre ich auch gerne mit Ariane gefahren, aber das wäre für uns beide die schlechtere Variante gewesen. Ich genieße die Zeit für mich und auch die Ruhe. Zum Glück muss ich nur einmal umsteigen. Und von der S-Bahnhaltestelle ist der Friedhof nicht weit, nur etwa 10 Minuten zu Fuß. Vielleicht übernachte ich in dem Hotel um die Ecke. Ich habe ganz lose ein Treffen mit Antje vereinbart, nichts wirklich Festes. Mal schauen, vielleicht rufe ich sie sogar an. Während der Schule waren wir ganz gut befreundet und sie ist einige der wenigen, die hiergeblieben ist. Sie hat tatsächlich Medizin studiert, arbeitet im Krankenhaus und hat einen Arzt geheiratet. Keine Ahnung wer auf ihre beiden Kinder aufpasst, aber irgendwie scheinen sie es hinzubekommen. Ach, es lohnt ja nicht, darüber nachzudenken.

Ich stiefele zum Friedhof und ziehe meinen kleinen Trolley hinter mir her.

Es ist heiß. Ich ziehe meine Strickjacke aus und bugsiere sie irgendwie in den Koffer.

Vor dem Grab meiner Eltern steht jemand. Als ich genauer hinschaue, setzt mein Herz aus und mein Magen krampft sich zusammen.

Vor dem Grab meiner Eltern steht Ralf.

9. KAPITEL

Ralf

„Hallo Ralf", sagt eine mir nur allzu vertraute Stimme. Das kann doch gar nicht sein. Ich habe es erfolgreich geschafft, Anna in München nicht zu begegnen und dann ist sie hier! Ich drehe mich um.

„Anna. Was machst du hier?"

„Wahrscheinlich dasselbe wie du Ralf", sagt Anna mit ihrer ruhigen, angenehmen Stimme.

Mein Magen sticht und krampft sich zusammen. Soll ich ihr die Hand geben? Soll ich sie umarmen? Was ist, wenn uns jemand sieht? Anna reicht mir die Hand und ich ziehe sie zu mir. Die Wärme ihrer Hand hat kleine elektrische Impulse in mir ausgelöst und ich hungere nach mehr. Ich streichele ihr Gesicht und fange an, sie zu küssen. Ich kann einfach nicht aufhören. Aber Anna weist mich auch nicht zurück. Irgendwie schaffe ich uns beide in mein Auto, das zum Glück nicht weit von hier steht. Im Auto halte ich kurz inne.

„Anna", flüstere ich. Aber mehr kann ich nicht sagen. Denn ich will sie. Ich will sie überall berühren. Ich fange an, ihren Rock hochzuschieben.

„Ralf", keucht sie jetzt doch entsetzt.

Aber sie stoppt mich immer noch nicht. Zum Glück sitzt der Rock so locker, dass ich ihn mühelos hochschieben kann. Dann berühre ich ihre Strumpfhose und reiße sie grimmig auseinander. Auch Anna kommt jetzt in Fahrt und scheint zu vergessen, dass wir eigentlich im Auto auf dem Friedhof sind. Sie fängt an, meine Hose zu öffnen. Ich reiße ihr den Slip herunter und schiebe beinah gleichzeitig meine Hose runter. Irgendwie schaffe ich es auch noch, sie ganz runterzuziehen und mich hinzusetzen. Ausnahmsweise ist der Mercedes super, denn die Rückbank ist wirklich geräumig.

Und dann nehme ich Anna und presse sie auf meinen Schoß. Sie stöhnt, aber sie scheint mehr als bereit zu sein, denn ich spüre keinen Widerstand als ich in sie eindringe. Wir hören nicht auf, uns zu küssen. Ich möchte eigentlich meinen ganzen Körper noch viel näher an ihren pressen, aber die Sachen obenrum lassen wir dann doch lieber an. Ich spüre, dass sie anfängt, sich zusammenzuziehen. Ihr Stöhnen wird gleich noch etwas lauter. Zum Glück dämpfe ich das Ganze mit meinem Mund etwas ab. Ich kann mich kaum noch beherrschen, trotzdem mache ich weiter, weil ich einfach nicht will, dass es endet. Ich lege sie vorsichtig auf die Bank und liege jetzt auf ihr. Sie ist völlig verschwitzt. Ich auch, aber ich genieße es, in ihr zu sein. Ich streichele ihr Gesicht, küsse sie und fange an, ihre

Brustwarzen mit meinem Mund zu bearbeiten. Dann küsse ich sie wieder und fange an, mich erneut in ihr zu bewegen. Nach wenigen Sekunden spüre ich wieder das vertraute enger werden und wieder stöhnt Anna heftig auf. Ich kann mich jetzt nicht mehr beherrschen und folge ihr nur kurze Zeit später. Irgendwann löse ich mich von ihr.

„Anna. Es tut mir leid", keuche ich und ringe immer noch nach Luft. Anna schaut mich amüsiert an.

„Was genau?"

„Na ja", sage ich verschämt. Ich habe dich sofort in mein Auto gezerrt und dich quasi...".

Anna lacht. Ich liebe dieses unbeschwerte Lachen.

„Na hör mal Ralf. Ich fühle mich nicht vergewaltigt, eher ziemlich befriedigt".

Sie öffnet die Autotür und wir beide atmen die frische Luft ein.

„Aber was machst du eigentlich hier?", fragt sie erstaunt.

Ich grinse, nehme ihr Gesicht in meine Hände und küsse sie.

„Ich wollte mal nach den Gräbern schauen und dachte, ich schaue auch mal bei deinen Eltern vorbei".

Wieder küsse ich sie. Ich kann einfach nicht lange neben Anna sitzen, ohne sie zu berühren. Es ist wie Atmen für mich.

„Soll ich dich mit nach München nehmen?", frage ich sie ohne nach zu denken.

„Ja gerne", sagt Anna sofort. „Aber musst du heute noch zurück?", fragt sie und schaut mich schelmisch an. Ich staune nicht schlecht.

„Nein eigentlich nicht. Aber vielleicht suchen wir uns lieber woanders ein Hotel", schlage ich vor. Anna lacht wieder.

„Sag Mal. Wo ist eigentlich mein Koffer?", fragt Anna plötzlich und schaut sich suchend um.

„Ich habe keine Ahnung", sage ich ehrlich.

Anna macht Anstalten aus dem Auto zu steigen.

„Vielleicht solltest du so nicht rausgehen", gebe ich zu bedenken. „So ohne Strümpfe und Höschen".

Mein Mund wird ganz trocken, während ich das sage.

„Wieso", sagt Anna locker. „Ich bin froh, dass diese Strumpfhose weg ist. Mir ist gleich viel weniger heiß". Schnell streift sie ihre Schuhe über und läuft weg, um wenige Minuten später mit ihrem Koffer zurück zu marschieren. Mittlerweile habe ich mich von der Nummer erholt und mich wieder etwas manierlicher angezogen. Ich setze mich nach vorne. Anna schmeißt ihren Koffer auf die Rückbank und setzt sich neben mich.

„Ich wäre dann so weit. Wenn wir aus der Stadt raus sind, könnten wir was essen. Ich sterbe vor Hunger!"

Und dann schläft sie ein.

10. Kapitel

Anna

Als ich die Augen öffne, bin ich erst Mal völlig orientierungslos.

„Hallo Schlafmütze", sagt Ralf zärtlich und gibt mir einen Kuss. Ich

recke und strecke mich.

„Wo sind wir?", frage ich und schaue aus dem Fenster. Ralf lacht.

„In Koblenz. Das ist ein kleines Hotel, in dem ich mal zu einer Konferenz

war. Die Küche ist phantastisch", schwärmt er.

Vorsichtig steige ich aus dem Auto. Vom Schlafen bin ich noch ganz steif

und unbeweglich. Koblenz? Wir sind also beinah zwei Stunden gefahren

und ich habe gar nichts davon mitbekommen. Ich schaue auf meine Uhr.

Es ist bereits sieben Uhr abends. Und mein Magen knurrt. Die letzte

Mahlzeit hatte ich heute Morgen um acht Uhr.

„Ich sterbe vor Hunger", sage ich und folge Ralf.

„Tja, das waren deine letzten Worte bevor du eingeschlafen bist",

schmunzelt er.

Er geht rein und nimmt zwei Schlüssel in Empfang. Nanu? Wann hat er

unser Zimmer reserviert? Er drückt mir einen Schlüssel in die Hand.

„Ich habe zwei Einzelzimmer für uns gebucht. Lass uns gleich essen gehen. Ich habe uns einen Tisch reserviert".

Ich frage mich wie Ralf so schnell von freundlich und vertraut zu kühl und geschäftlich wechseln kann. Schweigend tapse ich hinterher. „Kleines" Hotel trifft es so gar nicht für meine Verhältnisse. Ein riesen großes Hotel, das sehr luxuriös wirkt. Wir fahren in den dritten Stock, unsere Zimmer sind direkt nebeneinander. Ich gehe in mein Zimmer und stelle meinen Koffer hin. Dann wasche ich mir den Schlafsand aus den Augen. Es klopft an der Tür. Schnell gehe ich zur Tür. Davor steht Ralf und grinst mich schief an.

„Na, bist du fertig?", fragt er.

„Ja", sage ich. „Aber wieso die beiden Zimmer?"

„Es erschien mir irgendwie unverfänglicher", sagt er und reibt sich unsicher die Nase.

„Aber ich habe nur die Benutzung eines Zimmers geplant. Also, wenn du möchtest".

Letzteres kommt dann doch etwas schüchtern rüber. Jetzt ist er wieder der Ralf, den ich kenne. Den ich schon mein ganzes Leben kenne, denke ich wehmütig. Händchenhaltend gehen wir ins Restaurant und bestellen bergeweise Essen. Ich habe keine Ahnung wie teuer das Essen war, aber

Ralf beschwert sich nicht und wird auch nicht blass als die Rechnung kommt. Dann machen wir noch einen Verdauungsspaziergang. Anfangs rolle ich eher neben Ralf her bis mein Essen etwas runtergesackt ist. Es ist wirklich traumhaft hier.

„Wie geht es dir in München?", frage ich. „Ist deine Familie auch schon da?"

„Noch nicht" antwortet er kurz. „Sie werden in zwei Wochen nachkommen. Bis dahin lebe ich im Hotel".

„Na das bist du ja gewohnt", sage ich unbedacht. „Ja das tue ich", sagt er kühl. „Freust du dich, dass du deine Familie jetzt wieder mehr sehen wirst?", frage ich.

Er bleibt abrupt stehen.

„Ich kenne meine Familie kaum", antwortet er heftig und ich zucke zusammen.

„Katja weiß nur, dass ich ab und zu vorbeischaue. Mein Sohn wird allerdings wieder nach Hamburg ziehen und dort studieren", sagt er jetzt wieder etwas ruhiger.

„Was wird Max denn studieren?", frage ich interessiert.

„Elektrotechnik", sagt er, nicht ohne Stolz.

„Nicht schlecht", staune ich. „Sowas hätte ich nie studieren können".

„Du hättest alles studieren können", sagt Ralf ernst und küsst mich wieder. Irgendwie ist es anders als die letzten Male, wenn wir uns getroffen haben. Ralf wirkt trauriger als sonst. Ich bleibe stehen.

„Wir werden uns nicht mehr sehen können, nicht wahr?"

Ich schaue Ralf ernst an. Er nickt und zieht mich in seine Arme.

„Daran habe ich auch gerade gedacht. Jetzt wo wir in derselben Stadt leben, halte ich das für keine gute Idee". Schweigend gehen wir zurück. Auf dem Zimmer rufe ich erst Mal Ariane an. Sie sind bei Sara zu Hause (zumindest hoffe ich das). Dann gehe ich duschen. Plötzlich geht die Badezimmertür auf. Ich zucke zusammen. Dann wird die Kabinentür geöffnet. Noch bevor ich losschreien kann, erkenne ich zum Glück, dass es Ralf ist.

„Darf ich einsteigen?", fragt er grinsend und kommt auch schon in die Kabine. Wir seifen uns beide ein. Es tut so gut seinen Körper zu spüren. Fast scheint es als ob er sich an mir festkrallt. Danach gehen wir ins Bett. Trotz des langen Nachmittagsschlafs schlafe ich sofort tief und fest in Ralfs Arme gekuschelt ein.

11. KAPITEL

Ralf

Am nächsten Morgen brechen wir direkt nach dem Frühstück auf.

Später werde ich noch arbeiten müssen.

Ich bringe Anna natürlich nicht bis vor die Haustür, damit ihr Ehemann

nicht sieht, wer sie nach Hause gefahren hat, sondern parke in einer

kleinen Nebenstraße.

Ich küsse sie lange, denn ich weiß, dass es ein Abschied für immer sein

wird. Dabei greife ich ihr zwischen die Beine und schiebe ihren Rock leicht

beiseite. Dann tauche ich meine Hand in ihr Höschen, das sie heute

Morgen frisch angezogen hat und beginne sie vorsichtig zu streicheln. Sie

fängt an zu stöhnen.

„Ralf", stöhnt sie genüsslich und ich mache weiter. Langsam streichele

ich sie, am liebsten würde ich noch einmal mit ihr schlafen. Ein letztes

Mal. Anna stöhnt und mein Finger wird ganz nass. Dann greift Anna nach

meiner Hose und öffnet sie. Langsam schält sie ihn raus und fängt an, ihn

zu reiben. Ich stöhne und lehne mich zurück, lasse meine Hand jedoch in

ihrem nassen Höschen. Sie reibt weiter und weiter. „Vorsicht", keuche ich.

„Ich kann mich kaum noch beherrschen". „Brauchst du doch auch nicht", stöhnt Anna, denn ich habe wieder begonnen, sie heftiger zu streicheln.

Nur wenige Minuten später explodiere ich in ihrer Hand. Mein ganzer

Körper zuckt heftig.

„Oh Gott!", keuche ich. „Anna!"

Schwer atmend ringe ich nach Worten.

„Das war phantastisch Anna!"

So etwas habe ich noch nie gemacht.

„So etwas habe ich noch nie gemacht", sagt Anna schüchtern. Ich muss

lachen, werde aber schnell wieder ernst.

„Auf Wiedersehen Anna", sage ich leise. Auch Anna schaut mich jetzt

traurig an.

Dann steigt sie aus dem Auto, rückt alles ein bisschen gerade und geht

dann mit festen Schritten fort. Den kleinen Koffer zieht sie dabei hinter

sich her.

Seufzend fahre ich in mein Hotelzimmer. Ich bin kaum zur Tür rein, als

mein Handy klingelt. Ich höre nur ein Schluchzen.

„Esther?", frage ich beunruhigt. „Was ist passiert?"

„Meine Mutter ist vor zwei Stunden gestorben", höre ich sie endlich

sagen. Ich erstarre.

„Soll ich nach Hause kommen Esther? Ich kann mich morgen früh gleich ins Auto setzen", schlage ich vor.

„Nein, nein", sagt Esther jetzt wesentlich gefasster.

„Ich kümmere mich hier um alles und wenn ich den Beisetzungstermin habe sage ich dir Bescheid. Du musst doch arbeiten", setzt sie noch hinzu, aber es klingt irgendwie vorgeschoben.

Recht hat sie, aber trotzdem braucht sie doch meine Unterstützung. Oder vielleicht auch nicht.

„Ich denke wir schaffen es nicht, in zwei Wochen umzuziehen", sagt Esther plötzlich.

Ich nicke, obwohl Esther das nicht sehen kann.

„Das verstehe ich Esther. Wie machen wir das mit dem Umzugsunternehmen?"

„Ich habe den Termin schon verschoben bzw. sie nehmen dein Arbeitszimmer und deine Sachen mit. Das wird dann natürlich etwas teurer", sagt sie vorsichtig.

„Das macht nichts", sage ich schnell. Für irgendwas muss diese Plackerei ja gut sein.

Nachdem ich aufgelegt habe, stutze ich.

Esther klang ganz anders als sonst. Ich könnte jetzt nicht sagen was anders war. Eigentlich kann man nicht behaupten, dass Esther und ich uns entfremdet hätten in den letzten Jahren, denn wir haben nie wirklich eine Ehe geführt. Keine, die ich wahrscheinlich mit Anna geführt hätte, denke ich plötzlich und muss schlucken. Ich weiß nicht wieso ich jetzt an Anna denke. Selbst als ich sie vor vier Jahren wiedergesehen habe und selbst nach unserem ersten gemeinsamen Wochenende, habe ich nie daran gedacht, Esther und die Kinder zu verlassen. Ob Anna daran gedacht hat? Ich kenne ihren Mann nicht. Ich weiß gar nichts über ihre Familie und ihr Leben in München. Aber es vergeht kaum ein Tag an dem ich nicht an Anna denke. Daran, wie sie sich anfühlt. Daran, wie ihre Lippen schmecken. Ich hätte nie geglaubt, dass Gefühle weiterhin auch so intensiv bleiben können. Unsere erste gemeinsame Nacht vor ein paar Jahren war wie nach Hause zu kommen. Es war kein Vergleich zu unserem allerersten Mal. Damals waren wir erst sechzehn. Aber damals vor vier Jahren mit unserer Erfahrung war es einfach perfekt. Ja es war wie nach Hause zu kommen, denke ich seufzend. Mit Esther ist es nie so gewesen, dafür fehlt uns die Vertrautheit und Esther vielleicht auch der Mut, sich fallen zu lassen. So etwas wie heute im Wagen hätte sie nie gemacht. Allerdings hätte ich auch nie gedacht, dass Anna so etwas machen würde.

Geschweige denn ich! Eigenartig, dass Esther nicht wollte, dass ich nach Hamburg komme. Und dass sie erst Mal dortbleiben wird. Aber viel Zeit habe ich nicht, darüber nachzudenken. Es liegt ein Haufen Arbeit auf meinem kleinen Hoteltisch. Bis tief in die Nacht hinein arbeite ich und telefoniere. Auch die anderen machen heute nicht frei.

Viel zu früh klingelt der Wecker und ich drehe mich noch einmal um. Fünf Minuten später klingelt er wieder und seufzend stehe ich auf. Im Büro warten Sitzungen und Verträge auf mich. Alles ziemlich langweilig. Ich verstehe immer noch nicht was Mastew dazu bewogen hat, so viel Geld zu unterschlagen. Das Gehalt ist fantastisch, nur die Arbeit ist öde. Plötzlich geht mein Handy.

„Hallo? Spreche ich mit Ralf Sommer?"

„Ja das tun Sie. Mit wem spreche ich?", frage ich verwirrt.

„JVA München. Ein Herr Theodor Mastew möchte gerne von Ihnen besucht werden. Ist das in Ordnung für Sie?"

Ich bin erstaunt. „Ja in Ordnung. Wann?"

„Heute Mittag".

Ich schaue auf die Uhr. „Also gut".

Klick und schon hat der Beamte aufgelegt.

Eigenartig. Was Mastew wohl von mir will?

Nach einem langweiligen Vormittag mache ich mich schließlich auf zum Gefängnis. Ich werde durchsucht und dann in einen kleinen Raum geführt. Ein großer bulliger Typ in Jeans und abgewetztem Pullover, der viel zu warm für das Juniwetter aussieht, wird reingeführt.

„Herr Sommer?", fragt er.

„Ja", sage ich. „Herr Mastew nehme ich an".

Er nickt und setzt sich an den Tisch.

„Ich bin froh, dass Sie gekommen sind".

„Ok", sage ich. „Aber was genau wollen Sie denn von mir?"

„Ich will Sie warnen", sagt er ohne Umschweife. „Ich denke Sie werden der Nächste sein, der gefeuert wird".

„Wieso?", frage ich erstaunt. „Woher wollen Sie das denn wissen? Und wissen Sie auch weswegen?"

„Natürlich wegen nichts. Ich habe ja auch nichts getan. Und trotzdem sitze ich hier im Gefängnis!"

Letzteres stößt er verbittert hervor.

„Das habe ich dann doch etwas anders gehört", sage ich vorsichtig. Schließlich scheint Herr Mastew bereits sehr aufgewühlt zu sein, da muss ich nicht noch Öl reingießen.

Aber irgendwie fängt mein Magengeschwür plötzlich an zu piksen. Die ganze Aktion ist mir von Anfang an merkwürdig vorgekommen. Niemand wird so schnell Geschäftsführer von irgendwas. Aber was wäre meine Alternative gewesen? Oder war das Ganze nur ein Bluff und ich hatte tatsächlich aufs falsche Pferd gesetzt? Mastew beobachtet mich und fängt plötzlich an zu grinsen.

„Ja, ja, die Gedanken kenne ich. Ich wurde auch unter Druck gesetzt, den Job doch bloß anzunehmen. Und dann plötzlich hatte ich einen Strafprozess am Hals".

„Plötzlich?", frage ich zweifelnd.

„Wenn ich es doch sage! Die haben mir die ganze Sache angehängt und jetzt habe ich noch nicht Mal das Geld für einen anständigen Anwalt. Mein ganzes Geld wurde eingefroren!", regt sich Mastew auf.

Ich kann es ihm nicht verdenken, bin aber immer noch reichlich perplex.

„Aber was genau wurde Ihnen denn angehängt?", frage ich nach. „Und wie genau hat das Derjenige bewerkstelligt?" Mastew gibt ein irres Lachen von sich. Das Lachen eines völlig verzweifelten oder verrückten Mannes. Der Aufpasser im Hintergrund räuspert sich und Mastew kriegt sich wieder etwas ein.

„Angeblich habe ich Geld auf ein ausländisches Konto transferiert. Angeblich befinden sich große Geldsummen auf diesem Konto, die wohl einer unterschlagenen Summe entspricht und weil ich eine Summe nachweislich überwiesen habe, geht man davon aus, dass ich alle Unterschlagungen begangen habe. Komischerweise habe ich aber selbst gar keine Daten über dieses Konto, nicht Mal ein Passwort hat man bei der Hausdurchsuchung entdeckt. Trotzdem bin ich in U-Haft genommen worden. Der Anwalt, der mir zugewiesen wurde, hat sich nicht gekümmert, wahrscheinlich weil er kein Geld dafür bekommt oder weil er mich eh für schuldig hält".

Mastew holt Luft.

„Aber wie soll das denn gehen", frage ich ungläubig.

„Hat etwa jemand auf Ihren Namen ein ausländisches Konto eröffnet?"

Er stockt. Plötzlich wirkt er nachdenklich.

„Ich denke ja", sagt er zögernd. „Genau das kann ich eben nicht beweisen.

„Da Gelder von meinem privaten Konto auf eben dieses Konto geflossen sind, hält man mich wie gesagt für schuldig. Aber wieso sollte ich so dämlich sein und von meinem privaten Konto plötzlich Geldsummen auf ein illegales Konto überweisen?"

Er schaut mich herausfordernd an, aber ich kann nichts darauf erwidern.

„Ok", sage ich mit einem Blick auf meine Uhr.

„Was genau wollen Sie jetzt von mir?"

Er druckst rum und wird etwas verlegen.

„In erster Linie möchte ich dich warnen. Ich gehe davon aus, dass du das nächste Bauernopfer sein wirst".

„Aber bis jetzt bin ich doch gar nicht angeklagt worden", sage ich, auch um mich selbst zu beruhigen.

„Und ich besitze auch kein Auslandskonto".

„Na und", sagt Mastew. „Habe ich auch nicht. Aber das habe ich dir ja bereits erzählt. Ich will dich einfach nur warnen", wiederholt er.

„Irgendwer unterschlägt große Summen Geld. Ich nehme an, dass es mehrere Personen sind. Und Einfluss müssen sie auch haben. Schließlich kann man nicht einfach so aus Leuten Geschäftsführer machen".

„Das stimmt" nicke ich. „Aber was soll ich jetzt deiner Meinung nach machen?", frage ich.

„Such dir einen Anwalt", schlägt er vor. „Erzähl ihm was ich dir erzählt habe. Denn dann kann er das Ganze bezeugen, bevor dir etwas angehängt wird. Bei mir ist es zu spät. Mein Job ist weg und ich habe keinen Cent mehr. Meine Frau ist wahrscheinlich mit allem abgehauen was nicht festgeschraubt oder beschlagnahmt wurde und ich habe nichts mehr.

Wenn ich hier raus bin kann ich auf der Straße kampieren".

Oh Mann. Ich fange gleich an zu heulen!

„Ja, ja, ich weiß. Heul doch denkst du. Aber sieh dich vor! Und besorg

dir einen Anwalt!", sagt er laut, während der Aufpasser ihn wieder

wegführt. Die Besuchszeit ist wohl offiziell beendet.

Langsam gehe ich zu meinem Dienstwagen und fahre zurück zur Firma.

Ob Mastew Recht hat? Wieso hätte er sonst mit mir sprechen sollen? Er hat

mich nicht um Geld oder sonst um etwas gebeten. Vielleicht sollte ich

tatsächlich mal mit einem Anwalt sprechen. Aber mit wem? Und es sollte

niemand mitbekommen. Also gehe ich heute mal um 16 Uhr nach Hause.

Natürlich mit meinem Rechner. Schließlich muss das Ganze nicht heißen,

dass Mastew die Wahrheit gesagt hat. Ich sollte mich also trotzdem

anstrengen.

12. KAPITEL

Anna

Mal wieder ein Montag.

Harald ist bereits weg. Dieser riesige Fall mit der Veruntreuung bei dieser großen Firma, erfordert seinen ganzen Einsatz, behauptet er.

Der Firma, bei der Ralf jetzt Geschäftsführer ist. Hoffentlich hat er nichts damit zu tun, denke ich und gehe Ariane aufwecken. Die steht tatsächlich fix und fertig in ihrem Zimmer und telefoniert kichernd mit jemandem.

Moment Mal!

„Guten Morgen Ariane! Bist du aus dem Bett gefallen?", begrüße ich sie und denke bei mir, dass das nicht sehr freundlich war.

Und natürlich ernte ich auch gleich einen verständnislosen Blick, aber zumindest legt sie sofort auf.

„Möchtest du etwas frühstücken gehen Ariane? Wir haben noch massig Zeit. Hast du Lust zum Bäcker zu gehen?"

„Ok" muffelt Ariane. Wenn man einen Teenager hat, ist das fast schon überschwänglich!

Nach der Schule treffe ich mich wieder mit Meli in unserem Lieblingscafé.

„Na erzähl mal von deinem Wochenende. Du warst in deiner alten Heimat, oder?"

Das ist typisch Meli. Sie kommt immer sofort auf den Punkt. Ich schlucke. Plötzlich klingelt mein Handy. Es ist Ralf! Ich zeige überflüssigerweise auf mein Handy, bevor ich drangehe.

„Mangold. Hallo?", frage ich.

„Ich brauche einen Anwalt. Zumindest glaube ich das. Dein Mann ist doch Richter und kennt doch bestimmt welche. Kannst du mir einen empfehlen?", fragt Ralf aufgeregt.

„Ich denke ja", sage ich überrascht. „Aber was ist denn passiert?", frage ich bestürzt und sehe wie Melis Ohren immer größer werden.

„Ja ich kenne einen. Einen recht guten sogar. Ich schicke dir seine Nummer", sage ich schnell.

„Danke Anna. Können wir uns sehen?", bittet Ralf.

„Ich glaube nicht", sage ich kurz und lege auf.

In einer anderen Stadt war das möglich. Aber hier? Nein, nicht in derselben Stadt.

„Wer war denn dran? Was wollte er?", fragt die Inquisitorin.

„Woher weißt du denn, dass es ein Er war?", frage ich, um Zeit zu gewinnen.

„Weiß ich gar nicht, aber jetzt weiß ich es", sagt Meli zufrieden.

Ich seufze. Ja ich möchte Meli am liebsten alles erzählen!

„Er heißt Ralf", beginne ich, obwohl Meli die Geschichte ja kennt. Zumindest die vor 18 Jahren.

„Mein Jugendfreund, erinnerst du dich?" Meli nickt.

„Du hattest mir erzählt, dass er in München ist. Und jetzt hat er aus heiterem Himmel angerufen und mich gefragt, ob ich einen Anwalt kenne", sage ich vorsichtig.

„Also willst du ihm die Nummer von Ansgar geben", stellt Meli fest. „Hat er denn mit den ganzen Sachen zu tun, die gerade laufen?", fragt sie neugierig. „Ich wusste gar nicht, dass du Kriminelle kennst!", ruft sie erfreut.

„Wusste ich auch nicht", sage ich abwesend.

Dann zucke ich zusammen. Ralf ein Krimineller? Ralf hat Unterschlagungen begangen? Nein, das kann nicht sein!

Aber im Grunde genommen kenne ich Ralf nicht mehr. Wir haben uns nur einmal pro Jahr getroffen. Natürlich haben wir viel geredet, aber um einen Menschen zu kennen, reicht das wohl kaum. Trotzdem will ich es einfach nicht glauben und schicke Ralf sofort Ansgars Nummer. Meli schaut mich durchdringend an.

„Habe ich das richtig verstanden? Du hast Ralf angeblich seit Jahren nicht mehr gesehen. Aber er ruft dich wegen eines Anwalts an?", fragt Meli beißend.

Ihr Blick ist durchdringend und ich fange an, mich wieder ganz klein zu fühlen. Hektisch schaue ich mich um.

„Nicht hier. Und nicht heute Meli. Ariane kommt gleich aus der Schule und ich muss noch kochen", sage ich hektisch.

Meli schaut mich verblüfft an. Wahrscheinlich hat sie nicht mit so einer Antwort gerechnet. Aber ich muss es jemandem sagen, sonst platze ich.

„Wann denn?", fragt sie gespannt.

„Vielleicht übernachtet Ariane wieder bei Sara", überlege ich. „Dann könnte ich vorbeikommen".

Meli strahlt. „Ich bin gespannt wie ein Flitzebogen!"

Abends spreche ich mit Saras Mutter und vereinbare, dass Sara die nächsten Wochenenden mal bei uns schläft. Aber nächstes Wochenende habe ich frei. Ich kann also zu Meli gehen und dann vielleicht….

Was ist nur aus mir geworden, schelte ich mich selbst. Ich weiß selbst nicht mehr was mit mir los ist.

Suche ich so sehr nach einem Abenteuer?

Und wieso hat mich Ralf überhaupt gefragt? Müsste Esther mit den Kindern nicht langsam da sein?

Obwohl, in zwei Wochen hatte er gesagt. Also noch ein Wochenende sturmfrei. Ich setze mich ins Auto und wähle Ralfs Nummer. Er geht sofort dran.

„Anna!", sagt er überrascht.

„Hallo Ralf. Ich könnte Samstagabend zu dir kommen".

Ich muss schlucken. Ich höre Ralf ausatmen.

„Das wäre schön", lacht er leise. „Ich schicke dir meine Hoteladresse".

Ich lege auf und weiß nicht ob ich mich hassen soll, aber mein Herz hüpft dermaßen, dass da kein Platz ist für ein schlechtes Gewissen.

Und wieder frage ich mich ob ich nicht einfach alles beenden sollte. Ariane würde es wahrscheinlich nicht stören und ich? Harald und ich führen keine Ehe. Zumindest keine wie Meli und Ansgar. An die Ehe meiner

Eltern habe ich gar keine Erinnerung mehr. Und ansonsten kenne ich wenige Ehepaare wirklich näher. Wenn wir eingeladen werden, dann bei anderen Anwälten oder Richtern, die ich kaum kenne. Ich weiß gar nicht wieso Ansgar und Harald befreundet sind. Ansgar erscheint mir äußerst sympathisch und hat auch andere Freunde, weil er Tennis und Gitarre spielt. Harald dagegen ist heute noch eigenbrötlerischer als damals. Aber irgendwie habe ich den Gedanken nie zu Ende gedacht. Nur heute ist es stärker als sonst. Denn ich weiß keine Gründe mehr wieso ich diese Ehe weiterführen soll. Für Ariane brauche ich das nicht zu tun. Ich habe nie aufgehört, zu arbeiten. Mein Lehrerinnengehalt reicht natürlich nicht für ein Haus, in München schon gar nicht. Aber sowas sollte doch kein Grund sein mit jemand verheiratet zu sein!

13. KAPITEL

Ralf

Anna wird am Samstag vorbeikommen, denke ich und mein Herz klopft vor Aufregung.

Um neun Uhr bin ich endlich im Hotel und frage nach meiner Post. Ein paar Briefe und ein großer brauner Umschlag ohne Adresse.

Schnell gehe ich in den 1. Stock. In meinem Zimmer reiße ich den braunen Umschlag auf und erstarre.

Fotos. Jede Menge Fotos von mir und Anna. Gestochen scharf. Wir auf dem Friedhof, wie wir ins Auto steigen und wie wir in Koblenz händchenhaltend spazieren gehen. Verdammt, ich hätte es wissen müssen. Ich hätte vorsichtiger sein müssen.

Ich greife nach meinem Handy.

„Anna", sage ich kurz. „Wir können uns am Samstag nicht sehen. Wir können uns nie mehr sehen!", setze ich noch hinzu und lege dann ganz schnell auf.

Ich habe Angst, dass ich zurückrudere.

Ich bin schweißgebadet.

Mit zittrigen Händen nehme ich den Brief aus dem Umschlag. Er ist computergeschrieben und fordert mich dazu auf, Geld von meinem Konto auf ein anderes Konto zu transferieren.

Und dann werde ich wegen Unterschlagung angezeigt. Nur hatte Mastew behauptet, dass er die Überweisung nicht selbst getätigt hätte. Aber ich schweife ab. Wenn diese Fotos an die Öffentlichkeit gelangen. Was würde schlimmstenfalls passieren? Wäre das wirklich ein Skandal?

Wahrscheinlich ja. Schließlich ist Anna mit dem Staatsanwalt verheiratet, der auch noch mit den ganzen Ermittlungen zu tun hat. Verdammt, ich könnte mich ohrfeigen. Gleich morgen muss ich unbedingt diesen Anwalt anrufen. Ob ich einfach mit Esther spreche? Aber dann bleibt immer noch der Staatsanwalt, Annas Ehemann. Ich hätte Anna nicht absagen sollen, schließlich betrifft sie das Ganze ebenso wie mich. Und wenn ich zahle, werden sie versuchen mir das gleiche anzuhängen wie Mastew.

Ich gehe heiß duschen und versuche, irgendwie zu schlafen, jedoch erfolglos.

Wie gerädert stehe ich am nächsten Morgen auf. Wer steckt nur hinter dieser Sache? Jemand einflussreiches, vielleicht sogar mehr als eine Person. Es wurde Geld in Millionenhöhe unterschlagen, aber man konnte nur sehen, dass das Geld auf verschiedenen Konten gelandet ist. Aufgeflogen ist das Ganze erst durch die private Überweisung von Mastew. Ich rufe die Kanzlei des Anwalts an. Als ich meinen Namen nenne, bekomme ich sofort einen Termin. Heute um 18 Uhr. Natürlich wissen sie, dass ich der neue Geschäftsführer bin. Natürlich wissen sie in welchen Schwierigkeiten die Firma steckt und ich daher wahrscheinlich auch.

Auf der Arbeit kann ich mich nicht konzentrieren. Den Umschlag habe ich in meiner Aktentasche. Ich werde dem Anwalt die Bilder zeigen, nicht dass er mir dabei helfen kann. Soll ich überhaupt zum Anwalt gehen? Plötzlich kommt mir ein Gedanke, allerdings weiß ich nicht ob ich Mastew erreichen kann. Ich wähle die Nummer der JVA, frage nach Theo Mastew und erfahre, dass er heute früh entlassen wurde. Merkwürdig. Wo soll ich ihn jetzt finden? Natürlich dürfen die mir keine weitere Auskunft über ihn geben. Ich finde seine Adresse in irgendwelchen Unterlagen und fahre am Spätnachmittag dorthin. Tatsächlich steht er vor seiner verschlossenen Tür. Er wirkt recht verloren. Als er mich sieht läuft er direkt zu mir.

„Woher wusstest du, dass ich hier bin? Wieso bist du überhaupt hier?",

fragt er erstaunt.

„Das erzähle ich dir gleich. Steig erst Mal ein", sage ich kurz.

Er steigt in das Auto und wir brausen los.

„Ich habe heute einen Termin bei einem Anwalt vereinbart und dachte,

dass er auch mal mit dir sprechen könnte. Vielleicht kommst du so

schneller wieder an dein Geld ran", erzähle ich.

Er schaut mich überrascht an.

„Wieso tust du das?", fragt er erstaunt.

„Keine Ahnung", erwidere ich und schweigend laufen wir zu einem

Café in der Nähe. Mastew stürzt sich auf ein Stück Torte, nachdem ich ihm

versichere, dass ich zahle. Hungrig schaut er mich an und schnell schiebe

ich ihm mein Stück auch noch rüber.

„Danke", seufzt er und fängt an, etwas langsamer zu essen.

„Hast du denn nichts zu essen und bekommst du kein Geld vom Amt?",

frage ich verwundert.

„Wenn du gefeuert wirst, bist du erst Mal für drei Monate gesperrt", sagt

er kauend.

„Außerdem habe ich offiziell keine feste Adresse mehr".

„Aber wo schläfst du denn?", frage ich besorgt. „Doch nicht etwa im Englischen Garten?", frage ich halb scherzhaft.

Er bleibt jedoch ernst.

„So ähnlich. Ich darf auf der Couch bei einem Freund pennen, der gerade auf Geschäftsreise ist. In seinem Kühlschrank steht nur Wein, weil er meistens auswärts isst. Danach wird es wohl irgendein Garten werden", sagt er griesgrämig.

Ich schüttele den Kopf. Das kann doch alles nicht sein. Ich dachte immer, dass man in Deutschland doch recht abgesichert ist. Und dass es die Penner nicht anders haben wollen, wenn sie draußen schlafen. Aber irgendwie bin ich mir da nicht mehr ganz so sicher.

Wir lassen das Auto am Café stehen und fahren eine Station mit der Tram. In der Innenstadt bekommt man eh keinen Parkplatz. Wir reden nur wenig, wir kennen uns ja kaum. Von dort ist es nicht weit bis zur Kanzlei. Wir müssen auch nicht lange warten. Als erstes gehe ic

h rein. Ich erzähle Herrn Sörensen in kurzen Worten alles was mir Mastew erzählt hat und dass er befürchtet, dass ich der Nächste sein könnte. Ich zeige ihm auch die Fotos und den Brief. Als nächstes bitten wir Mastew dazu. Mastew erzählt die ganze verworrene Geschichte mit mehr Details und der Anwalt macht sich Notizen. Nach dem wir beim Anwalt raus sind, heult Mastew beinah und ich frage schnell, ob wir etwas Essen gehen sollen.

Auch hier schaufelt Mastew sein Essen in sich rein. Später bringe ich Mastew zu der Wohnung seines Kollegen. Danach gehe ich in mein einsames Hotelzimmer. Es liegt noch ein Haufen Arbeit vor mir.

14. KAPITEL

Anna

Was ist denn passiert?", fragt Meli bestürzt. „Du bist ja ganz blass!"

„Das war Ralf", sage ich tonlos. „Er hat gesagt wir können uns nicht mehr sehen. Heute nicht und auch sonst nicht mehr".

Ich habe vergessen, dass ich Meli noch gar nicht eingeweiht habe. Sie sieht mich erstaunt an, spielt aber mit.

„Aber wieso denn auf einmal?", fragt sie neugierig.

„Ich habe keine Ahnung", sage ich verzweifelt.

In mir drinnen ist es kalt. So kalt war mir damals als Ralf mir mitgeteilt hat, dass Esther schwanger ist und sie heiraten würden. Ich stehe immer noch mit meinem Handy in der Hand am Tisch. Wir sitzen immer noch in unserem Stammcafé.

„Setz dich doch Anna. Du siehst aus als ob du gleich umfällst", sagt Meli besorgt.

„Meinst du die haben hier einen Cognac?", frage ich zitternd.

Meli bestellt mir einen und ich stürze ihn runter. Dann setze ich mich.

„Irgendetwas ist nicht in Ordnung", mutmaße ich und bekomme eine Gänsehaut. „Ich kann nur nicht sagen was. Ralf klang völlig distanziert. Ich hoffe es hat nichts mit diesem Skandal zu tun!"

„Na ja", sagt Meli vorsichtig.

„Ich befürchte schon, wenn er einen Anwalt braucht. Hast du ihm die Nummer von Ansgar gegeben?"

Ich nicke. Langsam werde ich etwas ruhiger. Der Alkohol gaukelt mir Wärme vor und meine Gänsehaut verschwindet.

Endlich ist es Samstagabend. Ich freue mich, dass ich heute bei Meli sein werde. So vieles hat sich in mir aufgestaut, trotzdem weiß ich gar nicht wo ich anfangen soll.

„Hallo Anna!", ruft Meli und drückt mich. „Komm rein. Schön, dass du da bist".

Sie zieht mich ins Haus.

„Ansgar habe ich für heute Abend rausgeschmissen. Wir haben also sturmfrei", sagt sie vergnügt.

Ich schlucke. „Das wollte ich nicht".

Meli schaut mich erstaunt an.

„Na hör Mal Anna, das ist doch nur so eine Redensart", lacht sie.

„Er ist mit seinen Tenniskollegen unterwegs", fügt sie erklärend hinzu.

„Na ja", sage ich verlegen. „Ich dachte nur, dass das doch sehr unhöflich ist. Das ist doch auch sein Haus".

„Oh je", sagt Meli und schüttelt den Kopf. „Jetzt komm endlich rein. Die Pizza wird kalt".

„Pizza?", frage ich erstaunt.

Meli kann nämlich nicht kochen.

„Was denn für Pizza?"

Ich glaube es ist tatsächlich das erste Mal, dass ich bei Meli allein zu Hause bin, durchfährt es mich plötzlich. Meistens sind wir ausgegangen und als Ariane kleiner war, ist sie zu uns gekommen und ich habe etwas gekocht.

„Natürlich habe ich die Pizza bestellt", sagt Meli beruhigend. „Du kennst ja meine Kochkünste, die konnte ich dir nicht zumuten!"

Ich schaue zum Esstisch.

Tatsächlich! Auf dem Tisch stehen eine riesige Pizza mit allem möglichen drauf und ein ganz kleiner Minisalat.

„Der ist für das gute Gewissen", sagt Meli stolz.

Es ist tatsächlich nur ein ganz kleiner Salat mit zwei Tomatenachteln und ein wenig grünem Salat.

„Herrlich", rufe ich. „Ich habe keine Ahnung, wann ich das letzte Mal Pizza gegessen habe!"

Ich weiß es tatsächlich nicht. Wir gehen ganz selten essen, weil Harald das für Geldverschwendung hält. Und zu Hause mache ich eher Nudeln, weil das einfach schneller geht und Ariane das auch lieber isst. Ich beiße in die lauwarme Pizza.

„Wahnsinn", stöhne ich.

Meli lacht. „Wir bestellen ganz häufig dort. Aber wenn ich so kochen könnte wie du, würde Ansgar wahrscheinlich auch darauf bestehen, dass ich koche", meint sie.

„Ach, das bisschen Kochen geht doch schnell", winke ich ab.

„Und der ganze Haushalt, das Putzen", zählt Meli auf.

Was ist denn heute mit ihr los, wundere ich mich und schaue sie fragend an.

„Ja sicherlich, aber das musst du doch auch alles machen", sage ich erstaunt.

„Aber nicht ganz allein und wir sind auch nur zu zweit", widerspricht Meli.

„Der, der zu Hause ist, stellt die Waschmaschine an. Klar bin ich das meistens, weil ich früher zu Hause bin, aber Ansgar nimmt sie raus und wirft sie in den Trockner bzw. hängt sie auf. Und die Hemden gehen eh in die Wäscherei", zählt sie auf.

„Das würde Harald nie erlauben", sage ich trocken. „Das ist viel zu teuer".

„Wie schaffst du das alles?", fragt mich Meli ungläubig.

„Das Meiste mache ich am Wochenende", sage ich achselzuckend. „Oder abends".

„Und was macht Harald?", fragt Meli streng.

„Er bringt doch schon das Geld heim. Ohne ihn könnten wir uns das Haus doch gar nicht leisten", sage ich geduldig.

„Aha. Und was genau machst du?", fragt mich Meli und schaut mich streng an.

„Ich verdiene doch nicht so viel wie Harald", meine ich und zucke mit den Schultern.

Ich finde die ganze Diskussion mehr als merkwürdig.

„Vielleicht nicht, aber ihr geht beide Vollzeit arbeiten, oder?", hakt Meli nach.

„Ja, aber ich schaffe das ganz gut allein", sage ich kurz.

„Das glaube ich dir. Ich verstehe nur nicht, wieso du mehr tun musst als Harald", meint Meli unwirsch.

„Aber Harald arbeitet doch viel mehr als ich" protestiere ich.

„Wirklich?", sagt Meli trocken. „Du musst doch zu Hause auch noch weiterarbeiten. Unterricht vorbereiten, Korrekturen, Noten eintragen…", zählt sie auf.

Ich kann irgendwie nichts mehr darauf erwidern. Das ganze Thema ist doch sinnlos.

„Die Pizza schmeckt wirklich großartig!", wiederhole ich und beiße in mein drittes Stück.

„Möchtest du Wein trinken?", fragt Meli und zeigt auf eine geöffnete Flasche. „Du kannst gerne heute Abend hierbleiben", bietet sie an. „Aber erzählst du mir jetzt was genau für heute Abend nicht geklappt hat?"

Ich atme tief durch.

Dann erzähle ich ihr von Ralf. Alles. Angefangen von Esther was sie ja schon weiß und wie wir uns dann plötzlich vor ein paar Jahren in München wiedergesehen haben und uns seitdem einmal im Jahr treffen. Und von letztem Wochenende. Und dass ich das Gefühl hatte, dass es das letzte Mal sei und seitdem noch mehr Sehnsucht nach Ralf habe. Und dass ich keinen Grund mehr für Harald und mich sehe, unsere Ehe aufrecht zu erhalten. Nach Letzterem schweige ich und warte auf Melis Reaktion.

Meli ist tatsächlich erst Mal sprachlos.

Eine kleine Sensation. Ich würde lachen, aber ich habe Angst, dass mich Meli verurteilt.

„Also wärst du heute Abend mit Ralf verabredet gewesen, aber er hat abgesagt?", wiederholt sie.

Ich stutze. Also das ist das Erste was sie dazu sagt, denke ich erstaunt.

„Das ist das Erste was du dazu sagst?", frage ich.

Meli grinst mich an und ich bin wieder etwas erleichtert.

„Zu den anderen Dingen kann ich nichts sagen, denn die sind ja bereits gewesen", sagt sie trocken.

Dann wird Meli doch ernst. Mist. Ich wusste es doch.

„Also denkst du schon länger darüber nach, Harald zu verlassen?", fragt sie vorsichtig.

„Ich glaube ich denke darüber nach, seitdem wir geheiratet haben", gebe ich zu.

Es tut gut, es auszusprechen.

„Es war nie eine liebevolle Beziehung", fahre ich fort.

„Wieso hast du ihn dann geheiratet?", fragt Meli erstaunt.

„Ich habe keine Ahnung", gebe ich zu.

Nein, ich sage nichts über meine Mutter. Wie sie mir permanent zugesetzt hat, bloß zu heiraten und möglichst bald Kinder zu bekommen, sonst würde ich für immer allein bleiben.

Nein, ich kann mich nicht immer hinter sowas verstecken. Schließlich sind es letztendlich doch meine Entscheidungen gewesen! Trotzdem nickt Meli verständnisvoll.

„Ich verstehe. Wann willst du denn das Ganze beenden?", fragt sie betont beiläufig.

Ich werde wieder ganz verlegen.

„Ich habe keine Ahnung".

„Anna", sagt Meli ernst. „Ich weiß, dass es heute nicht geklappt hat. Aber deine Gefühle für Ralf sollten doch allein schon dazu führen, dich zu trennen".

„Ich habe Angst" gestehe ich.

Meli grinst. „Ich denke Ari wird es ganz gut wegstecken. Und erst Mal könntet ihr doch hier wohnen. Wir haben genug Platz".

„Aber was wird dein Mann dazu sagen?", frage ich. „Er wird wenig begeistert sein, wenn wir hier plötzlich auftauchen".

Meli lacht. „Er ist Aris Patenonkel und er wird immer jedem helfen, der seine Hilfe braucht. Was meinst du warum er Anwalt geworden ist?"

„Er hätte wirklich nichts dagegen?", frage ich erstaunt. Ich bräuchte Harald wahrscheinlich gar nicht mit so was zu kommen. Schließlich sollen die Leute ihre privaten Probleme selbst ausfechten, ohne andere mit reinzuziehen. Ich seufze.

„Heute Nacht schläfst du erst Mal hier und morgen entwerfen wir einen Schlachtplan", schlägt Meli vor.

„Klingt nach Krieg", sage ich nervös.

„Vielleicht kommt es ja nicht so weit", sagt Meli.

„Vielleicht empfindet Harald ja ähnlich und ihr könnt euch gütlich einigen. Und ich denke nicht, dass das Sorgerecht ein Problem ein wird".

Ich muss schmunzeln. Nein, das kann ich mir auch nicht vorstellen und das beruhigt mich plötzlich.

Ich weiß, dass ich eine Entscheidung fällen muss und hiermit habe ich das auch getan.

Morgens frühstücken wir gemeinsam mit Ansgar. Er ist bereits etliche Bahnen im Pool geschwommen und hat frische Brötchen besorgt. Was für ein Kerl. Er ist lustig wie sonst, mustert mich allerdings manchmal etwas argwöhnisch von der Seite.

Ob er es weiß? Aber wieso sollte Ralf mit ihm über uns sprechen, das ist doch gar nicht relevant für seinen Fall. Später geht Ansgar in sein Arbeitszimmer und wir setzen uns nach draußen an den Pool.

„Irgendwie schaut mich Ansgar komisch an", sage ich zu Meli. „Hast du ihm etwas erzählt?"

„Nein", sagt Meli erstaunt. „Ich werde erst mit ihm darüber sprechen, wenn du es tatsächlich durchgezogen hast".

„Meinst du ich knicke wieder ein?", frage ich zweifelnd.

„Keine Ahnung Anna. Ich bin immer noch so perplex über das was du mir gestern erzählt hast. Ich hätte dir sowas einfach nie zugetraut", gesteht sie.

„Ich hoffe du verurteilst mich nicht", sage ich zerknirscht.

„Um Himmels willen, das wollte ich doch damit nicht sagen!", sagt Meli schnell.

„Jeder führt seine Ehe anders und wie es für ihn selbst am besten ist. Man kann ja auch eine offene Ehe führen und wegen anderer Dinge zusammenbleiben".

„Es gibt keine anderen Dinge", sage ich. „Höchstens natürlich das Finanzielle und das große Haus. Aber ich brauche das nicht und zum Glück habe ich ein eigenes Einkommen".

„Ja ein Glück", stimmt mir Meli zu. „Ich bin auch froh, dass ich Ansgar nicht wegen allem fragen muss. Obwohl er wohl meistens zustimmen würde, speziell wenn es um Unterwäsche geht", grinst Meli.
Ich muss kurz schmunzeln.

„Harald und ich sind zu verschieden. Ich wüsste gar nicht wer die richtige Frau für ihn wäre. Er ist so eigenbrötlerisch, dass er am liebsten allein ist. Das ist in den letzten Jahren noch schlimmer geworden. Wir reden eigentlich kaum noch miteinander", erzähle ich.
Es tut so gut, ehrlich über diese Ehe zu sprechen. Das auszusprechen, was ich wirklich darüber denke.

„Das dachte ich mir", sagt Meli nur.
Ich schaue sie erstaunt an.

„Na ja, selbst wenn wir da sind, redet ihr nicht miteinander. Und mit Ariane redet er auch nicht. Zumindest habe ich das noch nie gesehen. Er hat sie auch nie auf dem Arm gehalten", setzt sie stirnrunzelnd hinzu.

„Ich weiß. Er hatte nie Interesse an Ariane", sage ich und werde plötzlich wütend auf Harald. Oder ich bin einfach sauer auf mich selbst, dass ich Ariane dem Ganzen schon so lange aussetze.

Wir sprechen weiter. Jetzt erzähle ich auch von dem Druck meiner Mutter, aber ich gebe endlich ehrlich zu, dass es meine Entscheidung war.

„Das stimmt", sagt Meli. „Trotzdem stelle ich es mir sehr schwierig vor, der eigenen Mutter zu wiedersprechen.

„War das mit deiner Mutter auch so?", frage ich erstaunt.

„Ach, ich hatte eher Kindermädchen", sagt Meli nachdenklich.

„Als Staatssekretär hat mein Vater meine Mutter meistens mitgenommen und ich war alleine".

„Das tut mir leid", sage ich ehrlich bestürzt.

„Muss es nicht. Dadurch bin ich sehr schnell auf mich selbst gestellt gewesen und durfte meine eigenen Entscheidungen treffen", sagt Meli zufrieden.

„Ich werde mal Ralf anrufen", sage ich plötzlich. „Ich muss wissen was mit ihm los ist. Die ganze Woche habe ich mit mir gehadert, aber jetzt halte ich es nicht mehr aus".

„Geh am besten in Ansgars Arbeitszimmer", meint Meli. „Da bist du ungestört".

Schnell laufe ich ins Haus und gehe in die erste Etage. Ansgars Arbeitszimmer sieht Haralds sehr ähnlich. Viele dicke Bücher, dunkle Möbel und Akten auf dem Schreibtisch.

15. KAPITEL

Ralf

Plötzlich klingelt mein Handy.

Es ist Anna. Ich weiß es, ohne aufs Display zu schauen.

„Hallo Anna".

„Hallo Ralf", sagt sie leise.

Ich könnte stundenlang dieser Stimme zuhören, denke ich träumerisch.

„Was ist los Ralf? Können wir uns sehen? Ich mache mir Sorgen um

dich", flüstert Anna.

Und schon bin ich wieder in meiner Realität angelangt.

„Das geht nicht", erwidere ich. „Wir dürfen auch nicht mehr

telefonieren".

„Ralf ich will jetzt wissen was los ist", höre ich ihre sonst so sanfte

Stimme jetzt doch ziemlich laut werden.

„Ich werde erpresst", sage ich gequält. Stille.

„Was?", haucht Anna. Darauf folgt Schweigen.

„Ja Anna. Vielleicht hört sogar jemand mein Handy ab. Ich will dich

nicht noch tiefer mit reinziehen. Deshalb müssen wir den Kontakt

abbrechen. Es ist besser für dich".

Und dann lege ich auf und schmeiße mein Handy an die Wand. Ohne einen einzigen Kratzer landet es auf dem Boden. Verfluchte Technik. Mastew lacht und futtert noch ein Brot.

„Die Dinger sind heute nicht kaputt zu kriegen. Ich habe meins einfach in den Müll geworfen".

Da sein Kollege wieder da ist, habe ich Mastew erst Mal zu mir mitgenommen. Ich finde es gut, dass jetzt die Kosten über die Firma laufen. Eine kleine, jedoch geringe Widergutmachung finde ich. Und wir können reden bzw. ich habe ihn im Auge. Wer weiß was diese Leute als Nächstes planen. Zum Glück waren wir noch schnell einkaufen, denn Theo verdrückt ein Brot nach dem anderen. Morgen werde ich wohl wieder einkaufen müssen.

„Sag mal Theo. Weißt du denn wer die Überweisung vorgenommen hat?"

„Das war meine Frau, das kleine Miststück", sagt er grimmig und mit vollem Mund.

„Woher weißt du das?", frage ich erstaunt.

„Wenn ich es nicht war, dann kann es nur sie gewesen sein. Schließlich hat sie eine Vollmacht. Ist ja schließlich unser gemeinsames Konto. Da sie meine TANs eingesetzt hat, kann ich nicht beweisen, dass ich nichts damit zu tun habe".

„Da wird sich ja jetzt hoffentlich Herr Sörensen drum kümmern", sage ich und versuche optimistisch zu klingen.

„Ich kann das immer noch gar nicht fassen. Wieso zahlst du mir den Anwalt?", fragt Theo erneut.

„Keine Ahnung", sage ich wieder.

Ich weiß wirklich nicht wieso ich das tue. Ich weiß nur, dass ich stinksauer über die ganze Situation bin.

„Wer ist eigentlich diese Frau?", fragt Mastew neugierig.

„Kennst du sie näher oder war es einfach nur ein blöder Zufall".

Eigentlich will ich ihm das nicht erzählen. Vielleicht rennt er gleich zur Presse damit oder noch Schlimmeres. Obwohl ich nicht weiß, was schlimmer wäre.

„Ich renne schon nicht gleich zur Presse damit, keine Bange", sagt Theo beschwichtigend. „Ich glaube kaum, dass meine Anklage fallen gelassen wird, nur weil sie dich drankriegen. Schließlich warst du vorher nicht da, dafür brauchen sie also immer noch einen Sündenbock", sagt er niedergeschlagen.

Ich nicke. „Aber wer sind die?", frage ich.

„Ich habe keine Ahnung", sagt Mastew. „Irgendwelche hohen Tiere, die diesen Standort aussaugen wollen, bis er am Ende ist. Vielleicht will jemand auch diesen Standort kaufen und richtet ihn deshalb zu Grunde", vermutet er.

„Du meinst jemand, der hier nicht arbeitet?", frage ich erstaunt.

„Ich meine damit...", sagt Theo ungeduldig.

„Jemanden, der das Ganze anzettelt und auf einen großen Posten hofft. Vielleicht ist auch deine schnelle Neubesetzung einfach völlig unverhofft gekommen und hat die Leute aus der Reserve gelockt. Wir können also nur hoffen, dass sie jetzt anfangen, Fehler zu machen", schließt er.

„Nachdem sie einen solchen Aufwand betrieben haben?", frage ich zweifelnd.

„Also meinst du es geht gar nicht um uns, sondern eher um die Firma", fasse ich Theos Ausführungen zusammen.

Theo nickt. „Ja vielleicht. Irgendjemand will das Ganze für einen Appel und ein Ei kaufen und sich am liebsten auch noch das Ei sparen. Der Standort ist finanziell völlig am Ende. Ich war ja auch nur wenige Monate da und die Bücher lesen sich wie ein Drehbuch zu einem Horrorfilm. Schlechte Investitionen und immer wieder Gelder, die an Briefkastenfirmen geflossen sind", berichtet er.

„Und das ist niemandem aufgefallen?", frage ich erstaunt, denn das habe ich mich bereits die ganze Zeit gefragt.

„Doch natürlich. Der Geschäftsführer wurde ja schließlich gefeuert und ich wurde eingestellt. Wieso ich nicht einfach gefeuert werden konnte, sondern man mir gleich eine Straftat anhängen musste, ist mir allerdings nicht klar. Und dich haben sie jetzt auch auf dem Kieker. Wer war denn jetzt diese Frau? Eine Nutte?", fragt Theo wieder.

Dabei schaut er mich lüstern an und ich werde rot vor Ärger.

„Anna ist doch keine Nutte!", brülle ich ihn an.

„Aha", sagt Theo trocken. „Dachte ich mir doch, dass da mehr hinter steckt. Also ziemlich pikant das Ganze. Willst du es wenigstens deiner Frau sagen?"

„Ihr was sagen", sage ich ungeduldig.

„Na, dass du eine andere hast", sagt Theo geduldig.

Ich glaube er hatte seit Wochen niemanden mehr zum Reden. Und wenn das hier so weiter geht, wird er auch nie wieder in der Lage dazu sein.

„Ich weiß noch nicht", sage ich unbestimmt.

„Übrigens werden meine Sachen am Montag in das neue Haus geliefert. Du kannst dann gerne dortbleiben", biete ich ihm an.

„Danke", sagt Theo gerührt.

„Irgendwann ist diese ganze Scheiße vorbei und dann gehen wir einen trinken", sage ich freundlich.

„Ich trinke nicht", sagt Theo ernst. „Mein Alter war ein Alki. Ein ganz hohes Tier und abends hat er sich dann vollaufen lassen, damit er das Ganze besser erträgt. Deshalb suche ich mir andere Kompensationen".

Ich habe ein Bild von seiner Frau gesehen.

„Weiber?", frage ich stirnrunzelnd.

„Hey nee. Doch nicht so was. Ich umgebe mich einfach gerne mit schönen Frauen. Nein, ich habe ein Segelflugzeug. Na ja, hatte. Ist auch konfisziert", sagt er traurig.

„Ok, wenn die Scheiße vorbei ist, machen wir einen Segelturn", schlage ich vor.

Plötzlich komme ich ins Grübeln. Dann gehe ich runter in die Lobby.

„Könnte ich mal ihr Handy benutzen?", frage ich den Rezeptionisten.

Der Mann ist einiges gewohnt, denn er gibt mir sein Handy, ohne mit der Wimper zu zucken.

Es klingelt.

„Mangold. Hallo?"

„Hallo Anna", sage ich und muss mich sofort räuspern, weil ich plötzlich einen Kloss im Hals habe.

„Ralf", sagt sie leise.

„Kannst du sprechen?", frage ich nervös. „Ja, ich bin bei einer Freundin.

Und sie weiß Bescheid".

Verdammt. „Sie weiß Bescheid?", sage ich ärgerlich.

Das kann doch einfach nicht wahr sein.

Ich schlucke. „Verdammt Anna. Wer weiß noch davon? Hast du es

vielleicht in der Zeitung veröffentlicht?"

Ich bin wirklich sauer.

„Sie ist eine Freundin. Lass uns das nicht am Telefon besprechen. Komm

einfach her. Ich simse dir die Adresse", sagt Anna und legt auf.

Ping. Und da ist schon die SMS mit der Adresse.

Ich hoffe mir folgt niemand, aber sie haben ja schon das was sie wollen.

Allerdings habe ich kein Geld überwiesen.

Der Anwalt war überrascht, dass ich ihn aufgesucht habe. Seine

Einschätzung ist, dass ich bis jetzt noch keine Straftat begangen habe und

nichts zu befürchten habe. Allerdings hat ihn bei Mastew gewundert, dass

alles beschlagnahmt worden ist. Da sei ziemlich ungewöhnlich. Er will

versuchen, dass Mastew zumindest wieder an sein Geld rankommt.

„Das hätte Ihr Anwalt auch machen können", meinte Herr Sörensen

abschließend.

„Der hat sich nicht gekümmert und ich habe ihn auch nicht weiter kontaktiert. Schließlich kann ich mir keinen leisten", hatte Theo geantwortet.

„Blödsinn. Sie kriegen doch einen Pflichtverteidiger und der wird vom Staat bezahlt. Hat der sich nicht mal mit ihnen hingesetzt und eine Strategie besprochen?", fragte Herr Sörensen erstaunt.

„Ich habe mein Handy weggeworfen und man hat mir das Haus weggenommen. Deshalb war es etwas schwierig, mit mir in Kontakt zu treten", hat Theo kurz geantwortet und Herr Sörensen hatte nicht weiter nachgefragt.

Danach sind wir erst Mal essen gegangen. Nachdem Theo seine Pizza und die Reste meiner Pizza intus hatte, habe ich ihn zu seinem Kollegen gefahren. Zwei Tage später habe ich ihn zu mir mitgenommen.

Er redet den ganzen Tag. Was eigentlich ganz ok ist. Die letzten Jahre bin ich doch recht einsam gewesen.

16. KAPITEL

Anna

„Ich habe Ralf deine Adresse gegeben. Er wird gleich hier sein".

Meli strahlt. „Juchu, ich lerne deinen Lover kennen", sagt sie vergnügt.

Ich werde rot. „Ralf ist doch nicht mein Lover", sage ich entrüstet, aber ein bisschen muss ich doch grinsen.

Ein Taxi hält vor dem Haus und Ralf steigt aus. Sofort hüpft mein Herz in die Höhe und mein Puls fängt an zu rasen. Ich düse zur Haustür und öffne Ralf die Tür, bevor klingeln kann.

„Hallo Ralf", sage ich atemlos.

Peinlich. Ich klinge wie ein Teenager.

„Das ist Melissa Sörensen. Das ist Ralf Sommer", sage ich und zeige auf jeweils den anderen, als ob man nicht wüsste, wen ich meine.

Meli lacht und schüttelt Ralf die Hand.

„Na das war ja eine förmliche Vorstellung Anna. Ich bin Meli und ich denke ich lasse euch mal allein".

„Sörensen?", fragt Ralf erstaunt.

„Ja dein Anwalt ist Melis Mann", erkläre ich.

„Oh. Ist das dann wirklich eine gute Idee, uns hier zu treffen?", fragt Ralf zweifelnd.

„Wieso?", frage ich erstaunt. „Bei mir zu Hause wäre es definitiv nicht besser", sage ich trocken.

Ralf grinst. „Nee, aber vielleicht an einem etwas neutraleren Ort.

„Quatsch", sage ich. „Und jetzt erzähl mir mal ganz genau was es mit dieser Erpressung auf sich hat", fordere ich.

Ralf reicht mir einen braunen Umschlag. Neugierig schaue ich hinein und erstarre.

Bilder von Ralf und mir. Bilder wie wir händchenhaltend spazieren gehen.

„Wie lautet die Forderung?", frage ich tonlos.

„Ich soll Geld an ein ausländisches Konto überweisen. Ich denke, sie wollen mir dann auch Unterschlagung anhängen wie Mastew", antwortet Ralf.

„Wer ist Mastew?", frage ich verwirrt.

„Der war vor mir der Geschäftsführer", erklärt Ralf.

„Er war sogar kurz im Gefängnis, ist aber vorerst frei. Nur sein Geld und sein Haus sind immer noch beschlagnahmt. Weil er angeblich ebenfalls Geld auf ein ausländisches Konto überwiesen hat. Aber er behauptet, das war seine Frau", sprudelt Ralf hervor.

Ich habe Mühe, ihm zu folgen.

„Seine Frau?", frage ich stirnrunzelnd. „Wieso sollte die das machen?"

„Vielleicht wurde sie auch erpresst", mutmaßt Ralf.

„Aber sie hätte auch zur Polizei gehen können", gebe ich zu Bedenken.

„Das habe ich bis jetzt auch nicht getan", widerspricht Ralf mir heftig.

„Dein Mann wäre sicherlich nicht begeistert, wenn er die Fotos zu Gesicht bekommt", sagt Ralf und ich zucke bei dem bloßen Gedanken daran zusammen.

Ich überlege. „Vielleicht müssen wir aber genau das tun. Unseren Partnern das Ganze beichten", schlage ich vor und wundere mich über mich selbst.

Ralf wird blass und ich lasse das Thema erst Mal fallen. Aber vielleicht ist das der einzige richtige Weg, denke ich bei mir. Ralf erzählt mir die ganze Geschichte und ich kann nur staunen. Das Ganze hört sich an wie ein schlechter Krimi.

„Und was werdet ihr beiden jetzt machen?", frage ich Ralf direkt.

Ich stelle wieder Mal fest, dass ich ganz anders bin, wenn ich bei Ralf bin. Viel lockerer und ganz ohne Angst davor, etwas falsch zu machen. Ich spreche einfach aus was ich denke und offensichtlich kommt Ralf damit klar.

„Ich habe keine Ahnung", gibt er zu.

„Herr Sörensen fand es hilfreich, dass ich zu ihm gekommen bin. Er meinte, dass das Mastew vielleicht auch helfen würde. Das hatte ich gehofft, deshalb habe ich ihn mitgenommen. Herr Sörensen wird auch Theo verteidigen", erzählt Ralf.

„Aber wovon soll er ihn denn bezahlen oder macht Ansgar das umsonst für ihn?", frage ich überrascht.

„Nein, ich werde Herrn Sörensen bezahlen", sagt Ralf knapp.

Ich frage nicht weiter. Das ist Ralfs private Angelegenheit. Ich schaue auf die Uhr und erstarre.

„Oh nein! Es ist schon fünf Uhr nachmittags", rufe ich verzweifelt.

„Ariane wird schon zu Hause sein!"

„Nee, ist sie nicht", sagt Meli fröhlich. „Sie ist hier".

„Wo?", frage ich dumm.

„Sie schwimmt im Pool", erklärt Meli und wendet sich an Ralf.

„Ralf, bleibst du zum Essen?"

Ralf schaut sie erstaunt an und nickt.

„Ok", sagt er.

Ich bin überrascht, sage aber nichts.

„Wann ist Ariane denn gekommen?", frage ich erstaunt.

„Ich habe sie heute Mittag irgendwann angerufen und gefragt ob sie vorbeikommen will", erklärt Meli. „Sie ist seit drei Uhr da. Saras Mutter hat sie hierhergebracht".

„Wollen wir wieder Pizza bestellen? Ralf? Magst du Pizza?", fragt Meli ihn.

„Ich liebe Pizza", sagt er ernst. „Ich glaube die letzte hatte ich vor zehn Jahren".

„Wieso denn vor so langer Zeit?", frage ich erstaunt, obwohl meine letzte Pizza auch schon sehr lange her war bis gestern.

„Och. Esther findet, dass Pizza ungesund ist und deshalb soll Katja sowas nicht essen. Sie versucht sie davon zu überzeugen, dass vegan richtig gut schmeckt. Am liebsten würde ich Katja mal zu McDonalds einladen, aber das geht leider nicht", meint er.

„Wieso geht das nicht?", fragen Meli und ich gleichzeitig.

„Weil ich dann Esthers Erziehung untergraben würde und das möchte ich nicht", sagt Ralf geduldig.

Ok, das verstehe ich. Das würde ich auch nicht wollen. Ariane isst wenig Fleisch, am liebsten wie gesagt in Bolognesesauce. Aber das ist eben ihre Entscheidung.

„Ich bin die letzten Jahre auch viel zu wenig zu Hause gewesen", setzt Ralf entschuldigend hinzu.

„Ich verstehe das schon Ralf", sage ich. „Wir Frauen sind halt mehr bei den Kindern und da brauchen wir eure Unterstützung. Und sei es nur, dass ihr uns machen lasst".

Es klingelt.

„Die Pizza ist da", ruft Meli und rennt zur Tür.

Nanu, wann hat sie die bestellt? Und wieso ist sie schon da? Ich schaue auf die Uhr. Es ist bereits sieben Uhr. Wie ist das passiert? Aber auch das ist immer so, wenn ich bei Ralf bin. Die Zeit verfliegt einfach, ohne dass ich es merke.

17. KAPITEL

Ralf

Wie kann es schon sieben sein, frage ich mich.

Aber das ist immer so, wenn ich bei Anna bin. Die Zeit verfliegt einfach.

Wir setzen uns an den geräumigen Esstisch. Herr Sörensen und Ariane, Annas Tochter, sind auch da.

Ariane gefällt mir. Sie spricht wie Anna damals in ihrem Alter und sieht ihr auch sehr ähnlich. Sie unterhält praktisch den ganzen Tisch. Esther würde das bei Katja gar nicht zulassen.

„Brave Kinder soll man sehen, aber nicht hören", pflegen sie oder auch ihre Mutter zu sagen.

Was leider dazu geführt hat, dass ich mich noch nie großartig mit Katja unterhalten habe. Denn nach dem Essen habe ich meistens weitergearbeitet oder Katja wurde schlafen gelegt.

Hin und wieder schmeißen Herr Sörensen und Meli etwas hinein und auch Anna redet viel, was bestimmt am Rotwein liegt, den wir dabei trinken.

Ein fantastischer Wein, um es mit Herrn Sörensens Worten auszudrücken. Aber er ist wirklich gut.

Herr Sörensen ist nicht erstaunt als er mich sieht und schüttelt mir ganz locker die Hand. Überhaupt ist die ganze Atmosphäre locker und entspannt.

„Sag mal Ralf", sagt Ariane kauend. „Du kennst ja Mama schon total lange, also länger als ich und Tante Meli. Wie war Mama denn so als sie klein war?"

Ich muss unwillkürlich lachen.

„Also das ist ja mal eine gute Frage", sage ich und zwinkere Anna zu.

Anna schmunzelt und sagt: „Hey, bitte nicht zu detailliert. Sonst bringst du Ariane noch auf dumme Gedanken!"

„Ach was", sage ich. „Deine Mama war ganz harmlos. Allerdings hat sie ständig alten Damen die Einkaufstüten nach Hause getragen. Das war wirklich furchtbar! Denn die alten Damen haben mich dann immer strafend angesehen und dann musste ich die Tüten schleppen".

Ich halte mir die Arme und Ariane lacht vergnügt. Ich sehe wie zufrieden Anna ihre Tochter anschaut und lege gleich weiter los.

„Und einmal wollte ein Junge mich verprügeln. Da ist sie auf ihn losgegangen! Es war wirklich peinlich!", stöhne ich. Ariane schaut mich erstaunt an.

„Wieso war das peinlich?"

Meli stuppst sie an.

„Das männliche Ego", erklärt sie Ariane. „Jungen mögen das nicht, wenn Mädchen sie verteidigen".

Ich nicke. „Ja genau. Noch Wochen später musste ich mir das Ganze anhören. Na, wo hast du denn deinen Bodyguard gelassen? Hat sie dir heute Ausgang gegeben? Pass nur auf so ganz allein", näsele ich.

Der ganze Tisch lacht. Und ich stelle fest, dass ich selten so entspannt war wie heute. Und dass das nur an Anna liegen kann.

Viel zu schnell ist der Abend zu Ende. Viel zu schnell bin ich wieder in meinem Hotelzimmer.

Zum Glück ist Mastew auch da.

Morgen bekomme ich endlich den Schlüssel für das neue Haus und auch mein Arbeitszimmer wird morgen kommen. Allerdings frage ich mich worauf ich dann schlafen soll, wenn Mastew schon die Couch belegt.

„Sag Mal Theo. Wo ist deine Frau eigentlich?", frage ich.

„Wieso", fragt er griesgrämig.

Er redet nicht gerne über sie. Das kann ich durchaus verstehen.

„Ich frage mich immer noch wieso sie das Geld überwiesen hat. Wurde sie vielleicht erpresst?", frage ich Theo direkt.

„Von wem soll sie denn erpresst worden sein?", fragt Theo erstaunt.

„Das mit ihren Affären war mir schließlich nicht neu. So eine Frau hat niemand für sich allein, zumindest nicht für lange", sagt er trocken.

„Kennst du eigentlich den Geschäftsführer vor dir?", frage ich.

„Nee", grunzt Theo.

„Lebt er in München?", frage ich.

„Was soll denn dieses Verhör?", fragt mich Theo erstaunt.

„Na ja", sage ich vorsichtig. „Schließlich könnte deine Frau auch mit ihm zusammengearbeitet haben", mutmaße ich.

Ich sehe, dass Theo diese Möglichkeit langsam in sich sickern lässt.

„Dieses Miststück!", ruft er plötzlich.

„Hey", sage ich schnell. „Das wissen wir doch nicht. Das ist doch nur eine Theorie von mir", versuche ich ihn zu beschwichtigen.

„Aber sie ergibt Sinn. Gleich morgen gehen wir zu ihr und stellen sie zur Rede!", brüllt er.

„Äh, weißt du denn wo sie ist?", frage ich erstaunt.

„Das finde ich heraus", sagt er mit einem gefährlichen Unterton.

„Mach keine Dummheiten Theo", sage ich streng. „Selbst, wenn du sie findest. Was soll das bringen?"

„Keine Ahnung", sagt Theo verzweifelt. „Aber ich drehe durch, wenn ich herausfinde, dass sie das mit Absicht getan hat!".

„Jetzt beruhig dich Mann", sage ich kurz. „Wenn die beiden was miteinander zu tun haben, kämen wir zumindest so an ihn ran", sage ich ruhig.

„Fehlen nur noch die Beweise", stöhnt Theo. „Schließlich war er noch nicht Mal in U-Haft so wie ich. Und wahrscheinlich geht das Ganze sogar auf ihn zurück!"

Theo fängt an, hektisch im Hotelzimmer auf und ab zu laufen.

„Langsam, langsam", sage ich. „Das ist alles nur bloße Theorie. Wir haben gar nichts in der Hand. Wenn da was wäre, dann wäre er doch angeklagt und nicht du und eventuell ich", sage ich achselzuckend.

„Und das verstehe ich immer noch nicht", sage ich. „Wieso wir?"

„Ich denke die Sache begann aufzufliegen", sagt Theo.

Zum Glück hat er sich wieder hingesetzt.

„Die Firma hat ihn gefeuert wegen der Unregelmäßigkeiten, aber so richtig konnte man ihn nicht Dingfest machen. Und da war es ziemlich praktisch, durch mich von ihm abzulenken. Damit wäre die Sache ein für alle Mal von ihm weg", erklärt Theo.

„Ziemlich viel Aufwand", sage ich trocken. „Und wieso ich auch noch?"

„Das verstehe ich auch nicht Ralf. Vielleicht einfach nur Geldscheffelei. Etwas was man so mitnehmen kann", meint er.

„Also meinst du es handelt sich um ein anderes Konto?", frage ich neugierig.

„Das kann ich nicht sagen. Ich kenne das andere Konto nicht auf die meine angebliche Überweisung gegangen ist", sagt Theo trocken.

Ich seufze. Die ganze Sache nervt gewaltig.

„Die ganze Sache nervt gewaltig", sagt Theo.

„Wem sagst du das", pflichte ich ihm bei.

Wir gehen beide schlafen.

Wo und worauf ich morgen schlafen werde, schaue ich morgen.

18. KAPITEL

Anna

„Der Ralf ist nett", sagt Ariane zu mir als wir wieder zu Hause sind. Es ist schon reichlich spät und morgen ist schließlich Schule.

„Ja das ist er", sage ich und versuche unbestimmt zu klingen.

„Ich kenne ihn schon mein ganzes Leben", setze ich allerdings unbedacht hinzu.

„Wart ihr Mal ein Paar?", fragt Ariane natürlich sofort.

„Es ist schon reichlich spät Ariane", sage ich bestimmt.

„Schlaf gut".

„Gute Nacht Mama. Können wir nicht einfach bei Tante Meli wohnen?", fragt sie plötzlich.

Ich lasse diese unschuldige Frage im Raume stehen und gehe nach unten ins Wohnzimmer.

„Harald", sage ich unvermittelt. „Ich muss mit dir sprechen".

„Muss das sein Annabelle?", fragt er genervt.

„Ja es muss sein", sage ich fest und setze mich.

„Ich habe lange nachgedacht Harald. Und ich denke ich kann so nicht mehr weiter machen".

Harald sieht mich erstaunt an, unterbricht mich aber nicht. Das wäre besser gewesen, denn eigentlich weiß ich gar nicht was ich sagen will.

„Äh na ja. Also. Ich habe überlegt ob…. Ich glaube es wäre besser, wenn…"

Ich stammele und druckse rum. Harald schaut mich ruhig an.

„Du willst dich von mir trennen Annabelle".

Diese Worte stehen im Raum. Sie dehnen sich aus und machen dann einer ernsten Stille Platz.

„Ja", sage ich leise.

„Warum so plötzlich Annabelle? Es ist doch alles in Ordnung", sagt er schneidend.

Ja eigentlich ist alles in Ordnung.

„Ja, aber ich bin nicht glücklich. Bist du es?"

„Glück wird überbewertet", sagt Harald streng.

„Tut mir leid, aber ich möchte es sein", sage ich hilflos.

„Ist es dieser Ralf?", fragt Harald plötzlich.

Was?

„Woher weißt du von Ralf?", frage ich erschrocken.

„Ich weiß schon lange von Ralf. Wahrscheinlich seitdem ihr das Ganze angefangen habt", sagt er kalt.

„Aber woher weißt du das?" wiederhole ich noch Mal ungläubig.

Die Gedanken in meinem Kopf fahren Achterbahn.

Harald weiß von Ralf!

Er weiß alles.

„Ich habe die Hotelrechnung gesehen. Sie lag damals im Müll. Ich habe mir nichts dabei gedacht bis du ein Jahr später wieder mit derselben Ausrede weggefahren bist. Du hättest vielleicht Meli einweihen sollen, denn als ich sie gefragt habe wo du bist meinte sie, dass du deine Mutter besuchen wolltest".

Ich bin ganz erstarrt. Ich hätte wohl das Ganze besser durchplanen sollen.

„Letztendlich weiß ich es seit jetzt. Durch die Fotos", sagt er zufrieden.

Die Fotos.

„Wer hat dir die Fotos gegeben?", frage ich verzweifelt.

„Die musste mir niemand geben", sagt Harald verächtlich.

„Die habe ich selbst in Auftrag gegeben. Ich wollte einfach etwas gegen dich in der Hand haben".

„Wieso hast du dann so lange gewartet? Wieso hast du die Ehe dann nicht beendet?", frage ich immer noch völlig perplex.

„Da habe ich gar kein Interesse dran", sagt er mit gefährlich ruhiger Stimme.

„Wie sieht das denn aus? Ich will Richter werden, da kann ich mir keine Scheidung leisten".

„Also willigst du nicht in die Scheidung ein?", frage ich erstaunt.

„Natürlich tue ich das. Ich bin ja schließlich kein Unmensch", sagt er gönnerhaft. „Aber du bekommst keinen Cent von mir. Du musst sehen wo du bleibst".

„Ich glaube du hast zu viele schlechte Filme gesehen", sage ich und muss jetzt wirklich an mich halten, um nicht die Beherrschung zu verlieren.

„Ich will gar nichts von dir Harald. Ich habe einen Job. Morgen ziehen Ariane und ich erst Mal zu Meli und dann suchen wir uns eine Wohnung".

Ich lasse ihn stehen. Ich rase vor Wut! Im Schlafzimmer nehme ich einen Koffer und packe meine Sachen rein. Harald kommt hinterher.

„Das sind meine Koffer, die haben wir von meinem Geld gekauft. Die bleiben hier!", schreit mich Harald an.

Ich schaue ihn fragend an.

„Ich glaube nicht, dass das deine Koffer sind. Und spuck bitte dein Essen wieder aus, denn auch das ist von meinem Geld gekauft worden. Oder glaubst du, dass man von 200€ eine dreiköpfige Familie in München ernähren kann? Koffer sind da gar nicht mehr drin!"

Die letzten Worte schreie ich ihm entgegen.

Ich schmeiße ein paar Sachen in den Koffer, während mich Harald gekränkt anschaut.

„Ich bin immer mehr als großzügig zu euch gewesen. Sei mal etwas dankbarer. Du lebst in diesem riesigen Haus. Das könntest du dir ohne mich gar nicht leisten", sagt er beleidigt.

„Ich mag dieses Haus überhaupt nicht", sage ich ärgerlich. „Ich wollte nie in dieses Haus ziehen. Der Garten ist total hässlich".

„Du hättest ihn ja netter gestalten können. Schließlich hast du ja nichts zu tun neben dem bisschen Haushalt", näselt er.

„Ich arbeite den ganzen Tag!", rufe ich empört.

„Was du so arbeiten nennst", sagt er verächtlich. „Kinder ein paar Vokabeln abfragen".

„Mama arbeitet den ganzen Tag!", brüllt Ariane Harald wütend an.

Oh nein, Ariane. Ich habe keine Ahnung, seit wann sie uns zu hört.

„Halt den Mund. Wenn Erwachsene reden, haben Kinder zu schweigen", schnauzt Harald sie an.

„Mama was machen die Koffer hier?", fragt mich Ariane stattdessen und schaut mich groß an.

„Ich wünschte ich hätte dir das in Ruhe alles beibringen können. Dein Vater und ich werden uns trennen", sage ich und versuche möglichst ruhig zu klingen.

„Und wo wohnen wir dann?", fragt Ariane und grinst dabei über beide Ohren.

Auch Harald sieht ihre Reaktion und wird ganz rot vor Wut.

„Frag nicht so dumm. Verschwinde ins Bett. Deine Mutter und ich werden das klären", brüllt er sie an.

Andere Mädchen hätten vielleicht geheult und wären einfach ins Bett gegangen. Ariane dagegen stiefelt an uns vorbei, nimmt sich ebenfalls einen Koffer und geht aus dem Zimmer.

Im Gang hören wir sie noch sagen: „Ja sie haben sich getrennt. Können wir zu dir kommen?"

Sie hat Meli angerufen. Um zehn Uhr abends! Man ist das peinlich. Aber ich bin ihr auch dankbar, denn dadurch wissen Meli und Ansgar jetzt Bescheid, dass wir kommen. Schweigend schmeiße ich genügend Sachen für ein paar Tage in den Koffer, gehe ins Bad und hole unsere Zahnbürsten. Harald verschwindet in sein Arbeitszimmer, um dann herauszustürmen.

„Die Zahnpasta bleibt hier. Die habe ich gekauft!", ruft er und hält triumphierend die Tuben in die Luft.

Im Bad liegen bestimmt noch zehn Packungen, die ich alle bezahlt habe, aber das ist jetzt egal. Kaufe ich mir halt morgen neue Zahnpasta, denke ich angewidert.

Ariane stürmt die Treppen runter. Ich nehme zwei Koffer und wanke hinterher.

Und dann sitzen wir in meinem Auto. Das Haus wird kleiner und ich fühle Erleichterung in mir aufsteigen.

Meli öffnet uns die Tür bevor wir auch nur klingeln können und schließt

uns in ihre Arme.

„Kommt rein ihr beiden", sagt sie herzlich.

„Danke", sage ich leise.

Dann gehen wir rauf ins Gästezimmer und bringen erst Mal Ari ins Bett.

Sie schläft bereits als wir aus dem Zimmer rausgehen.

Ich werde auf der Couch im Arbeitszimmer schlafen.

Aber erst Mal zieht mich Meli aufs Sofa im Wohnzimmer.

„Du hast es also tatsächlich durchgezogen. Wie hat Harald reagiert?",

fragt sie ungläubig.

Irgendwie bin ich jetzt ganz ruhig, die ganze Nervosität ist wie

weggeblasen.

„Er hat gesagt, dass ich keinen Cent kriegen werde und dass er das Haus

behält", fasse ich das Ganze knapp zusammen.

Meli lacht. „Als ob das das Wichtigste wäre".

„Ich habe mich auch gewundert. Ach übrigens. Die Fotos sind von ihm.

Ich muss gleich Ralf anrufen und es ihm sagen", sage ich.

Meli schaut mich erstaunt an.

„Welche Fotos?", fragt sie verwundert.

Ach das hatte ich ihr noch gar nicht erzählt.

„Ralf hat Fotos geschickt bekommen. Da ein Brief dabei war, dass er

Geld auf ein ausländisches Konto transferieren sollte, hat er natürlich

geglaubt, dass das mit der ganzen Firmenaffäre zu tun hat", erzähle ich

schnell.

„Aber die Fotos sind von Harald. Er weiß also von euch", sagt Meli

trocken.

„Ja", sage ich. „Er wusste das schon seit Jahren, wollte sich aber nicht

scheiden lassen, weil er Richter werden will".

„Einen Detektiv anzuheuern ist aber keine sonderlich elegante Art",

tadelt Meli.

„Ich hoffe nicht, dass er das bei der Scheidung anbringen wird", sage ich

nervös.

„Selbst, wenn. Dann kann er das Verfahren dadurch eher

beschleunigen", meint Meli.

„Aber was, wenn er das Sorgerecht haben will und mich als schlechte

Mutter darstellt?", frage ich angsterfüllt.

„Ich denke da werden wir schon gegensteuern können und hoffentlich

zählt auch Aris Meinung. Zumindest wird sie wohl gefragt werden. Und

glaubst du, dass Harald das will? Er hat doch gar keine Beziehung zu

Ari", meint Meli beschwichtigend.

Ich zucke mit den Schultern. Auf einmal bin ich einfach nur noch müde.

„Gute Nacht Meli. Ich kann dir gar nicht genug danken, dass wir erst Mal bei dir unterkommen können. Du hättest Aris Gesicht sehen müssen, als ich ihr gesagt habe, dass wir uns trennen. Sie hat gestrahlt wie ein Honigkuchenpferd!", sage ich und fühle mich einfach nur zufrieden.

Meli lacht. „Ihr seid uns immer und so lange wie ihr wollt willkommen. Ich glaube nicht, dass die Scheidung ein Problem wird, aber Ansgar wird morgen einen Kollegen anrufen. Sicher ist sicher", sagt sie.

„Hoffentlich kann ich mir das leisten", stöhne ich.

„Wieso? Bei Haralds Gehalt müsstest du doch etwas auf der hohen Kante haben?", fragt Meli erstaunt.

„Nein", sage ich beschämt.

„Ich habe sämtliche laufenden Kosten bezahlt. Harald hat alles was mit dem Haus zu tun hat bezahlt und ich eben den Rest".

„Wie den Rest?", fragt Meli erstaunt.

„Harald hat mir 200€ Haushaltsgeld gegeben und war der Meinung, dass das reicht. Das Meiste war einfach für das Essen bereits weg. Aber wenn wir ausgegangen sind oder wenn wir in den Urlaub gefahren sind, dann habe ich alles bezahlt. Und natürlich die Handys, die Autos, weitere Lebensmittel und auch, wenn etwas kaputt gegangen ist", zähle ich auf.

Meli schüttelt entgeistert den Kopf.

„Ich gebe dir das Geld. Schlaf gut Anna", sagt sie kurz und geht.

Ich liege kaum auf der Couch, schon schlafe ich ein.

19. KAPITEL

Ralf

Schon früh klingelt der Wecker.

Theo und ich fahren mit dem Auto zum neuen Haus.

Zum Glück hatte ich das Auto am Freitag bereits mit zum Hotel

genommen.

Die Maklerin und der Umzugswagen sind sogar schon da. Ich erstarre.

Zwei große Umzugswagen stehen vor dem Haus. So viele Sachen hat doch

mein Arbeitszimmer gar nicht!

Die Maklerin überreicht mir den Schlüssel und ich gebe ihn schnell an

Mastew weiter und verschwinde zur Arbeit.

Später rufe ich ihn an und frage, ob alles in Ordnung ist.

„Alles fertig und sogar schon aufgebaut. Meintest du nicht, dass die nur

deine Sachen liefern?", fragt Theo erstaunt.

„Ja so war es abgemacht", erwidere ich erstaunt und lege auf.

Merkwürdig. Na ja heute Abend werde ich mit Esther telefonieren.

Plötzlich fällt mir auf, dass wir seit drei Wochen nicht mehr miteinander

gesprochen haben. Irgendwie hatte ich so viel zu tun.

Was bin ich bloß für ein Vater. Katja kennt mich kaum und wirklich eingebracht habe ich mich auch nicht. Vielleicht kann ich das in München nachholen.

Wenn ich nicht plötzlich im Gefängnis lande.

Plötzlich klingelt mein Handy, es ist Anna.

„Hallo Ralf. Entwarnung. Es ist keine Erpressung. Nur mein Exmann, der uns einen Denkzettel verpassen wollte", sagt sie kurz.

Was?

„Was?", frage ich. „Ich verstehe nicht. Was genau hat dein Mann damit zu tun?"

„Er hat diese Fotos machen lassen und es wie eine Erpressung aussehen lassen wollen", erklärt Anna.

„Aber wieso Anna?", frage ich.

„Ich habe keine Ahnung Ralf. Aber zumindest heißt das, das es nichts mit dem aktuellen Fall zu tun hat", sagt Anna.

„Ja", sage ich trocken. „Eine Sorge weniger. Wenn ich jetzt noch Mastew daraus kriege ist ja alles ok".

Kopfschüttelnd lege ich auf.

Was für ein Vollidiot. Auf so eine Idee muss man erst mal kommen.

Ich versuche mich zu konzentrieren. Zwei Meetings und immer noch die Staatsanwaltschaft im Nacken. Wie der Geschäftsführer das gemacht hat ist eigentlich völlig klar. Nur nachweisen kann man es ihm anscheinend nicht. Vielleicht führt der Weg tatsächlich über Mastews Frau, falls sie was damit zu tun hat.

Schließlich kann die Überweisung auch ein Hackerangriff gewesen sein. Deshalb haben sie Mastew ja erst Mal entlassen, weil das Nachweisen schwierig war. Aber irgendwie scheinen sie ihn auf dem Kieker zu haben. Irgendwem ist er wohl mächtig in die Parade gefahren.

Abends bin ich endlich zu Hause.

Es tut gut, die vertrauten Möbel zu sehen. Es sind tatsächlich fast alle

unsere Sachen. Nur Katjas, Max und Esthers Sachen fehlen.

Aber die anderen Möbel sind wirklich alle da, auch unser Bett.

Ich rufe Esther an. Nach fünf Mal klingeln geht sie endlich ran und ist

völlig außer Atem.

„Ralf", keucht sie. „Hallo!"

„Hallo Esther. Wieso sitzt ihr in einem leeren Haus? Die ganzen Sachen

sollten doch erst später kommen", falle ich mit der Tür ins Haus.

„Ja da wollte ich noch mit dir drüber reden. Aber irgendwie bin ich nicht

dazu gekommen", sagt sie.

Sie atmet tief durch.

„Wir werden nicht zu dir nach München ziehen".

„Aber? Wieso nicht? Was ist passiert?", frage ich bestürzt.

„Nichts ist passiert", sagt Esther ruhig.

„Wir haben hier in Hamburg alles was wir brauchen. Und ich habe mich

gerade an der Uni eingeschrieben und werde mit Max im Wintersemester

starten".

Ich bin völlig entgeistert.

„Was wirst du studieren Esther?", frage ich erstaunt.

„Literatur. Ich schreibe Bücher", erzählt sie wie selbstverständlich.

Ich falle buchstäblich aus allen Wolken.

„Das ist nicht so leicht", sage ich vorsichtig".

„Wieso", sagt Esther locker. „Ich habe bereits drei Bücher veröffentlicht

und eine Option auf ein viertes unterschrieben. Damit habe ich die

Kaution für eine kleine Wohnung bezahlt. Das Haus wird verkauft, ich

wollte das aber nicht ohne deine Zustimmung tun. Die neue Wohnung hat

Einbauschränke und eine Küche, deshalb brauchen wir das meiste der

Möbel nicht. Ich weiß nicht ob ich das Studium fertig machen werde, aber

irgendwie wollte ich das schon immer Mal machen", erzählt sie.

„Aber das kannst du doch auch in München machen", sage ich erstaunt.

„Ja, aber ich möchte Abstand zu dir haben", sagt sie endlich und ich

atme tief aus.

Aha, das ist also der Grund. Ich bin der Grund.

„Was ist mit Katja?", will ich wissen.

„Du kannst jederzeit vorbeikommen Ralf. Wenn sie älter wird, kann sie

allein zu dir fahren", sagt Esther.

Es ist also endgültig. Es ist keine Auszeit, sondern eine endgültige

Trennung. Scheidung durchfährt es mich.

„Ist es wegen des Skandals?", frage ich irritiert. „Ich habe wirklich nichts damit zu tun", beteuere ich.

„Ach was. Natürlich nicht Ralf", sagt Esther trocken.

„Wir haben doch nie eine Ehe geführt, Ralf. Wir haben damals wegen Max geheiratet. Wir kannten uns doch kaum. Und jetzt ist mir klar geworden, dass ich das so nicht weiterführen möchte".

Wir sprechen noch ein wenig weiter, aber ich höre ihr kaum noch zu.

Endlich dachte ich, dass ich einen Bezug zu Katja aufbauen könnte und jetzt würde sie weit weg von mir wohnen. Allerdings würde ich ja, wenn ich sie besuchen komme, mich ausschließlich um sie kümmern. Vielleicht funktioniert das ja. Und Max ist erwachsen.

Esther hat drei Bücher veröffentlicht. Unter einem Pseudonym. Ich googele den Namen und stoße auf eine riesige Anhängerschaft! Fantasy, nicht mein Genre, aber die Leute sind absolut begeistert. Ich hatte mir Sorgen gemacht, dass ich das Leben meiner Kinder verpasst habe.

Esthers Leben habe ich wohl auch verpasst.

20. KAPITEL

Anna

Als ich aufwache, weiß ich erst Mal gar nicht wo ich bin. Erst als ich mich umschaue, sehe ich, dass ich in Ansgars Arbeitszimmer bin. Ich war nur selten hier, das letzte Mal als ich Ralf angerufen habe. Es sieht aus wie Harald. Harald denke ich und sofort sind alle Erinnerungen an die letzte Nacht wieder da. Ich habe mich von Harald getrennt!

Ich habe es tatsächlich durchgezogen.

Ich schaue auf meine Uhr. Es ist erst sechs Uhr früh. Ich kann nicht länger wie drei Stunden geschlafen haben und trotzdem bin ich hellwach.

Ich stehe auf, mache mich fertig und laufe zum Bäcker. Zum Glück finde ich den Haustürschlüssel direkt neben der Haustür. Das ganze Haus ist noch still.

Ich decke den Frühstückstisch, koche Kaffee und gehe dann zum Gästezimmer, um Ari zu wecken. Da steht sie und ist fix und fertig, mein großes Mädchen.

„Guten Morgen Ari", sage ich sanft. „Du bist ja schon fertig".

Ari lächelt mich an. „Irgendwie bin ich hellwach Mama".

Ich nicke. „Ja ich auch. Hast du Hunger?"

„Und wie", strahlt mich meine Tochter an.

Wir gehen nach unten. Um viertel nach sieben stiefelt Meli rein und reißt die Augen auf.

„Nanu? Wo kommt denn das ganze Essen her?"

„Ich war kurz beim Bäcker und habe die Sachen geholt", antworte ich.

„Mensch super. Ihr könnt so lange bleiben wie ihr wollt!", sagt sie kauend und schlürfend.

„Der Kaffee schmeckt ja großartig. Was ist denn da drin?", fragt sie erstaunt.

„Kakao und eine kleine Spitze Kardamom", sage ich etwas verlegen.

„Wahnsinn", schmatzt Meli.

Um halb acht stehen wir auf und steigen in mein Auto. Der Tag ist ziemlich ereignislos, schließlich sind bald Sommerferien und niemand mehr so recht bei der Sache. Aber als Meli und ich zu unserem Stammcafé fahren wollen, werden wir plötzlich von einem Polizeiauto überholt, dass uns signalisiert, anzuhalten.

„Guten Tag. Führerschein und Papiere bitte", sagt der Beamte.

„Guten Tag. Bin ich zu schnell gefahren?", frage ich erstaunt.

„Nein, aber das Fahrzeug, das sie fahren, wurde als gestohlen gemeldet. Ich muss Sie daher bitten, auszusteigen".

Meli und ich steigen nervös aus. Oh nein. Ich verstehe einfach nicht was

hier passiert.

Wir werden zur Wache gefahren und meine Personalien werden

aufgenommen.

„Hören Sie", sage ich ungeduldig. „Das ist mein Auto. Ich fahre es schon

seit drei Jahren".

„Ja, aber das Fahrzeug läuft aktuell auf einen Herrn Mangold", sagt der

Polizist.

„Genau", sage ich schnell. „Das ist mein Mann".

Der Polizist zieht die Augenbrauen hoch.

„Der hat das Fahrzeug als gestohlen gemeldet", erwidert er.

„Muss ich jetzt ins Gefängnis?", frage ich ängstlich.

„Ich rufe Ansgar an", sagt Meli schnell.

Der Polizist hebt beschwichtigend die Hände.

„Hier muss niemand ins Gefängnis. Nur den Wagen dürfen Sie leider

nicht mehr weiterfahren. Hier ist Ihr Ausweis. Schönen Tag noch".

Kopfschüttelnd sieht mich Meli draußen an.

„Was war das denn?", fragt Meli irritiert.

„Die Spitze des Eisbergs", sage ich besorgt. „Ich habe Angst was Harald

noch einfallen wird. Was ist, wenn er mir Ari wegnimmt?"

Meli nimmt mich in die Arme.

„Ansgar wird einen Termin mit seinem Freund machen. Ich rufe ihn an

und bitte ihn, dass er uns abholt".

„Er hat was getan!", ruft Ansgar zornig.

„Ja", sage ich ruhig. „Dabei habe ich das Auto gekauft bzw. die Raten bezahlt. Es war nur einfacher, alles auf einem Fahrzeughalter zu lassen und ich habe mir auch nichts dabei gedacht damals. Jetzt brauche ich auch noch ein neues Auto!", stöhne ich.

Ich bin echt sauer. Aber dieses Verhalten zeigt mir, dass es richtig war, Harald zu verlassen. Ja der Anfang wird wohl holperig werden, aber allein Aris Strahlen heute Morgen ist genug, um zu wissen, dass es richtig ist, was ich tue.

„Hast du noch den Kaufvertrag des Autos?", fragt mich Ansgar.

„Bestimmt. Ist allerdings alles zu Hause", sage ich.

„Ich werde mich mit Harald treffen. Dann könnt ihr in Ruhe die restlichen Sachen holen", schlägt Ansgar grimmig vor.

„Danke Ansgar. Und danke dir Meli. Ich wüsste nicht was ich ohne euch tun würde".

Plötzlich habe ich Tränen in den Augen, aber ich wische sie ganz schnell weg.

Nein, ich muss da jetzt durch, aber dann wird es auch irgendwann ausgestanden sein.

Um sechs Uhr klingelt es an der Haustür. Ein Kurier bringt einen großen braunen Umschlag.

„Sind Sie Frau Mangold?"

„Nein", sagt Meli erstaunt.

„Ich bin Frau Mangold", sage ich schnell und gehe zur Tür.

Ich quittiere den Empfang und nehme den Umschlag an mich.

„Was ist das denn? Wer weiß denn schon, dass du jetzt hier bist?"

„Harald weiß es", sage ich tonlos.

Mir schwant nichts Gutes. Und tatsächlich.

„Das sind Scheidungspapiere und eine Sorgerechtsklage", sage ich tonlos.

„Er will das Alleinige Sorgerecht für Ari haben, weil ich durch den Ehebruch nicht zuverlässig erscheine, weiterhin für Ari zu sorgen".

21. KAPITEL

Ralf

Ernüchtert lege ich auf.

Esther hat sich von mir getrennt.

Macht es mir etwas aus?

Ich meine, ich liebe sie nicht, nein. Und doch fühlt es sich merkwürdig an,

dass Esther Schluss mit mir gemacht hat. In den letzten Jahren habe ich

überlegt ob ich gehe. Ich wäre im Traum nie darauf gekommen, dass

Esther mich verlassen würde. Wie selbstbewusst sie am Telefon geklungen

hat. So stark und durchsetzungsfähig. Vielleicht haben meine Kinder diese

Esther schon immer gekannt, aber mir erscheint sie völlig fremd. Ob das

an dem Tod ihrer Mutter liegt? Vielleicht steht sie auch völlig unter

Schock. Da machen ja Menschen manchmal merkwürdige Sachen.

„Was ist denn passiert?", fragt Theo kauend.

Zum Glück war ich noch einkaufen und Theo verdrückt gerade ein dick

belegtes Butterbrot und saure Gurken.

„Hast du einen Bandwurm?", frage ich erstaunt.

„Nee, aber Hunger. Den ganzen Tag war der Kühlschrank doch leer",

sagt er erstaunt.

„Du könntest dir einen Job suchen", schlage ich vor.

„Mmh", nickt Theo kauend. „Wenn ich wieder eine feste Adresse habe".

„Du kannst doch meine Adresse angeben", sage ich erstaunt.

„Ja mal schauen", sagt Theo ausweichend.

„Wo ist denn das Problem?", frage ich ungeduldig.

„Ich bin ein Ex-Knacki. Das ist das Problem", sagt Theo ungeduldig.

„Angeblich habe ich Gelder veruntreut. Was genau soll ich denn über meine letzte Stelle erzählen?", fragt er sauer.

„Das weiß ich auch nicht, aber du kannst nicht ewig auf meiner Couch rumlungern", sage ich heftiger als beabsichtigt.

Theo hebt beschwichtigend die Hände.

„Keine Sorge. Das habe ich doch gar nicht vor. Das Ganze fühlt sich an wie ein nicht enden wollender Albtraum und ich warte immer noch darauf, dass ich endlich aufwache", stöhnt er.

Ich nicke verständnisvoll.

„Ja entschuldige. Ich bin ziemlich durcheinander. Esther hat sich gerade von mir getrennt".

„Deine Geliebte? Heißt die nicht Anna?", sagt Theo erstaunt.

„Esther ist meine Frau", sage ich erklärend.

„Oh", sagt Theo. „Hast du das kommen sehen?"

„Nein. Wirklich überhaupt nicht. Sie hat nie irgendwas angedeutet, aber wir haben uns die letzten Jahre auch kaum gesehen, geschweige denn unterhalten. Das Ganze kam ganz plötzlich nach dem ihre Mutter gestorben ist. Ich war noch nicht Mal auf ihrer Beerdigung", sage ich beschämt.

„Vielleicht steht sie unter Schock", mutmaßt auch Theo.

„Frauen und ihre Mütter haben doch immer ein besonderes Verhältnis".

Ich nicke. „Ja ich glaube sie hing sehr an ihr".

„Meine Schwester hatte ein gutes Verhältnis zu meiner Mutter. Sie wurde von ihr auch ganz schön verhätschelt. Mit mir konnte meine Mutter einfach nichts anfangen. Meine Hobbys haben sie einfach nicht interessiert. Und mein Vater war entweder arbeiten oder völlig betrunken", erzählt Theo.

„Was `ne beschissene Kindheit", sage ich aufrichtig.

„Hey, keine Tränen", sagt Theo grinsend. „Ab dem Studium wurde es richtig super. Das Lernen ist mir immer schon leichtgefallen, also konnte ich auf jede Menge Partys gehen. Und dann habe ich endlich Geld verdient und die Puppen wurden noch steiler", schwärmt er.

Ich muss unwillkürlich lachen.

„Was hast du denn während deines Studiums gemacht?", fragt Theo neugierig.

„Ach, da war keine Zeit für Puppen", sage ich seufzend. „Max war damals ein Jahr alt, ich musste nebenher arbeiten gehen und abends war eher Windelwechseln angesagt als Party".

„Na du hast ja früh losgelegt", sagt Theo erstaunt. „War es die große Liebe zwischen dir und deiner Frau?"

„Nein, wohl eher Absturz mit Folgen", sage ich trocken.
Theo nickt.

„Verstehe. Und wann hast du Anna kennengelernt?"

„Anna kenne ich schon mein ganzes Leben", sage ich verträumt und ein Stich geht durch meine Brust.

„Dein ganzes Leben?", fragt Theo erstaunt. „Und wieso habt ihr dann nicht geheiratet?"

„Na wegen des Absturzes", sage ich ungeduldig.

„So ein Blödsinn", sagt Theo und schlägt sich vor seine Denkerstirn. „So was macht man doch heute nicht mehr. Du hättest zahlen müssen, ja, aber da muss man doch nicht gleich heiraten und sich das Leben versauen!"

„Esther und ich hatten keine Wahl", versuche ich zu erklären. „Ihre Mutter hat darauf gedrängt und ich dachte, dass das meine wohlverdiente Strafe ist".

„Wie bitte?", ruft Theo amüsiert. „Deine Frau war deine Strafe für deine Untreue? Was ist das denn für ein Quatsch!"

„Ach", sage ich abwehrend. „Das kann ich jetzt nicht mehr ungeschehen machen. Es tut mir nur leid, dass ich Katja jetzt immer noch nicht mehr sehen werde".

„Na und?", sagt Theo. „Dafür wird sie dich ganz für sich allein haben, wenn sie dich hier besuchen kommt".

Ich muss schon sagen, Theos Pragmatismus ist wirklich aufbauend.

Wir quatschen noch den ganzen Abend und gehen spät schlafen. Es tut gut, mal ganz normale Gespräche zu führen. Das war die letzten Jahre nur selten der Fall.

Am nächsten Morgen werde ich durch die Klingel an der Haustür geweckt. Ich rase die Treppe runter. Wahrscheinlich der Briefträger, denke ich und mache die Tür auf.

Eine stark geschminkte, super blondierte Frau mit hoch toupiertem Haar steht an der Tür.

„Guten Tag?", frage ich erstaunt.

Wahrscheinlich eine Kosmetikvertreterin, denke ich mit Blick auf ihr billig aussehendes Leopardenkostüm.

„Hallo", piepst sie. „Ist Theo da? Ich muss ihn sprechen".

Das ist also Theos Frau. Interessant.

„Theo!" rufe ich, damit er es bis in den ersten Stock hört. Er schläft auf der Couch im Arbeitszimmer.

Nach langen fünf Minuten, in denen wir uns anschweigen, rumpelt es endlich auf der Treppe. Theo kommt in zerknitterten Sachen nach unten.

„Was machst du denn hier!", ruft er sauer.

„Ich will nur mit dir reden", quietscht sie.

„Wenn es darum geht wieso du das gemacht hast, ja, ansonsten kannst du gleich wieder verschwinden!", schreit sie Theo an.

„Komm runter", sagt sie jetzt ruhig.

„Äh, ich gehe dann mal ins Bad", sage ich und lasse die beiden stehen.

Allerdings kann ich alles noch bis ins Bad hören, so laut brüllen sich die beiden an. Dann knallt die Haustür.

Fertig angezogen gehe ich nach unten. Die beiden sind weg. Hoffentlich macht Theo keine Dummheiten. Sowas wie in der Richtung abhauen oder jemanden umbringen oder beides. Das sähe ihm nämlich ähnlich.

Heute ist endlich mal ein Tag an dem die Staatsanwaltschaft nicht vorbeischaut, sie haben jetzt wohl genug Material zusammen. Ich hoffe immer noch inständig, dass Theo keinen Mist baut. Was die Perle wohl wollte?

Ob ich Anna anrufen soll? Seit Sonntag haben wir uns nicht mehr gesehen. Aber als ich ihre Handynummer anrufe, ist die Nummer nicht mehr vergeben. Merkwürdig.

Sofort fange ich an, mir Sorgen zu machen. Da es ohnehin bereits acht Uhr abends ist, fahre ich direkt zu ihrer Freundin. Vielleicht bekomme ich so ihre Nummer raus.

„Hallo Ralf", sagt Frau Sörensen erstaunt.

„Hallo Frau Sörensen".

„Bitte nenn mich Meli. Frau Sörensen ist meine Schwiegermutter", sagt Meli lachend.

„Ich habe versucht Anna zu erreichen, aber die Handynummer war nicht mehr vergeben. Ich hoffe es geht ihr gut?", frage ich besorgt.

„Ja es geht ihr gut. Sie ist hier. Komm doch rein".

22. KAPITEL

Anna

„Hallo Ralf!", quietscht Ari los.

„Hallo Ralf", sage ich und schüttele ihm die Hand. Ich will zu viel

Körperkontakt vermeiden, obwohl das hier ja niemand sieht.

„Hallo Ari, hallo Anna. Ich habe versucht, dich anzurufen, Anna. Aber

dein Handy ist abgemeldet", sagt er und mustert mich besorgt.

Mein Herz macht einen Hüpfer und ich muss schlucken. Wir gehen ins

Wohnzimmer und ich erzähle ihm die jüngsten Ereignisse. Ralf schüttelt

nur mit dem Kopf, unterbricht mich jedoch kein einziges Mal.

„So ein A.!", ruft Meli.

„Hey, bitte nicht vor Ari", zische ich. „Harald ist immer noch ihr Vater".

Ari zuckt nur mit den Schultern.

„Der Typ ist doch die Pest. Keine Ahnung wieso er will, dass ich bei ihm

bleibe".

„Weil er weiß, dass es Anna weh tut", erwidert Ralf trocken.

Ich nicke. „Ja wahrscheinlich. Das befürchte ich auch".

„Was für ein Idiot", sagt Ralf kopfschüttelnd.

„Und wahrscheinlich eine Menge verletzter Stolz", sagt Ansgar, der plötzlich im Wohnzimmer auftaucht.

„Oh hallo Herr Sörensen", sagt Ralf förmlich.

„Ach was, nenn mich Ansgar", lacht Ansgar und schüttelt Ralf die Hand.

„Ralf", sagt Ralf schüchtern und schüttelt Ansgar die Hand.

„Was sich Harald da geleistet hat, ist wirklich ohne Worte", sagt Meli.

„Wer möchte Wein?", fragt Ansgar.

Alle nicken außer Ari.

„Und was hast du jetzt vor Anna?", fragt Ralf direkt.

Ich schlucke.

„Ich habe morgen einen Termin beim Scheidungsanwalt. Mal schauen wie seine Einschätzung ist. Vielleicht fragen sie zumindest nach Aris Meinung".

„Bitte sag mir, wenn ich dir irgendwie helfen kann", bietet Ralf an.

„Danke Ralf, aber ich glaube nicht, dass mir da jemand helfen kann", sage ich verzweifelt.

„Und wenn ich von der Erpressung erzähle?" fragt Ralf.

„Was für eine Erpressung?", frage ich erstaunt.

„Na, dein Mann hat uns doch fotografieren lassen. Und mir die Fotos geschickt zusammen mit einem Brief, der sich wie eine Erpressung liest. Ich könnte ihn doch anzeigen deswegen", schlägt er vor.

„Harald hat was getan?", fragt Ansgar erstaunt.

„Ja", sage ich und nicke. „Daran habe ich gar nicht mehr gedacht. Meinst du das wäre sinnvoll Ansgar?"

„Er hat ja mit der Schlammschlacht angefangen", meint Ansgar und zuckt mit den Schultern.

„Aber so etwas besprichst du besser morgen mit Roland. Der weiß da viel besser Bescheid. Ich hoffe er kann euch helfen", seufzt Ansgar und nimmt einen tiefen Schluck Rotwein.

„Das muss er!", rufen Meli und Ari gleichzeitig.

„Ich haue ab, wenn ich da wieder hinmuss", droht Ari.

„Bitte Ari", sage ich und nehme sie in den Arm.

„Warts doch erst Mal ab. Wenn alles nichts hilft, kann Ralf immer noch Anzeige erstatten", versuche ich sie zu beruhigen, aber selbst mir kommt es nicht überzeugend vor.

Irgendwann gehen alle schlafen, nur Ralf und ich sitzen auf der Couch.

„Wie geht es dir Anna?", fragt mich Ralf und küsst mich. Der Kuss tut gut und lässt mich für einen Augenblick das Ganze vergessen. Aber nur für einen Augenblick. Schnell schiebe ich Ralf weg.

„Wir dürfen das nicht", sage ich ängstlich.

„Wieso nicht?", fragt Ralf erstaunt.

„Ich will nicht, dass das irgendwie Harald in die Hände spielt. Wir müssen einfach vorsichtig sein", sage ich leise. Ralf nickt, auch wenn ich mir nicht sicher bin, ob es ein zustimmendes Nicken ist.

Wir reden noch lange. Reden konnten wir schon immer miteinander. Seine Nähe und seine Wärme, selbst auf die Distanz, tun gut und ich lasse mich ein wenig fallen.

Am nächsten Morgen wache ich auf der Couch auf. Ralf ist fort, aber er hat

mich zugedeckt bevor er gegangen ist. Ich schaue auf die Uhr. Es ist sieben

Uhr! Höchste Zeit, mich fertig zu machen. Schnell setze ich den Kaffee auf

und laufe ins Bad. Als ich wiederkomme, sitzen bereits alle am

Frühstückstisch.

„Guten Morgen", ruft Ari fröhlich.

Ich kann das nicht zu lassen, durchfährt es mich. Aber ich muss einen

kühlen Kopf bewahren. Für uns beide. Schnell frühstücken wir und fahren

dann mit Melis Auto zur Schule. Am Sonntag hat sich Ansgar mit Harald

zum Golf verabredet und dann werden wir zumindest die Ordner mit den

Verträgen holen können und sämtliche Kontoauszüge, die ich Gottseidank

immer sehr gewissenhaft aufbewahre. Harald hat die Verträge für mein

Handy abgeschlossen, weil es ein günstiger Partnertarif war, aber die

Zahlung musste manuell jeden Monat gemacht werden. Also habe ich das

Ganze über einen Dauerauftrag von meinem Konto bezahlt. Genauso wie

die Autoversicherung. Nur die Hypothek fürs Haus hat Harald bezahlt

und die Hausratversicherung, der Rest war meine Sache. Seine Anzüge hat

Harald auch selbst bezahlt, allerdings hat er sich selten neue gekauft,

vielleicht alle paar Jahre einen.

Ich schaue auf die Uhr. Gleich ist es drei Uhr. In einer Stunde habe ich den Termin mit dem Scheidungsanwalt. Meli wird mitkommen, aber vorher setzen wir Ari noch bei Sara ab. Nachdem ich mit Saras Mutter gesprochen habe, ist das kein Problem. Sie hat vollstes Verständnis und hat mir gleich eine Maklerin empfohlen.

Auch so eine Sache, um die ich mich kümmern muss und für die ich absolut kein Geld habe. Aber ohne Makler wird es sehr schwierig sein, überhaupt eine Wohnung zu finden. Und wir können nicht ewig bei Meli und Ansgar bleiben. Das würde die Freundschaft doch nur belasten.

Dann fahren wir zum Anwalt. Er nimmt sich Zeit, fragt manchmal nach, lässt aber meistens mich reden.

„Wir können versuchen, eine beschleunigte Scheidung zu erwirken. Anscheinend ist das Ganze recht zerrüttet", sagt er schließlich.

„Ehrlich gestanden ist mir das egal", gebe ich zu.

„Ich habe einfach Angst, dass meine Tochter zu ihm muss".

„Es wird jemand vom Jugendamt mit Ihrer Tochter sprechen", sagt Herr Mans freundlich.

„Wir müssen das Ganze Prozedere abwarten und ich möchte Ihnen da keine falschen Hoffnungen machen. Ihr Mann ist ein Staatsorgan mit sehr viel Einfluss. Wir müssen schauen was er geplant hat. Ich hoffe natürlich, dass die Meinung Ihrer Tochter gehört wird, aber letztendlich müssen Sie und ihr Mann sich einigen, denn Ihre Tochter ist erst zwölf".

Als wir wieder draußen sind, fange ich an zu weinen. Meli drückt mich und wartet bis ich mich wieder beruhigt habe.

„Ach Anna. Das wird schon. Am Sonntag holen wir erst Mal den ganzen Papierkram, sicher ist sicher. Das wird auch zeigen, dass er kein Verantwortungsgefühl hat", sagt Meli ärgerlich und bugsiert mich ins Auto.

Wir fahren zu Meli und trinken Rotwein. Ab und zu fange ich wieder an zu weinen, aber ich beruhige mich irgendwann. Es hilft ja schließlich nichts! Ich zeige Meli die Visitenkarte von der Maklerin.

„Schieb das doch erst Mal auf", sagt Meli herzlich.

„Das möchte ich nicht", sage ich fest. „Irgendwie werde ich das schon schaffen, aber ich will euch nicht ewig auf der Pelle hocken".

„Na gut", sagt Meli resigniert. „Dann ruf sie an. Aber jetzt ist es schon zu spät dafür", sagt sie mit einem Blick auf die Uhr.

Es ist bereits eins! Irgendwie habe ich wenig Schlaf die letzten Tage bekommen. Kaum liege ich auf der Couch, bin ich auch schon eingeschlafen.

23. KAPITEL

Ralf

Abends, als ich nach Hause komme, ist auch Theo bereits da Er strahlt übers ganze Gesicht.

„Hallo Theo. Wie war das Gespräch mit deiner Frau?", frage ich neugierig.

„Sie wird mit der Staatsanwaltschaft zusammenarbeiten und ihnen die nötigen Beweise liefern", sagt Theo und strahlt dabei über das ganze Gesicht.

„Was? Wie jetzt", sage ich erstaunt.

„Na ja, der Alte hat sie wohl ziemlich schlecht behandelt und da hat es ihr gereicht", meint Theo.

„Das ist schon alles? Ich hoffe das ist keine Falle", sage ich skeptisch.

„Ich war mit ihr bereits bei Herr Sörensen", sagt Theo erstaunt.

„Heute?", frage ich verblüfft.

„Na klar. War doch wichtig. Ihre ganze Aussage wurde protokolliert. Natürlich weiß sie keine Einzelheiten, aber zumindest hat sie ausgesagt, dass sie die Überweisung getätigt hat und dafür eine meiner TANs verwendet hat. Und sie hat auch Beweise über Transfers des alten

Geschäftsführers mitgehenlassen. Jetzt müsste er bereits in Untersuchungshaft sitzen", sagt Theo grimmig.

„Klingt irgendwie so leicht", sage ich erstaunt.

„Wieso leicht Mann!", brüllt mich Theo an. „Die letzten Wochen waren die Hölle für mich. Ich saß schließlich in U-Haft!", sagt er empört.

Theo regt sich richtig auf und ich bekomme ein schlechtes Gewissen.

„Tut mir leid Theo, so habe ich das gar nicht gemeint", versuche ich ihn zu beschwichtigen. „Aber, dass plötzlich deine Frau auftaucht und das Ganze beendet, klingt einfach sehr konstruiert, meinst du nicht?".

„Ich hoffe einfach, dass die ganze Scheiße damit vom Tisch ist. Und dass ich dann meinen Job wiederbekomme", sagt Theo jetzt schon sehr viel ruhiger.

Bei mir blinken allerdings die Alarmglocken.

„Moment Mal Theo, deinen Job habe ich doch", protestiere ich.

„Ja, aber ich habe ihn aufgrund falscher Tatsachen nicht mehr. Ich muss ihn also wiederbekommen", befindet Theo.

„Ok, da reden wir noch drüber Theo", versuche ich die Diskussion erst Mal zu beenden.

„Ich hoffe auch, dass du schnell wieder an deinen Ruf und dein Geld kommst. Und welchen Job du machen wirst, werden wir dann sehen", sage ich kurz, um das Ganze erst Mal abzublocken.

Komisch, dass ich mich so verteidige. Ich will diesen Job doch gar nicht machen und ein BWLer kommt bestimmt besser mit dem ganzen Kram klar. Aber ich will diesen Projektmanager Job auch nicht mehr machen müssen. Auf keinen Fall. Ich könnte mir etwas in Hamburg suchen, irgendwas. Dann wäre ich in der Nähe von Katja, aber weit weg von Anna. Katja ist wichtiger, schelte ich mich sofort.

„Hallo", ruft Theo. „Einen Penny für deine Gedanken".

„Ach nichts", sage ich unbestimmt.

Im Bett denke ich an Anna. Wie gerne ich sie berührt hätte. Das gemeinsame Wochenende ist bereits vier Wochen her. Träumerisch denke ich an Sie, spiele im Traum mit ihren brünetten Haarsträhnen. Aris Haare sehen genauso aus wie die von Anna, als sie in ihrem Alter war. Mit diesen Gedanken schlafe ich irgendwann ein.

Der nächste Tag verläuft weiterhin ereignishaft. Nachdem Theos Frau den alten Geschäftsführer an die Polizei übergeben hat, hat der wiederum ausgepackt. Das weiß ich alles über Ansgar, der mich plötzlich

nachmittags anruft.

„Er hat zwei Leute aus der Firma mit reingezogen", berichtet Ansgar.

„Was? Es waren doch noch mehr Leute involviert?", frage ich. „Woher

weißt du das so genau?"

„Die Polizei hat sich mit mir in Verbindung gesetzt", sagt Ansgar und

ich spüre sein zufriedenes Grinsen durch das Telefon.

„Aber wieso? Also ich meine. Was haben sie gemacht?", frage ich immer

noch völlig perplex.

„Sie haben die Misswirtschaft gedeckt und als der Geschäftsführer gehen

musste, hat er sie dafür bezahlt, dass sie Theo zu seinem Posten verhelfen

und gleichzeitig alles so aussehen lassen, dass er die ganze Schuld

bekommt. Dadurch wären alle aus dem Schneider gewesen".

„Und Theos Frau hat das Ganze platzen lassen?", frage ich ungläubig.

„Ach, ich glaube das war nur die Spitze des Eisbergs", sagt Ansgar. „Die

Unregelmäßigkeiten konnten wohl dann doch irgendwie durch die

Staatanwaltschaft aufgedeckt werden. Und einer der beiden Mittäter hat

versucht, sich nach Italien abzusetzen".

„Wurde er denn bereits gesucht?", frage ich erstaunt. Schließlich hört man doch immer davon, dass die Mühlen der Justiz ewig brauchen. Aber hier hat sich binnen weniger Stunden anscheinend alles aufgeklärt.

„Seine Frau hat ihn vor ein paar Tagen als vermisst gemeldet, dadurch hat man überhaupt nach ihm gesucht. Und an der Grenze hat man ihn schließlich gefunden", schließt Ansgar.

„Klingt wie ein schlechter Krimi. Aber wieso hat er so lange bis dorthin gebraucht?"

„Stau", lacht Ansgar. „Für eine Flucht sollte man sich nicht gerade die Sommerferien aussuchen", sagt er trocken.

Abends um sieben Uhr klingelt plötzlich mein Handy. Nanu! Es ist Max.
Ob etwas passiert ist? Doch Max lässt mich gar nicht zu Wort kommen.

„Hallo Papa. Kann ich bei dir wohnen?"

„Äh, hallo Max. Natürlich, aber wie willst du dann in Hamburg
studieren?", frage ich verblüfft.

„Ich habe den Studienplatz in Hamburg nicht bekommen, dafür aber
den in München. Da könnte ich sofort anfangen", antwortet er gelassen.

„Langsam, langsam Max. Jetzt nicht so schnell. Hast du denn schon mit
deiner Mutter geredet?"

„Ja habe ich und sie hat nichts dagegen. Schließlich ist das das
Einfachste".

„Wann kommst du denn?", frage ich völlig überrumpelt.

„Jetzt noch nicht", beruhigt mich Max. „Die Einschreibung ist erst im
September. Jetzt habe ich erst Mal frei". Klick und schon hat er aufgelegt.
Ich hole erst Mal tief Luft. Max wird zu mir ziehen. Vielleicht behalte ich
das Haus doch. Wenn Katja vorbeikommt, haben wir zumindest genügend
Platz.

Plötzlich geht wieder mein Handy. Nanu. Es ist Esther. Was ist denn heute
los dort.

„Hallo Ralf. Ich habe Katja jetzt doch in dem privaten Kindergarten bei dir um die Ecke angemeldet. Sie wird zu dir ziehen", eröffnet mir Esther.

Was?

„Was? Esther. Ich muss arbeiten!", sage ich verzweifelt.

„Na und", sagt Esther kühl. „Das muss ich auch. In den kommenden Monaten werde ich viel unterwegs sein. Auf Promotour für mein Buch. Bei den anderen beiden Büchern habe ich das abgelehnt, weil Katja noch so klein war und du ständig unterwegs warst. Aber jetzt bin ich mal dran. Und ich werde das machen. Ich bringe Katja in drei Wochen zu dir".

Klick. Und schon hat auch Esther aufgelegt.

Das darf doch nicht wahr sein. Ich raufe mir die Haare und renne durchs Haus. Ich kann doch nicht plötzlich auf zwei Kinder aufpassen, wie soll ich denn arbeiten?

Dann werde ich ruhiger und setze mich hin. Irgendwie verstehe ich Esther auch. Sie hatte es die letzten Jahre nicht leicht, sie war quasi alleinerziehend. Und dabei hat sie auch noch Bücher geschrieben!

Ja also wieso nicht? Ich hatte ja eh vorgehabt, Katja mehr zu sehen. Aber wie würde sie das Ganze aufnehmen? Sie ist noch so klein und wird einfach aus ihrer Umgebung herausgerissen. Verdammt. Esthers neu gewonnener Egoismus ist wirklich nervig. Die ganze Familie wird in

Mitleidenschaft gezogen. Vielleicht suche ich tatsächlich etwas in Hamburg, aber irgendwie will ich das nicht. Ich will bei Anna sein. Ich will in ihrer Nähe bleiben. Vielleicht können wir irgendwann… Ich denke den Gedanken lieber nicht zu Ende, sonst mache ich mir nur unnötig Hoffnungen.

24. KAPITEL

Anna

Eine halbe Stunde verbringen wir in unserem alten Haus. Es ist
aufgeräumt, wirkt aber verlassen.

„Bestimmt hat er eine Putzfrau", sagt Meli.

„Glaube ich nicht. Dafür ist Harald viel zu geizig. Ich denke er arbeitet
viel und ist wenig zu Hause".

Zum Glück finde ich die Ordner schnell. Ich habe auch die drei Koffer
mitgebracht und packe schnell noch weitere Sachen von Ari und mir
hinein. Ich vermisse diese Umgebung nicht, denn ich habe mich hier nie
zu Hause gefühlt. Schnell verlassen wir das Haus und fahren weg.
Wirklich erleichtert bin ich nicht, denn es ist ja nicht gesagt, dass das
irgendwie helfen wird, Ari zu behalten.

Der Anwalt hat erst Mal von einem Gütetermin gesprochen. Eine Art
Mediation zwischen uns bei dem die Anwälte dabei sind. Er wird
versuchen, möglichst schnell einen Termin zu bekommen, aber „möglichst
schnell" kann durchaus Wochen bedeuten.

An Ralf denke ich wenig, ich bin einfach zu sehr mit meiner eigenen
Situation beschäftigt und schließlich hat sich Ralf nicht getrennt. Er ist

immer noch verheiratet und bald wird seine Familie hier wohnen und wir

uns ohnehin nicht mehr sehen können. Außer vielleicht als Freunde, aber

dann will ich ihn lieber gar nicht sehen. Mein Herz klopft immer heftig,

wenn ich nur an Ralf denke. Ich kann einfach nichts dagegen tun.

Seufzend gehe ich in die Küche und fange an zu kochen. Schließlich ist das

das Mindeste was ich tun kann, um mich zu revanchieren. Ansgar und

Meli wollen schließlich keine Miete von mir.

„Spar mal dein Geld", sagen sie. „Du brauchst es für den Umzug".

Natürlich haben Sie Recht damit. Ich verdiene ja eigentlich nicht schlecht,

nur meine Ersparnisse sind nicht wirklich groß, obwohl wir seit zwei

Jahren nicht mehr in den Urlaub gefahren sind. Dafür sind aber die

Waschmaschine und der Trockner kurz nacheinander kaputt gegangen.

Na ja, aber so ist es nun Mal. Das kann ich nicht ändern.

Bald werden Ferien sein. In drei Wochen bereits. Dann werde ich mehr

Zeit haben, mich um alles zu kümmern.

Ich bin müde, denke ich verzweifelt und rühre wild im Kochtopf rum. Ich

will einfach nur ins Bett und mir die Decke über den Kopf ziehen.

„Mmh, das duftet ja köstlich!", ruft Meli begeistert.

„Hähnchenbrustfilet, Reis und Brokkoli mit Mandeln", kündige ich an.

Ari setzt sich, Ansgar kommt rein.

„Das duftet ja super Anna. Aber du brauchst doch nicht für uns zu kochen!", lächelt er.

„Irgendwie muss ich mich doch erkenntlich zeigen", sage ich ernst. „Ihr habt uns schließlich bei euch aufgenommen".

„Ja und das haben wir gerne getan", sagt Ansgar.

„Ich finde es prima, dass du einkaufen gehst, neben deinem Job und so. Aber wir haben euch wirklich gerne bei uns, auch ohne, dass du das alles für uns tust", sagt Meli bestimmt. Wir setzen uns.

„Man schmeckt das toll!", schmatzt Ansgar. „Bitte bleibt hier wohnen, darauf will ich nicht mehr verzichten", stöhnt er.

Wir lachen und hauen rein und quatschen die ganze Zeit. Ari blüht förmlich auf. Denn hier muss sie nicht leise sein, sie darf mitreden und auch selbst etwas erzählen. Hinterher räumen wir zusammen alles in die Spülmaschine, was für ein Luxus.

„So was brauche ich unbedingt", stöhne ich lachend.

„Ja wir lieben ihn auch", sagen Ansgar und Meli gleichzeitig und küssen sich. Überhaupt küssen sich die beiden andauernd oder streicheln sich auch mal. Mir kommt das ganz merkwürdig vor. Ob es mit Ralf so wäre? Ich verbanne diesen Gedanken ganz schnell wieder.

„Holst du die Spiele Ari?", fragt Meli.

Das lässt sich Ari kein zweites Mal sagen. Sie liebt Spieleabende mit Meli und Ansgar. Dabei lassen die sie noch nicht Mal gewinnen, also zumindest nicht mit Absicht. Ari zockt uns trotzdem jedes Mal ab. Um neun Uhr schicke ich Ari ins Bett, schließlich ist morgen Schule. Natürlich ist sie nicht müde, aber sie huscht ohne Murren rauf ins Gästezimmer. Eine Viertelstunde später gehe ich rauf, um Gute Nacht zu sagen.

„Mama. Können wir nicht einfach hierbleiben?", fragt Ari mit schläfrigen Augen.

„Das geht leider nicht Ari", sage ich sanft.

„Aber hier ist es so schön", meint sie.

„Ich weiß. Aber wir machen uns die neue Wohnung auch sehr schön".

„Na gut. Aber ich muss nicht zu IHM, oder?", fragt sie ängstlich.

Meine arme Kleine. Ich wünschte ich könnte ihr das ersparen.

„Ich hoffe das sehr, mein Schatz. Ich werde alles versuchen, dass du bei mir bleiben kannst. Allerdings musst du mit dem Jugendamt sprechen".

„Wirst du dabei sein?", fragt Ari angstvoll.

„Ich glaube du musst allein mit denen reden. Sonst könnte ich dich beeinflussen. Ich werde auf alle Fälle nicht weit weg sein", verspreche ich ihr und gebe ihr einen Gute Nacht Kuss.

Dann gehe ich wieder runter zu Meli und Ansgar. Wir unterhalten uns noch etwas, gehen aber heute alle früh schlafen. Der wenige Schlaf der letzten Woche, hat uns alle eingeholt. Erschöpft sinke ich aufs Kopfkissen. Es tut mir leid, dass Ari das durchmachen muss. Aber ich glaube, sie wird mir verzeihen, so lange sie nicht bei Harald sein muss. Die letzten Jahre haben wir nur nebeneinander her gelebt, Harald und ich. Er hat kaum ein Wort mit uns geredet, geschweige denn uns was gefragt. Er hat gearbeitet oder ist mal zum Golf gegangen. Im Grunde genommen war das schon keine Ehe mehr. Vielleicht hat er so auch die Chance, glücklich zu werden, denke ich als letzten Gedanken, bevor ich einschlafe.

25. KAPITEL

Ralf

Tatsächlich kommt alles so wie Theo es sich erhofft hat. Die Anklage wird fallengelassen und er kann wieder in sein Haus am Starnberger See zurück.

Jobtechnisch habe ich ihm einen Vorschlag unterbreitet. Ich weiß zwar nicht, ob die Personalabteilung mitspielt, trotzdem wollte ich erst Mal wissen was Theo davon hält. Nämlich, ob wir uns den Posten teilen. Jobsharing bzw. Topsharing in unserem Fall.

Vor dem Gespräch mit der Personalabteilung hat es mich gegraut, ich bin einfach nicht gut in so etwas. Den Big Bossen habe ich vorab eine nette bunte Präsentation geschickt. Keine Ahnung ob der Vorschlag akzeptiert werden wird.

Aber zuerst habe ich Theo das ganze vorgeschlagen. Seine Meinung war erst ziemlich verhalten.

„Topsharing?", hat er miesepetrig gefragt.

Was allerdings nichts mit unserem Gespräch zu tun hat, sondern mit den Absagen, die er ständig auf seine Bewerbungen bekommt. Schließlich ist der ganze Fall durch die Medien gegangen. Und selbst wenn irgendwo stand, dass der letzte Geschäftsführer dann doch nichts damit zu tun gehabt hat, heißt das noch lange nicht, dass es als Unschuld akzeptiert wird. Wird es anscheinend auch nicht, denn bis jetzt ist Theo nicht mal zu Interviews eingeladen worden, obwohl er sich auf ganz unterschiedliche Level und Arten an Jobs beworben hat.

„Das heißt du quatscht mir die ganze Zeit in meinen Job rein?", mosert er weiter.

Ich seufze. „Darum geht es ja schließlich. Du quatschst mir rein und ich quatsche dir rein. Dadurch haben wir eine gegenseitige Kontrolle. Zukünftige Entscheidungen müssen von uns gemeinsam getragen werden. Gerade bei hohen Investitionen ist es doch gut, sich gegenseitig rechtfertigen zu müssen. Unseren hohen Bossen braucht man doch nur eine hohe Zahl an Gewinn zu präsentieren, an Details haben die doch kein Interesse. Und das hat zu ziemlichen Fehlinvestitionen geführt", gebe ich zu bedenken.

Theo nickt. „Ja, natürlich. Aber du wirst der Geschäftsführer sein und ich dein lausiger Assi. Da habe ich keine Lust drauf".

„Jetzt überleg doch mal Theo", versuche ich es weiter. „Was hast du denn zu verlieren? Sobald du ein besseres Angebot bekommst, nimmst du es natürlich an. Aber vielleicht wird dich, falls sie mein Konzept akzeptieren, die Industrie so wieder ernst nehmen. Wenn du den Job

bekommst bei einer Firma, die dich wegen Veruntreuung angezeigt hat,

dann wird dich das ein für alle Mal rehabilitieren. Meinst du nicht?"

Theo sieht mich völlig entgeistert an und nickt.

„So habe ich mir das noch gar nicht überlegt. Bist ein schlaues

Bürschchen".

Ich grinse. „Danke. Ich weiß".

Und damit habe ich dann zumindest seine Zustimmung. Dass er dadurch

in seinem Lebenslauf zeigen kann, dass er erneut sogar für denselben Job

akzeptiert wurde, hat ihn überzeugt. Jetzt hoffe ich nur, dass ich die

Konzernführung auch davon werde überzeugen können. Ich hoffe sehr,

dass sie zustimmen werden, denn solange Katja so klein ist, werde ich

einfach weniger arbeiten müssen. Aber längerfristig, und das muss nicht

mal was mit Theo und mir zu tun haben, werde ich vorschlagen, die Spitze

von jetzt ab immer mit wenigstens zwei Geschäftsführern zu besetzen.

Wie ich es Theo erklärt habe, geht es mir dabei um Kontrolle. Und ganz

besonders das gegenseitige Rechtfertigen von Entscheidungen, die

gemeinsam getragen werden müssen oder sonst auch nicht durchgeführt

werden.

Und genau so stelle ich das Ganze vor und boxe schließlich die Idee durch.

Den angeführten Kosten stelle ich die jahrelangen Veruntreuungen und die Fehlinvestitionen entgegen.

Und sie stimmen tatsächlich zu! Vielleicht weil sie fürchten, dass Theo klagt, nachdem ja zwei Mitarbeiter das Ganze noch zusätzlich zu verantworten haben mit ihm. Vielleicht können sie tatsächlich rechnen oder ich war wirklich überzeugend.

Mit Theo habe ich vereinbart, dass er gleich im August startet. Dadurch kann ich zwei Wochen im August Urlaub nehmen, um Katja im Kindergarten einzuführen.

Wegen meiner Kinder habe ich immer noch Magendruck. Das Piksen wird immer schlimmer je näher der Tag rückt.

Esther hat im Internet Möbel für Katja bestellt. Theo und ich mussten sie dann aufbauen, was eine ganz schöne Plackerei war.

Hinterher waren wir schweißgebadet und Theo hat gemeckert, dass der Garten keinen Pool hat. Ja schade, aber den hätte das andere Haus auch nicht gehabt und es musste halt alles schnell gehen.

„Nächstes Jahr kaufe ich ein großes Planschbecken", lache ich und wische mir den Schweiß von der Stirn.

„Aber jetzt müssen wir uns erst Mal mit diesem hier begnügen", sage ich und angele mir eine Flasche Bier aus dem winzigen kleinen Planschbecken, das ich für Katja gekauft habe. Es ist blau mit ganz vielen bunten Fischen drauf.

Die Möbel, die Esther ausgesucht hat, sind schlicht und weiß. Da Katja eh ein größeres Bett gebraucht hat, hat sie einfach ein neues Kinderzimmer für Katja gekauft. Ihre persönlichen Habseligkeiten bringt sie mit, wenn sie Katja abliefern wird.

Und das wird morgen sein.

Ja, die Zeit ist weggerast und jetzt ist es bereits August. Glücklicherweise hat Esther die drei freien Wochen des Kindergartens noch abgewartet.

Und ich habe mir dann doch erst Mal nur eine Woche Urlaub genommen. Natürlich wird Theo das schon hinbekommen, ich will trotzdem nicht gleich so lange wegbleiben und ihn ganz allein lassen. Schließlich weiß ich nicht wie die Leute auf ihn reagieren werden. Und ich werde den Urlaub sicherlich auch später noch brauchen. Nachts schlafe ich schlecht und träume von kleinen Ungeheuern mit Kindergesichtern, die spitze Reißzähne habe.

Am nächsten Morgen stehe ich mit klopfendem Herzen auf und mache mich fertig. Ich werfe noch einen Blick in Katjas Zimmer, aber es ist alles fertig. Für Max habe ich ebenfalls ein neues Bett und einen Schreibtisch gekauft. Zum Glück hat das Zimmer bereits einen Einbauschrank. Die Verkäuferin im Spielzeugladen hat mir auch noch große bunte Kissen für Katja aufgeschwatzt, also stehen zwei bunte große Sitzsäcke in ihrem Zimmer. Ansonsten ein höhenverstellbarer Schreibtisch, ein weißer Eckkleiderschrank, eine Kommode und ein weißes Bett mit Ausziehschublade in der eine weitere Matratze liegt. Dort kann ich oder auch eine Freundin übernachten. Alles recht praktisch, ich hoffe es wird Katja gefallen. Schnell gehe ich noch einkaufen. Mir fällt auf, dass ich gar nicht weiß was Katja gerne isst. Natürlich soll sie nicht nur Süßkram essen, aber trotzdem kaufe ich ein bisschen was. Ansonsten viel Obst, Gurke, Tomate, Brot und Wurst. Wenn es ihr nicht gefällt, müssen wir halt morgen wieder einkaufen gehen, denke ich seufzend als ich die Sachen in den Kühlschrank einräume. Da Katja erst gegen Nachmittag kommen wird, hoffe ich, dass die beiden unterwegs etwas Warmes gegessen haben werden. Glücklicherweise wird sie im Kindergarten Mittagessen bekommen. Mal schauen was ich uns am Wochenende dann so zusammenschmurgeln werde. Nach Esthers Küche, können weder Katja noch Max sonderlich verwöhnt sein.

Und dann stehen sie tatsächlich vor der Tür. Max ist auch schon

mitgekommen. Esther hat einfach einen kleinen Laster gemietet und

gemeinsam packen wir gefühlte 100 Kartons der Kinder aus. Dann essen

wir gemeinsam Abendbrot und Esther bringt Katja ins Bett.

Und dann fährt sie. Sie wird die Nacht durchfahren, denn schon morgen

hat sie Lesetermine in Hamburg. Ich mache mir etwas Sorgen, rede ihr

aber nicht rein.

Und dann sind Max und ich plötzlich allein. Schweigend sitzen wir am

Tisch.

„Es stimmt übrigens nicht, dass ich den Studienplatz nicht bekommen

habe", beginnt Max. „Ich wollte zu dir ziehen. Besonders nachdem mir

Mama gesagt hat, dass Katja zukünftig bei dir wohnen wird. Aber ich habe

das vorher schon beschlossen", schließt Max seine Beichte ab.

Ich nicke und muss sogar etwas schmunzeln.

„So etwas habe ich mir beinah schon gedacht Max. Wieso genau wolltest

du denn plötzlich hierhin?", frage ich neugierig. Er druckst ein wenig rum.

„Irgendwie war es öde in diesem Weiberhaushalt. Ich dachte ich sehe

dich dann wenigstens ab und zu mal. Und für Katja ist es besser, wenn ich

da bin. Sonst ist das alles zu neu für sie", meint er.

„Das ist wirklich sehr lieb von dir Max", sage ich gerührt und nehme meinen Sohn in den Arm. Max wird rot und klopft mir auf die Schulter.

„Schon gut Papa. Mama ist zurzeit auf ihrem Egotrip. Und du musst arbeiten. Ich will nicht, dass Katja zu sehr darunter leiden muss. Klar habe ich Vorlesungen, aber ich kann Katja vom Kindergarten abholen und sie dann ein bisschen beschäftigen bis du nach Hause kommst", schlägt er vor.

„Danke Max. Das ist wirklich nett von dir", wiederhole ich.
Wann bitte ist Max so erwachsen geworden?

„Aber ich werde weniger arbeiten und mir den Posten mit jemandem teilen", berichte ich.

„Das geht?", staunt Max.

„Ich habe es zumindest erst Mal durchbekommen", sage ich nicht ohne Stolz. „Theo übernimmt und ich habe eine Woche Urlaub".

„Wer ist Theo?", fragt Max neugierig.

„Herr Mastew. Er und ich werden uns den Geschäftsführerposten teilen", erkläre ich.

„Ist das der, den sie angezeigt haben wegen Unterschlagungen?", fragt Max ungläubig.

„Ja genau den. Aber letztendlich hatte er nichts damit zu tun. Komisch, dass so was nie groß publik gemacht wird", rege ich mich auf.

„Ist weniger medienwirksam", meint Max trocken.

Ich kann nur staunen über meinen kleinen Jungen. Und ich bin wirklich froh, dass er mitgekommen ist, denn es stimmt. Max ist dann immerhin etwas was Katja vertraut ist. Erstaunt schaue ich auf die Uhr.

„Max. Es ist bereits elf Uhr. Ich denke wir sollten schlafen gehen!"

26. KAPITEL

Anna

Schon seit drei Wochen hat Ari Ferien und der August ist beinah rum.

Harald hat sich nicht ein einziges Mal gemeldet. Der Mediationstermin ist

Anfang September. Ich verspreche mir nichts davon, aber es ist der

nächste offizielle Schritt, den wir tun müssen. Ich schiebe diesen Termin

gedanklich erst Mal weit weg von mir.

Vorher wird Ari allerdings mit jemandem vom Jugendamt sprechen

müssen. Schon, um zu sehen, ob das Kindeswohl gefährdet ist.

Morgen haben wir einen Termin mit der Maklerin vereinbart. Ich habe ihr

telefonisch mein Budget mitgeteilt und das für irgendwelche Wünsche

leider kein Platz sein wird.

Es ist ein wunderschöner Sommertag und im Garten kichern gerade Sara

und Ari um die Wette. Meli hat zum Glück nichts dagegen, dass Sara

vorbeikommt. Sie darf sogar hier übernachten. Ich bin Meli so unendlich

dankbar, dass wir hier wohnen dürfen. Aber ich habe auch ein schlechtes

Gewissen und hoffe inständig, dass wir morgen bereits eine Wohnung

haben werden. Wie es wohl Ralf geht? Gesprochen haben wir uns gar

nicht mehr in letzter Zeit, denn ich will vermeiden, dass diese Affäre das

Ganze noch mehr negativ beeinflusst. Ich habe keine Ahnung wie, aber ich will lieber kein Risiko eingehen.

„Guten Tag Frau Mangold", sagt eine schlanke blonde Frau im Kostümchen zu mir und reicht mir eine schmale Hand.

„Und du musst Ari sein", sagt sie als ob ein kleines Mädchen vor ihr stünde.

„Guten Tag", sagt Ari artig und schüttelt ihr die Hand.

Wir stehen vor einem alten hässlichen Gebäude mit mehreren Wohnungen. Die Lage ist allerdings perfekt. Wir können zur Schule laufen und eine Straßenbahn Haltestelle ist auch nicht weit. Das Viertel ist eigentlich auch eher teuer, ich hatte mich schon gefragt, wieso die Maklerin uns hierher geführt hat. Nachdem ich das schäbige Haus gesehen habe, wird mir allerdings klar, wieso es in unser Budget fällt.

Sie schließt die Tür behutsam auf. Wahrscheinlich hat sie Angst, dass sie aus den Angeln fällt. Ari kichert leise. Wahrscheinlich hat sie denselben Gedanken gehabt.

„Es ist ganz oben", verkündet sie und gemeinsam stiefeln wir rauf in den 3. Stock.

Nackte Wände, nackter Fußboden, keine Küche. Oh je.

„Da ist ja noch einiges zu machen", sage ich unentschlossen.

Sie nickt. „Sicherlich. Dafür ist es aber auch eine Dreizimmerwohnung, die äußerst zentral gelegen ist. Und sie liegt voll in Ihrem Budget".

Ja, die Raumaufteilung ist wirklich gut. Wir könnten jede unser eigenes Zimmer haben und noch ein Wohnzimmer.

„Hätten Sie noch etwas zum Vergleich?", frage ich vorsichtig.

„Ja, das wäre allerdings nur eine Zweizimmerwohnung. Sehr viel kleiner, dafür besser in Schuss", erwidert sie.

Ari hat bis jetzt noch nichts gesagt, sondern schaut sich in Ruhe um.

„Dann wäre ich eher für diese Wohnung Mama", meint sie anschließend.

„Vielleicht können uns ja Ansgar und Tante Meli bei der Renovierung helfen. Aber ich hätte schon gerne mein eigenes Zimmer".

Ich nicke.

„Ja ich denke wir nehmen diese Wohnung hier".

Die Maklerin strahlt uns mit ihren gebleichten Zähnen an. Wahrscheinlich haben bereits alle Leute, die die Wohnung angeschaut haben, diese Wohnung abgelehnt. Sie erwähnt auch keine Warteliste oder irgendwas in der Richtung.

„Wann können wir denn die Schlüssel bekommen?", frage ich abschließend.

Sie schaut schnell in ihrer Mappe nach.

„Ab dem ersten September", liest sie ab. „Es geht jedoch auch früher, wenn Sie möchten. Die Wohnung steht schon etwas länger leer", bietet sie an.

„Das wäre gut", sage ich. „Es ist ja doch noch einiges zu machen", seufze ich.

Danach gehen Ari und ich Eis essen.

„Ist das wirklich ok für dich, Ari?", frage ich sie erneut.

„Mama", sagt sie ungeduldig. „Die Wohnung ist doch super. Ich mache

mir nur Sorgen, dass ich vielleicht doch zu Papa muss. Und dann hast du

die große Wohnung umsonst angemietet".

Ich habe plötzlich einen Kloss im Hals.

„Ich hoffe wirklich, dass es nicht dazu kommt Ari. Aber du würdest ja

auch sonst am Wochenende zu mir kommen. Das Zimmer wäre also nicht

gänzlich unbewohnt".

Ich versuche locker rüberzukommen, aber wir wissen beide, dass das nur

aufgesetzt ist.

Plötzlich setzt mein Herz aus. Am Nachbartisch sitzt Ralf mit einem

jungen Mann und einem süßen kleinen rothaarigen Mädchen. Die drei

sind ganz vertieft in irgendein Gespräch. Ich will Ari gerade fragen ob wir

nicht langsam gehen wollen. Schließlich brauchen wir eine gute halbe

Stunde zu Meli mit der Bahn.

Ich brauche dringend wieder ein Auto.

Natürlich habe ich dem Anwalt die Verträge gezeigt, aber die lauten nun

Mal alle auf Haralds Namen. Und dass ich es bezahlt habe ist gut und schön, aber er ist der Vertragsnehmer und kann daher mit den Verträgen fürs Handy und auch fürs Auto machen was er will.

„Hallo Ralf!", brüllt Ari zum Nachbartisch rüber und alle Leute einschließlich Ralf drehen ihre Köpfe zu uns um. Ralf steht sofort auf und kommt auf uns zu.

„Hallo Ari, hallo Anna!", ruft er erfreut. „Hallo Ralf", sage ich leise und schlucke an meinem Kloss. Ari schiebt sofort beide Tische zusammen und wir setzen uns alle an einen Tisch.

„Das ist Max und das ist Katja", stellt Ralf vor.

„Hallo ihr beiden. Das ist Ari, meine Tochter. Kommt ihr euren Vater besuchen?", frage ich.

Beide schauen mich erstaunt an.

„Nee", sagt das kleine rothaarige Mädchen ernst.

„Wir wohnen jetzt bei Papa, weil Mama so viel vorlesen muss".

„Was muss sie?", lacht Ari.

„Sie macht Lesungen und Promotion für ihre Bücher", erklärt Max geduldig.

Was für ein netter Junge, denke ich bei mir. Er ähnelt Ralf sehr. Mein Kloss wird immer dicker.

Es wird ein lustiger Nachmittag. Die Kinder verstehen sich auf Anhieb.

Ari erzählt von unserer neuen Wohnung und Katja lädt uns alle zu sich

nach Hause in ihr neues Planschbecken ein. Ralf bringt uns sogar zu Melis

Haus und Katja quietscht vergnügt als sie den Pool sieht.

„So was brauchen wir auch Papa", ruft sie begeistert.

Ralf grinst, verabschiedet sich und dann brausen sie davon.

„Waren das Ralfs Kinder?", fragt Meli neugierig.

„Ja", sage ich und versuche mir meine Gefühle nicht anmerken zu lassen.

„Katja und Max", sagt Ari und wird ganz rot.

Oh je, Aris erster Schwarm. Ist das nicht viel zu früh?

„Wir haben eine Wohnung gefunden Meli", berichte ich.

„Allerdings muss noch viel gemacht werden. Morgen müssen wir erst

Mal die Küche ausmessen", stöhne ich.

„Wieviel ist denn viel?", fragt Meli skeptisch.

„Tapezieren, Fußboden reinlegen, Küche kaufen", zähle ich auf.

„Oh je" stöhnt Meli. „Das wird ein Haufen Arbeit werden!"

„Das schaffen wir schon", sagt Ansgar heiter. „Ich frage mal rum. Die

Leute rennen doch andauernd in ihre Fitnessstudios, da können sie auch

ruhig mal anpacken, das bringt auch was".

Ich könnte Ansgar echt knutschen. Gemeinsam decken wir den

Abendbrottisch. Ich habe eigentlich keinen Hunger, wenn ich an den Berg

Arbeit denke, der noch vor uns liegt.

27. KAPITEL

Ralf

Anna. Ich habe Anna wiedergesehen. Katja ist ganz begeistert von Ari und plappert in einer Tour bis wir wieder zu Hause sind. Zu Hause brause ich sie kurz ab und stecke sie in ihren Schlafanzug. Schon beim Abendbrot fallen ihr die Augen zu. Ich trage sie nach oben, lege sie in ihr Bett und binnen Minuten ist sie eingeschlafen.

„Wer war das jetzt eigentlich genau Papa?", fragt mich Max neugierig als ich mich wieder auf die Couch gesetzt habe.

„Das war Anna. Ich kenne sie schon ewig", sage ich vage.

„Länger als Mama?", sagt Max erstaunt.

„Ja schon sehr viel länger", lache ich.

Max fragt nicht weiter, aber ich habe das Gefühl, dass er mich komisch anschaut.

Im Bett denke ich an den Nachmittag. Wir haben uns schon lange nicht mehr gesehen. Anna hat schließlich mehr als deutlich gemacht, dass sie das nicht will. Weil sie fürchtet, sonst das Sorgerecht für Ari zu verlieren. Zumindest scheinen beide Eltern Ari haben zu wollen, nicht wie in meiner

Ehe. Esther hat die Kinder einfach zu mir abgeschoben. Es funktioniert

einigermaßen, aber wirklich fair war das für niemanden von uns.

Natürlich respektiere Annas Gefühle, aber ich wünschte, es wäre anders.

Zu meinem eigenen Erstaunen läuft es wirklich gut mit Katja und Max.

Max hilft mir viel und für Katja scheint es eher eine Art Urlaub zu sein. Ich

weiß nicht was Esther ihr genau erzählt hat, aber sie fragt wenig nach ihr.

Sie liebt den Garten und auch den neuen Kindergarten, der viel mehr tolle

Spielsachen hat als der Alte. Ständig fragt sie ob sie Kinder mit nach

Hause bringen darf. Max und ich wechseln uns mit dem Abholen ab und

anscheinend bekommt er das ganz gut hin, egal wie viele Kinder da sind.

Und so eine Rasselbande kann doch sehr anstrengend sein. Meine Arbeit

ist rein gar nichts dagegen!

Glücklicherweise fängt Max Semester erst im Oktober an, sein Vorkurs

startet allerdings schon im September, zwei Wochen früher.

Er ist mir wirklich eine große Hilfe mit allem, denke ich seufzend. Esther

ruft jeden Abend an und unterhält sich mit den beiden. Mit mir spricht sie

nur wenige Worte, die sich ausschließlich auf die beiden beziehen. Was

sollten wir auch sonst reden. Wir haben einfach keine gemeinsame Basis.

Auch die Kinder reden wenig über Esther in meiner Gegenwart.

Die Herbstferien wird Katja bei Esther in Hamburg verbringen. Das Schöne für Max ist, dass ein Schulfreund ebenfalls in München studieren wird. Ich habe das Gefühl, dass da mehr dran ist, bedränge Max aber nicht deswegen. Tatsächlich habe ich Max nie mit einem Mädchen zusammen gesehen. Keine Ahnung wieso Esther glaubt er hätte eine Freundin und würde sie nur einfach nicht mitbringen wollen. Das glaube ich eigentlich nicht, aber wer weiß. Max wird sich schon mitteilen, wenn er Lust dazu hat. Ich genieße es, dass ich die beiden jetzt mehr sehe. Auch wenn das eine ganz schöne Umstellung für mich ist. Das permanente Einkaufen, das Essen machen. Wie gesagt, was das Essen betrifft sind die beiden zum Glück keine großen Dinge gewohnt. Wenn ich doch länger arbeiten muss, ist Max da. Geschäftsreisen übernimmt im Augenblick Theo alleine. Theo kommt häufig vorbei und unterhält sich erstaunlich viel mit Max. Er kennt die Uni gut. An einem Wochenende kurz vor dem Vorkurs hat er Max auf dem Campus herumgeführt.

Aber jeden Tag hadere ich mit mir ob ich Anna anrufen soll. Ich möchte einfach bei ihr sein. Mein Herz rast, sobald ich an sie denke. Was sie wohl macht? Hoffentlich geht sie nicht zu diesem Harald zurück. Der scheint ja ein ziemlicher Idiot zu sein. Das mit der vorgegaukelten Erpressung hat beinah schon kriminelles Kaliber und das bei einem Staatsanwalt. Plötzlich geht mir auf, dass Harald wahrscheinlich Ari gar nicht wirklich haben

will, sondern nur, weil er weiß, dass er Anna damit am meisten verletzen

kann.

Katja bedauert sehr, dass wir nicht wieder zu dem Haus mit dem Pool

gefahren sind. Am liebsten hätte sie selbst einen. Aber das kleine

Planschbecken muss erst Mal reichen habe ich ihr erklärt.

„Aber vielleicht können wir ein größeres Planschbecken nächstes Jahr

kaufen", sage ich vage.

„Wirklich?", strahlt Katja. „So ein riesiges Teil wie bei Larissa im Garten

steht!"

„Keine Ahnung. Ich war noch gar nicht dort", brumme ich.

„Dann musst du mich das nächste Mal unbedingt dort abholen und es

dir ansehen", bestimmt Katja.

Dann schnappt sie sich ein Badehandtuch, eine kleine Gießkanne, ein

Bilderbuch und marschiert nach draußen zu ihrem „Pool".

„Vergiss die Sonnencreme nicht", rufe ich ihr hinterher.

Das war wirklich eine gute Investition, denke ich bei mir und inspiziere

den Kühlschrank. Omelette und Erdbeerjoghurt zum Abendbrot.

Eigentlich ist es auch sehr angenehm, nicht mehr abends allein essen zu

müssen. Ich glaube Theo denkt das auch. Wie häufig er „rein zufällig"
abends vor der Tür steht, weil er mit seinem Fahrrad unterwegs war.
Das Jobsharing ist für uns beide eine gute Sache und ohne eine
kostspielige Frau braucht Theo gar nicht so viel Geld, musste er unlängst
zugeben.

Ich schaue kurz raus. Katja hat es sich auf ihrem Handtuch auf dem Rasen
gemütlich gemacht. Schnell schnappe ich mir die Sonnencreme und
meinen Laptop und geselle mich zu ihr. Schweigend arbeiten wir
nebeneinander. Katja braucht gar nicht so viel Aufmerksamkeit habe ich
festgestellt. Ich bin immer davon ausgegangen, dass ein so kleines Kind
ständig Unterhaltung braucht. Max habe ich zwar mehr gesehen in dem
Alter, aber dann habe ich eben auch mit ihm gespielt. Und ansonsten war
Esther bei ihm.

Aber es funktioniert alles eigentlich sehr gut. Wenn ich Katja abhole gehen
wir noch spazieren oder ein Eis essen. Zuhause lese ich ihr etwas vor und
wenn ich dann etwas arbeiten muss, ist das anscheinend ok für sie. Häufig
nehmen wir auch das eine oder andere Kind mit und dann ist Katja
ohnehin beschäftigt. Aber irgendwie hatte ich dann doch mit mehr
Widerstand gerechnet. Ich hoffe, dass die Herbstferien nicht schlimm

enden. Schließlich muss sich Katja erst Mal an München gewöhnen. Ich

hoffe, dass die zwei Wochen Hamburg sie nicht völlig zurückwerfen.

28. KAPITEL

Anna

Fertig!

Innerhalb von nur zwei Wochen sind Ari und ich tatsächlich eingezogen.

Mit tatkräftiger Unterstützung von Ansgar, Meli und etlichen Anwälten,

die gar nicht so ungeschickt waren, wie man es vielleicht hätte erwarten

können. An nur zwei Wochenenden haben sie alles tapeziert und Laminat

verlegt. Zum Glück hat Ansgar auch mit den Leuten einen Teil unserer

Möbel aus dem Haus abholen lassen. Harald habe er jedoch nicht gesehen

meinte er.

Die Möbel aus Aris Zimmer, das Bett aus dem Gästezimmer und auch den

Kleiderschrank habe ich mitgenommen. Diese Möbel, wird Harald schon

nicht vermissen, hoffe ich zumindest. Schließlich hat er einen sechstürigen

uralten Kleiderschrank jetzt für sich allein. Den Kleiderschrank für das

Gästezimmer hatte ich mal gekauft. Falls die Freundin aus Wiesbaden mal

bei uns schlafen möchte hatte ich Harald erklärt. Mir läuft eine Gänsehaut

über den Rücken bei dieser Lüge, die ich ihm aufgetischt habe. Mich von

Harald zu trennen, war schon lange überfällig. Es ist gut, dass ich es

endlich beendet habe.

Nur die Küche wird natürlich erst viel später geliefert, aber das ist halt so.

Ich habe den Anwalt gefragt ob ich denn die Waschmaschine und den

Trockner einfach so mitnehmen darf. Natürlich meinte er, dass eine

Absprache besser sei, der Kaufbeleg aber natürlich beweist, dass ich die

Sachen gekauft habe. Problem könnte nur dann sein, dass Harald plötzlich

für sämtliche andere Sachen Geld von mir verlangen könnte, wie

beispielsweise die Raten für das Haus. Ich mache es trotzdem. Wenn es

dazu kommt, dann kann das Haus verkauft werden. Ich kann diesen

dunklen Kasten eh nicht leiden. Ich glaube Harald wollte das Haus haben,

weil wir dazu ganz viele Möbel und Geräte übernehmen konnten. Das

Haus hat einem alten Ehepaar gehört, das kurz nach einander gestorben

ist. Die Enkel waren froh, dass sie mit nur wenig Aufwand das Haus

loswerden konnten. Deshalb auch der uralte Kleiderschrank und die

Küche ohne Geschirrspüler. Für die neue Küche musste ich allerdings

einen Kredit aufnehmen. Aber sie hat einen Geschirrspüler!

Der Umzug ging recht schnell vonstatten. Zum Glück ist Ansgar den

Sprinter, den ich gemietet hatte, gefahren.

Und jetzt leben wir mittlerweile seit über einer Woche hier. Wir fühlen uns

tatsächlich sehr wohl. Manchmal denke ich, wie viel Angst ich davor hatte,

meine angebliche Komfortzone zu verlassen. Wenn ich jetzt zurückschaue, habe ich jetzt eine Komfortzone geschaffen, für Ari und mich, die so viel besser ist. Ari ist schon froh, dass sie ihre Möbel wiederhat. Und natürlich kann Sara bei uns schlafen so oft sie will. Sara ist Gottseidank gut genug erzogen, nichts über die winzige schäbige Wohnung zu sagen in der wir jetzt leben.

Mit der Bahn ist Ari von hier sogar schneller in der Stadt. Zu Meli brauchen wir etwas, aber sie holt uns einfach ab. Was sie öfter tut, damit wir etwas Warmes zu essen bekommen. Und sie und Ansgar natürlich auch. Ich mache das gerne. Mit Geld ist schließlich nicht aufzuwiegen, was die beiden für uns getan haben!

Heute ist der Tag der Mediation. Mit gemischten Gefühlen stehe ich auf.

Ari ist bei Sara. Glücklicherweise ist sie in den Ferien auch nicht

weggefahren. Ich habe so das Gefühl, dass Sara mit ihren Eltern wegen Ari

gesprochen hat und dass sie vielleicht sogar deswegen nicht weggefahren

sind. Sara hat sehr liebevolle Eltern, das habe ich bei den wenigen

Gesprächen, die ich mit Saras Mutter geführt habe, gemerkt. Ich versuche

auch seitdem ich Harald verlassen habe, einfach mehr auf Ari einzugehen,

sie mehr einzubeziehen, wenn es um Dinge geht, die mit ihr zu tun haben.

Ich bilde mir ein, dass Ari mir gegenüber schon etwas offener geworden

ist. Wir sprechen abends meistens gemütlich bei einer Tasse Tee über ihren

Tag. Ich genieße diese Stunden sehr. Ich weiß nicht, wieso ich das nicht

schon eher eingeführt habe. Natürlich sprechen wir auch viel über Harald.

Tatsächlich habe ich vor zwei Wochen versucht, mit ihm zu reden. Ich

habe versucht, einen Kompromiss mit ihm zu schließen was Ari betrifft.

Doch Seine Reaktion war markerschütternd:

„Was willst du von mir Annabelle?", schnauzte er mich durch den Hörer

an.

„Du bist doch nur ein kleines dummes Nichts und deine Tochter

interessiert mich nicht im Geringsten. Aber wenn ich dich als verrückt

darstellen will, damit ich die Scheidung zu dir rechtfertigen kann, dann kann ich doch unsere gemeinsame Tochter nicht bei dir lassen. Das macht doch keinen Sinn!"

Ich musste schlucken, als ich mir das anhören musste.

„Aber wieso tust du das Harald?", habe ich mit dünner Stimme gefragt.

„Du hast mich betrogen Annabelle! Du hast mich belogen wo es nur ging. Ich habe dich nur geheiratet, weil deine Mutter mit mir gesprochen hat damals. Sie hat mich angefleht, dich zu heiraten. Sie hatte Angst, dass du sonst für immer allein bleibst!"

Während er das sagte, lachte Harald nur verächtlich.

„Und wieso hast du mich dann geheiratet Harald?", meinte ich dann plötzlich mit sehr viel festerer Stimme, die mich selbst erstaunt hat. Haralds Ausführungen haben mich so wütend gemacht, dass ich plötzlich keine Angst mehr hatte.

„Ach weißt du", sagte er gönnerhaft.

„Du schaust ja nicht so schlecht aus und kannst kochen. Ich habe gedacht, dass das ganz gut ausschaut für die Richterbewerbung. Und dass du unbedingt Kinder haben wolltest, war auch kein Nachteil dafür".

Schweigend hörte ich mir das Ganze an.

„Und was wirst du mit Ariane machen, wenn sie bei dir ist?"

„Wahrscheinlich in ein Internat geben. So genau weiß ich das noch nicht", meinte er vage.

Seine Stimme klang nicht mehr so kalt, vielleicht hatte mein Ton ihn doch etwas eingeschüchtert.

„Ich weiß allerdings nicht ob es sich lohnt so viel Geld in jemanden wie Ariane zu investieren. Sie ist leider nicht besonders intelligent", meinte Harald plötzlich.

Danach habe ich einfach aufgelegt.

Ich will Harald nicht anschreien. Dieser Mann ist völlig verrückt und ja, es ist meine Schuld. Schließlich stimmt es ja! Ja, ich habe ihn betrogen und ja, ich habe ihn belogen. Er ist völlig zurecht sauer auf mich, aber wieso muss er das einem zwölfjährigen Mädchen auslassen?

„Weil er dich dadurch am besten treffen kann", hat Meli zu mir gemeint, nachdem ich ihr von dem Telefongespräch erzählt habe.

Zum Glück fährt mich Meli zum Anwalt. Die Ausgabe für ein neues Auto habe ich erst Mal beiseitegeschoben, die Wohnung geht vor. Die Kaution und die Maklergebühr, die mir Meli geliehen hat, zahle ich ihr in Raten zurück. Natürlich unter Melis Protest, aber ich finde, das belastet eine Freundschaft nur, wenn man so viel Geld annimmt.

Das Gespräch mit dem Jugendamt war ganz ok für Ari, zumindest hat sie sich nichts anmerken lassen.

Und jetzt sitze ich mit klopfendem Herzen in Melis Auto und halte Ausschau nach Harald. Ich habe ihn schon so lange nicht mehr gesehen. Bestimmt wird er schon da sein, allerdings kann ich sein Auto nirgends entdecken.

„Soll ich mit reinkommen?", fragt Meli.

„Ich glaube das geht nicht, aber Danke", sage ich und drücke sie kurz. Mit festen Schritten gehe ich in das Gerichtsgebäude, schon um mir selbst Selbstsicherheit vorzugaukeln.

„Hallo Frau Mangold", sagt Herr Mans und reicht mir die Hand.

„Guten Tag Frau Mangold", sagt ein Herr neben ihm.

„Ich bin Herr Kurz, der Anwalt Ihres Mannes".

„Guten Tag", sage ich höflich, aber eigentlich will ich ihm keine Hand geben. Schließlich ist er der Meinung, dass Ari zu ihrem Vater soll.

Wir setzen uns und nehmen uns einen Kaffee aus dem Automaten. Die beiden Anwälte scheinen sich zu kennen und unterhalten sich leise. Es vergehen fünf Minuten, zehn Minuten, aber Harald erscheint nicht. Schließlich schaut Herr Mans auf seine Uhr.

„Wo bleibt denn Ihr Mandant?", fragt er erstaunt.

„Ich weiß es auch nicht", sagt Herr Kurz mit hörbarem bayrischem Akzent. „Ich kann ihn telefonisch auch nicht erreichen. Ich denke wir vertagen den Termin besser".

Was? Nein! Wir müssen das doch klären, denke ich entsetzt.

„Was geschieht denn jetzt mit dem Sorgerecht?", frage ich nervös.

„Keine Sorge", sagt Herr Mans beschwichtigend.

„Erst Mal ist Ihre Tochter bei Ihnen. Nur bitte fahren Sie nicht mit ihr ins Ausland. Das sähe sehr schlecht aus".

„Das habe ich nicht vor", versichere ich ihm schnell.

„Dann ist es ja gut. Ich bemühe mich um einen neuen Termin", verspricht er.

Ich renne aus dem Gebäude und rufe schnell Meli an.

„Er ist nicht gekommen!", heule ich ins Handy.

„Wer ist nicht gekommen?", fragt Meli erstaunt.

„Harald", schluchze ich. „Ich habe keine Ahnung was er damit bezweckt, aber er war nicht da!"

„Warte mal Anna", versucht mich Meli zu beruhigen. „Ich bin in fünf Minuten bei dir. Rühr dich nicht vom Fleck!"

Ich bleibe brav vor dem Gebäude stehen. In meinem Kopf schwirrt alles. Was hat das alles zu bedeuten? Warum hat er das gemacht? Gottseidank kommt auch schon Meli angerannt.

„Auto", keucht sie und zusammen sprinten wir zu ihrem Wagen, den sie irgendwo um die Ecke geparkt hat.

Im Auto muss sie erst mal verschnaufen.

„Das…das verstehe ich nicht", schnauft sie.

„Uff, ich muss wirklich mehr trainieren.", stöhnt sie und hält sich die Seite. „Yoga fordert mich einfach nicht genug", schimpft sie und hält sich jetzt die Brust. Dann startet sie den Motor und fährt los.

„Wohin fahren wir?", frage ich verzweifelt.

„Zu Harald natürlich", sagt sie trocken. „Fragen, wieso er sich wie ein Arschloch verhält. So ganz im Allgemeinen!"

Das würde mich auch interessieren. Nach dem letzten Telefongespräch habe ich nicht wieder versucht, mit ihm zu sprechen. Harald war so distanziert und kalt als ich mich von ihm getrennt habe. Spätestens das

Telefongespräch hat mir gezeigt, dass ich mir keine Hoffnungen zu machen brauche, dass ich ihn noch irgendwie umstimmen könnte. Nach einer Viertelstunde stehen wir vor dem Haus. Es wirkt verlassen und dunkel, beinah bedrohlich. Wir klingeln und warten etwas, aber es macht niemand auf.

„Aber das Auto steht doch da", sage ich verzweifelt.

„Und dein Auto auch", sagt Meli trocken. Ja tatsächlich. Er hat es noch nicht mal verkauft, sondern es einfach vor dem Haus stehen lassen. Ein rotes Schild klebt am Auto, dass das Fahrzeug schnellst möglichst entfernt werden muss. Das sieht Harald nicht ähnlich. Eigentlich sieht ihm das Ganze nicht ähnlich. Oder vielleicht doch? Wir haben so wenig miteinander geredet die letzten Jahre. Wir klingeln jetzt Sturm, aber niemand öffnet. Dann nehme ich doch meinen Schlüssel aus der Tasche und schließe die Tür auf. Gemeinsam gehen wir in die gespenstische Stille.

„Harald!" rufe ich laut. Als erstes sehen wir im Wohnzimmer nach, dann gehen wir ins Arbeitszimmer. Harald sitzt an seinem Schreibtisch.

„Harald!" brülle ich ihn an.

Aber er bewegt sich nicht. Meli wird ganz weiß.

„Harald?", fragen wir beide, aber immer noch keine Regung. Ich rufe die Polizei und den Krankenwagen. Beide kommen innerhalb weniger Minuten und stellen dasselbe fest: Harald ist tot.

29. KAPITEL

Ralf

Plötzlich ist es Oktober geworden.

Plötzlich studiert Max an der TUM Elektrotechnik.

Und plötzlich bin ich ein Vater, so merkwürdig das auch klingen mag für

jemanden, der bereits einen erwachsenen Sohn hat.

Aber so ist es. Mein Leben sieht auf einmal völlig anders aus.

Anfang Oktober war Katja krank. Ein krankes Kind war eine ganz neue

Erfahrung für mich. Erst das hohe Fieber, dann Schnupfen und ziemlich

quengelig. Und Max den ganzen Tag in der Uni. Uff, zwei sehr

anstrengende Wochen mit sehr viel Arbeit und sehr wenig Schlaf liegen

hinter mir. Wenn Katja geschlafen hat, habe ich versucht,

Telefonkonferenzen einzuschieben, aber so wirklich funktioniert hat das

nicht und Theo musste vor Ort einiges regeln. Zum Glück war das nur

eine Woche, aber ich bin auf dem Zahnfleisch gegangen. Und schon

morgen fangen die Herbstferien an und Esther wird Katja abholen. Ich

habe Katja gefragt ob das ok für sie ist und sie hat genickt. Es ist

eigenartig, Katjas Sachen zu packen. Wie es wohl ohne sie sein wird, so

zwei Wochen allein? Ich kann mir das gar nicht vorstellen. Abends bestellen wir Pizza und Nudeln, denn Katja möchte Nudeln essen, aber von mir Pizza naschen. Max ist bei seinem Schulkollegen und übernachtet auch dort. Ich hoffe die beiden machen keine Dummheiten, aber ich reiße mich zusammen und versuche, Max zu vertrauen. Hoffentlich keine Drogen, denke ich allerdings, als ich Katja ins Bett bringe.

„Hast du mich lieb Papa?", fragt mich Katja plötzlich.

„Natürlich mein Schatz", sage ich und gebe ihr einen Gutenachtkuss.

„Und hat die Mama mich lieb?", fragt sie weiter.

„Natürlich, sehr sogar!", sage ich schnell.

„Wieso kann ich dann nicht mehr bei ihr wohnen?", fragt Katja leise.

„Die Mama ist viel unterwegs. Sie möchte, dass viele Leute ihr Buch kennenlernen. Und ich bin sehr froh, dass ich dich jetzt mehr sehen kann", sage ich und drücke sie ganz fest.

„Stimmt", lächelt Katja schläfrig. „Das finde ich auch gut".

Und dann schläft sie. Ich streiche ihr eine rote Strähne aus dem Gesicht, aber das merkt sie gar nicht mehr. Dann gehe ich runter und arbeite weiter.

Am nächsten Tag, spätnachmittags, kommt Esther und holt Katja ab. Wir unterhalten uns kurz. Freundlich, aber distanziert, schließlich kennen wir uns kaum noch. Ich erzähle ihr von Katja, von ihrem Schnupfen, von Max und dass er wahrscheinlich noch bei seinem Schulkollegen ist.

„Der Bernd studiert auch hier? Was für ein Glück für Max", ruft sie erfreut.

„Kennst du ihn näher?", frage ich.

„Er war ein paar Mal da, aber meistens war Max bei ihm. Eine nette Familie, der Vater ist sehr erfolgreich", schwärmt Esther.

Ich gehe nicht weiter auf diese Bemerkung ein, sie ist typisch für Esther. Wenn Geld und Erfolg da sind, handelt es sich um eine gute und nette Familie. Bernd studiert unter anderem hier, weil seine Mutter in einer Entzugsklinik ist, während sein Vater alles mitnimmt, was nicht bei drei auf den Bäumen ist. Zumindest hat mir Max das erzählt. Aber er wird schon wissen, wieso er das seiner Mutter nicht erzählt hat, daher halte ich mich zurück. So ist Esther nun mal. Ich drücke Katja ganz fest, küsse sie und ihren Stoffhasen. Die beiden steigen ein und fahren los.

Und dann befinde ich mich in einem viel zu großen, plötzlich sehr stillen Haus. Ein eigenartiges Gefühl. Ich versuche zu arbeiten, aber ich kann mich bei dieser Stille absolut nicht konzentrieren. Entnervt rufe ich eine Stunde später Theo an.

„Hallo", sagt Theo heiter.

„Na dir geht es ja gut", sage ich erstaunt.

„Wieso denn auch nicht?", fragt Theo erstaunt zurück.

„Ich werde heute noch segeln gehen. Willst du mitkommen? Katja ist doch jetzt bei ihrer Mutter oder war das erst nächste Woche?"

„Sie sind gerade gefahren", sage ich.

„Und dir fällt die Decke auf den Kopf", lacht Theo. „Ich hole dich in einer Stunde ab. Ist allerdings schon recht dunkel, wenn ich so überlege. Lass uns das am Wochenende machen und heute einfach nur was essen gehen", schlägt er vor.

Theo ist echt ein Pfundskerl. Er wusste genau was los ist. So viel Empathie bei einem Mann ist fast schon unheimlich. Wir fahren zu unserem Stammitaliener und bestellen eine Flasche Wein. Und dann noch eine. Wir reden über die Firma, über Theos neuste Flamme und dass sie das absolute Gegenteil zu den letzten Schlampen (seine Wortwahl) ist.

„Sie ist Lehrerin für Sport und Deutsch. Man ist die gelenkig", schwärmt er.

Ich muss unwillkürlich lachen.

„Wie hast du denn eine Lehrerin kennengelernt?", frage ich ehrlich erstaunt.

Ich kann mir Theo mit einer Lehrerin gar nicht vorstellen, aber man soll ja niemals nie sagen.

„Im Supermarkt. Der, um die Ecke bei unserer Firma. Sie ist an einen Turm aus Dosen gestoßen. Man war das ein Lärm", sagt er fröhlich. Den hat es ja ganz schön erwischt, denke ich grinsend.

„Was waren das für Dosen?", frage ich neugierig.

„Geschälte Tomaten", erwidert er. „Jedenfalls habe ich ihr geholfen, die Dosen wieder aufzustapeln und so sind wir ins Gespräch gekommen", fährt er fort. „Sie ist geschieden, hat aber keine Kinder. Hat sich wohl nicht ergeben meinte sie".

„Wie? Hat sich nicht ergeben?", frage ich verwundert.

„Keine Ahnung, das habe ich nicht weiter nachgefragt", sagt Theo grinsend.

„Und jetzt?", will ich wissen.

„Nichts und jetzt", sagt er plötzlich ungeduldig und zeigt auf die Tür. Mein Herz macht einen Satz. Anna kommt mit Meli und Ansgar rein.

30. KAPITEL

Anna

Meli stößt mich an und weist mit ihrem Kopf rüber in eine bestimmte Richtung. Mein Herz setzt für einen Augenblick aus. Dort vorne sitzt Ralf. Wir haben uns die letzten Monate nicht mehr gesehen. Die ganzen Sommerferien und jetzt haben schon die Herbstferien angefangen. Wie die Zeit vergeht. Sein Freund schaut ebenfalls auf und winkt uns rüber.

„Hallo Ralf", sagt Meli.

„Hallo ihr drei", sagt Ralf vergnügt. Ich glaube er hat schon einiges an Rotwein intus.

„Das ist Theo Mastew. Ich teile mir einen Job mit ihm. Guter Mann".

Theo grinst. „Ich glaube du hast genug Rotwein getrunken Ralf. Es wird Zeit, dass mal das Essen kommt. Setzt euch doch zu uns oder ist das ein privates Meeting?"

Er zieht eine Augenbraue hoch und mustert uns drei.

„Quatsch", sagt Ansgar und besorgt noch Stühle, natürlich ohne zu fragen.

Aber zum Glück regt sich auch niemand darüber auf.

„Da habe ich endlich mal Verstärkung", grinst er und setzt sich hin.

„Und was meinst du mit „ihr teilt euch einen Job?", fragt er neugierig.

Die beiden lachen und erzählen von dem Jobsharing. Ansgar ist sichtlich begeistert.

„Das muss ich auch mal vorschlagen", meint er.

Ralf runzelt die Stirn.

„Wäre das nicht schwierig, wenn ein Mandant dann verschiedene Anwälte hätte?"

„Man hätte dann nur weniger Mandanten", überlegt er und bedient sich am Rotwein.

„Aber natürlich stimmt das schon. Die Betreuung wäre schwieriger besonders wegen der Gerichtstermine. Aber müsst ihr euch dann nicht auch mal auf die Meetings aufteilen?".

„Den Leuten ist das egal", sagt Theo, um sich auch mal einzubringen.

„Und da hat sich die Geschäftsführung drauf eingelassen?", fragt Meli verwundert.

„Na ja für diesen Standort sind wir ja die Geschäftsführung", sagt Theo trocken.

„Sie wussten, dass sie quasi zwei Vollzeitleute für ein Gehalt bekommen würden", erklärt Ralf.

„Ja, das stimmt auch", seufzt Theo.

„Wieso macht ihr es dann?", fragt Meli erstaunt.

„Nun ja, die Zeitgestaltung ist flexibler und man hat nicht so ein schlechtes Gewissen, wenn man Mal nicht arbeitet", antwortet Ralf achselzuckend.

„Mit Katja ist es so sehr viel einfacher", setzt er noch hinzu.

„Stimmt", erinnere ich mich. „Deine Kinder leben ja jetzt bei dir!"

Ralf nickt. „Wo ist denn Ari?", fragt er zurück.

„Ari fährt morgen mit ihrer Freundin und ihrer Familie an die Nordsee, deshalb übernachtet sie bereits heute dort". Ich bin Saras Familie dankbar, dass sie Ari mitnehmen. Die Luft wird ihr guttun. Und unser Budget für Urlaub war ohnehin nicht sehr groß für dieses Jahr.

„Da hast du also sturmfrei", grinst Ralf und ich bekomme heiße Wangen.

„Katja ist übrigens bei Esther in Hamburg", erzählt er.

„Ich hoffe das ist keine allzu große Umstellung für Katja", sagt Meli plötzlich.

„Das hoffe ich auch", sagt Ralf.

Mal wieder bin ich erstaunt wie gut Ralf mit Meli und Ansgar zurechtkommt. Wir verstehen uns alle gut und bestellen noch mehr Rotwein. Der einzige Laden, in dem man das getrost tun kann, pflegt Ansgar immer zu sagen.

„Wie geht es dir?", fragt mich Meli plötzlich leise, als die Männer anfangen, über das Segelflugzeug von Theo zu sprechen.

„Es ist alles ok. Wir kommen klar", sage ich ruhig.

Und es stimmt auch. Ari hat wegen Harald keine Träne vergossen. Sie hat nur ein paar Mal gefragt, ob er wirklich Tod ist und ob das Ganze sehr unheimlich für Meli und mich war als wir ihn gefunden haben. Mir läuft immer noch eine Gänsehaut über den Rücken, wenn ich daran denke. Harald sah aus, als ob er im Sessel eingeschlafen sei. Die Autopsie hat ergeben, dass er einen Hirnschlag hatte. Selbst wenn jemand zu Hause gewesen wäre, hätte niemand etwas für ihn tun können. Er hatte wohl seit Wochen Kopfschmerzen gehabt und hatte daher noch mehr zu Hause gearbeitet, daher war es bei Gericht erst Mal nicht aufgefallen, dass er seit zwei Tagen Tod war. Die Termine hatte sein Assistent, ein junger Assessor, wahrgenommen.

Plötzlich schaut mich Ralf direkt an.

„Ist denn mit der Scheidung alles ok? Ari bleibt doch sicherlich bei dir, oder?", fragt Ralf leise.

Ich schlucke. „Ja tut sie. Harald ist... er ist".

Ich kann es immer noch nicht laut aussprechen.

„Harald ist letzten Monat gestorben", sagt Meli schnell.

Ich schlucke. Ralf sieht mich entsetzt an.

„Was? Wie denn auf einmal? Wie kommt Ari mit der Situation klar?", fragt er entsetzt.

„Ach" meine ich. „Irgendwie haben wir uns nicht wirklich gut die letzten Jahre mit Harald verstanden. Natürlich war es ein Schock für uns beide. Aber irgendwie. Ich habe keine Ahnung", sage ich mit belegter Stimme.

„Ich verstehe", sagt Ralf schnell. „Seid ihr denn wieder nach Hause gezogen?

„Nein, wir hatten ja schon eine neue Wohnung gefunden. Und in das Haus wollten wir beide nicht zurück", sage ich erleichtert, dass wir von diesem Thema wegkommen.

„Die Wohnung liegt sogar ganz in der Nähe der Schule. Und sie hat sogar drei Zimmer", sage ich stolz.

„Das ist aber schnell gegangen", sagt Ralf erstaunt.

„Ja wir hatten Glück", sage ich trocken. „Das Loch wollte einfach niemand haben".

„Ach so schlimm ist es bestimmt nicht", sagt Ralf lachend.
Dabei schaut er mich die ganze Zeit aufmerksam an. Ich bekomme eine Gänsehaut, allerdings die von der guten Sorte.

„Und du zauberst bestimmt etwas Besonderes daraus", setzt er zärtlich hinzu.

Mein Mund wird plötzlich ganz trocken.

„Was ist mit dir und Esther?", frage ich und versuche beiläufig zu klingen.

„Das ist vorbei", sagt Ralf schnell.

Mein Herz pocht bei diesen Worten schneller. Hoffentlich hört das niemand, denke ich entsetzt.

„Eigentlich hat unsere Ehe nie wirklich bestanden. Habe ich mich eigentlich je bei dir entschuldigt?", fragt er plötzlich traurig.

Sein Schwips ist wirklich süß.

„So an die 1000 Mal, ohne mitgezählt zu haben", sage ich betont ruhig.

Die vielen schlaflosen Nächte, die ich deswegen hatte, muss ich ja jetzt nicht erwähnen.

Wir schauen uns in die Augen und sind auf einmal ganz woanders.

Plötzlich gibt es nur noch uns beide.

„Hey ihr Turteltäubchen", ruft Theo unbarmherzig. „Euer Essen wird kalt. Und bestimmt braucht ihr eure Energie noch für später", sagt er anzüglich.

Ich werde sofort rot, Ralf räuspert sich und Meli lacht. Wir widmen uns jetzt voll und ganz unserem Essen, aber irgendwie kriege ich nichts runter.

Dieser Moment hat so viele Gefühle hervorgespült, die ich eigentlich erfolgreich verdrängt hatte. Bis jetzt.

31. KAPITEL

Ralf

Es wird ein lustiger Abend und natürlich biete ich an, Anna nach Hause zu bringen. Im Auto sitzen wir jedoch nur schweigend nebeneinander, während ich fahre. Trotz des intimen Moments im Restaurant, sind wir jetzt nur in unsere Gedanken vertieft.

„Wir sind da", sage ich leise zu Anna und versuche aus ihrem Gesicht zu lesen.

„Ja", sagt Anna und schaut in eine andere Richtung.

„Was geht in dir vor?", frage ich verzweifelt.

„Es ist so eigenartig", gibt Anna zu.

„Ja das ist es", stimme ich ihr zu.

Wieder schaue ich sie an.

„Darf ich dich trotzdem küssen?", frage ich und versuche ihr Gesicht in meine Richtung zu drehen. Anna lacht, was für ein schöner Klang.

„Wieso fragst du denn?", sagt sie erstaunt.

„Keine Ahnung", sage ich vorsichtig. „Vielleicht hast du ja was dagegen".

„Ja vielleicht", sagt sie und mein Herz setzt bei diesen Worten aus.

Dass Anna vielleicht gar keine Gefühle mehr für mich haben könnte, ist mir noch gar nicht in den Sinn gekommen. Ich schlucke.

„Dann, na ja, dann werde ich mal fahren. Wir sind nämlich da", sage ich überflüssigerweise.

„Ja", erwidert Anna, steigt jedoch immer noch nicht aus.

„Was wäre, wenn?", beginnt Anna, bringt den Satz jedoch nicht zu Ende.

„Was, wenn was?", frage ich nervös. „Was, wenn wir noch Mal von vorne anfangen?", vollendet sie den Satz.

„Äh, ab wann genau?", frage ich erstaunt.

„Na ja. Wie wäre es denn als Erstes mit einem Date", schlägt sie vor.

Ich stutze. Ein Date. Ich glaube ich hatte noch nie ein Date.

„Äh, ich glaube ich kann dir nicht ganz folgen", sage ich irritiert. Anna schluckt.

„Na ja, ich möchte, dass wir uns kennen lernen. Klar, wir hatten so unsere Momente die letzten Jahre, aber was weiß ich denn schon von dir? Ich möchte dich wieder besser kennen lernen Ralf. Und außerdem hatte ich nie ein richtiges Date. Ich möchte das mal ausprobieren".

Ich kratze mich verwundert am Kopf.

„Ich habe da leider ebenfalls keinerlei Erfahrungen mit", gebe ich zu.

„Dann googele es", sagt Anna ärgerlich und steigt aus dem Auto.

„Anna!" rufe ich noch, aber schon ist sie zur Haustür gelaufen.

Meine Gedanken fahren Achterbahn. Soll ich ihr folgen? Und will sie das überhaupt? Keine Ahnung was ich erwartet habe als ich sie nach Hause gebracht habe, aber das hier wohl kaum.

Ein Date. Uff. Wahrscheinlich hat sie einfach zu viele Kitschromane gelesen oder Schnulzen im Fernsehen gesehen. Verärgert fahre ich nach Hause. Es dauert lange bis ich eingeschlafen bin. Max ist immer noch bei seinem Freund und das Haus einsam und viel zu ruhig.

Es ist Sonntagmorgen und kein Mensch da zum Reden. Gerade am Sonntagmorgen ist es eigentlich immer sehr schön bei uns. Ich fange erst spät an, zu arbeiten, sondern frühstücke in aller Ruhe mit Katja. Meistens mache ich uns Rührei mit Speck und Katja darf die gezuckerten Frühstücksflakes essen, die es bei Esther nie gegeben hat.

Ich rufe wieder Theo an.

„Sag Mal", fange ich an. „Wollten wir heute nicht segeln gehen?"

„Ja, aber hast du heute mal rausgesehen?", fragt Theo mich amüsiert. „Es ist stürmisch und es regnet. Da wird dir nur kotzübel!", lacht er.

Verwundert schaue ich nach draußen und es stimmt. Es hagelt sogar gerade.

„Äh ok. Sag Mal Theo. Was ist eigentlich ein Date?"

Theo lacht. „Wieso. Willst du mich ausführen?"

„Nee", sage ich trocken. „Aber Anna will mich wieder besser kennen lernen und meinte, dass ginge am besten bei einem Date. Irgendwie kann ich damit nichts anfangen. Das ist doch reinster Kitsch". Theo schnaubt.

„Hey. Lass dir von einem Experten helfen. Schließlich sind meine Beziehungen meistens nicht über die Date Phase hinausgekommen".

„Du warst bereits drei Mal verheiratet", sage ich erstaunt.

„Und wo genau konntest du mir jetzt nicht mehr folgen? Lass uns frühstücken gehen und ich weihe dich in die Kunst des Datings ein", schlägt er vor und legt auf.

Ich überlege. Soll ich tatsächlich auf Theos Ratschläge hören? Ich halte das für keine gute Idee, habe aber auch keine anderen Kontakte zur Verfügung. Also ziehe ich mich an und fahre zu dem Café, in dem Theo glücklicherweise, Dank einer Verehrerin, immer einen Tisch bekommt. Als die Blondine Theo sieht, strahlt sie auch sofort wie ein Honigkuchenpferd und führt uns sofort zu einem kleinen Tisch. Dabei zeigt sie uns ihre blendend weißen Zähne. Sie ist ganz schön scharf auf ihn, das sieht man sofort.

„Hattet ihr mal was miteinander?", frage ich neugierig.

„Natürlich", sagt Theo erstaunt. „Und wieso ist sie nicht Ehefrau Nr. 4 geworden?", frage ich.

„Hey, ich heirate nicht jede, die ich vögele", sagt Theo trocken.

„So, so", sage ich zweifelnd. „Wo wir gerade beim Thema sind. Was macht denn die Lehrerin?".

In Theos Blick tritt etwas Verklärtes.

„Wir haben noch nicht. Sie ist was ganz Besonderes".

Den hat es aber erwischt, oh nein.

„Hattet ihr schon ein Date?"

„Eins? Viel zu viele für meinen Geschmack", seufzt Theo.

„Was habt ihr denn so gemacht", frage ich, um mehr Informationen über das Thema zu bekommen.

„Ich muss erst etwas essen", sagt er und hebt die Hand, um die Kellnerin rüber zu winken.

„Triffst du denn auch andere Frauen zurzeit?", frage ich neugierig. Nicht, weil mich Theos Sexleben so interessiert, sondern weil ich wissen will, wie ernst es ihm mit dieser Frau ist. Ich denke, dass eine vernünftige Frau, Theo wirklich guttun würde.

„Wofür hältst du mich?", fragt Theo empört.

„Ich weiß nicht", sage ich schelmisch. „Wofür soll ich dich denn halten?"

„Ok" stimmt mir Theo zu. „Aber ehrlich. Ich sehe keine einzige Frau an, seitdem ich Claudia getroffen habe. Ich wünschte es wäre anders, denn ich habe einen ziemlichen Stau, aber ich will keine andere!"

Theo klingt so verzweifelt, dass ich unwillkürlich lachen muss.

„Aber wieso habt ihr denn noch nicht?"

„Ich habe keine Ahnung", sagt Theo erstaunt. „Ich habe ihr Rosen geschenkt, wir waren im Theater, im Kino und im Englischen Garten. Anschließend sind wir immer essen gegangen, haben uns nett unterhalten, ich habe bezahlt und sie nach Hause gebracht".

„Äh, hast du sie denn gefragt, ob du mit rauf kommen darfst?", frage ich ihn verwundert.

„So was brauchte ich noch nie zu fragen!", sagt Theo entrüstet.

„War sie denn schon Mal bei dir?", frage ich neugierig.

„Nein, eigentlich nicht" überlegt Theo.

„Ein selbst gekochtes Essen, eine Flasche Wein", mutmaße ich.

„Hey, ich dachte ich soll dir die Tipps geben", sagt Theo erstaunt.

„Vielleicht habe ich ja doch mehr Ahnung als dachte", sage ich zufrieden.

„Was ist eigentlich mit Esther?", fragt mich Theo plötzlich.

„Was soll mit Esther sein?", frage ich erstaunt.

„Na ja. Lasst ihr euch denn jetzt scheiden?"

„Ich denke ja", sage ich und zucke die Achseln.

„Du denkst?"

„Ich habe mich noch nicht darum gekümmert. Ich hatte so viel mit den Kindern zu tun. Und da sich ja Esther von mir getrennt hat, habe ich irgendwie angenommen, dass sie das Ganze in die Wege leitet". Theo lacht grimmig.

„Ich rate dir zu einem guten Scheidungsanwalt! Sonst nimmt die Gute dich bis auf den letzten Cent aus. Ich spreche da aus Erfahrung".
Ich werde nachdenklich. Stimmt, so wie es augenblicklich ist, kann es nicht weiter gehen. Besonders wegen Katja brauchen wir klare Verhältnisse, zum Beispiel das Festlegen des Sorgerechts und auch das Besuchsrecht ist nicht geklärt. Theo und ich quatschen noch lange. Es ist ganz merkwürdig, wieviel wir immer miteinander reden. Fast wie die Weiber.

32. KAPITEL

Anna

„Du hast was?", ruft Meli.

„Ich habe ihn gefragt ob wir mal ein Date haben könnten" wiederhole ich.

„Und du bist nicht mit rauf gegangen?", fragt Meli zweifelnd.

„Er hat mich doch zu mir gebracht" wiederhole ich ungeduldig. „Wieso findest du das so seltsam? Bist du so unromantisch?"

Meli grinst. „Dates kann man machen, wenn man viel Zeit hat. Die meiste Zeit habt ihr aber bereits vertrödelt. Willst du denn noch weitere Kinder haben? Wollt ihr heiraten?"

„Langsam, langsam Meli", rufe ich erschrocken. „So weit sind wir doch gar nicht. Heiraten! Ich bin gerade Witwe geworden!"

„Du hattest Harald verlassen und ihr habt die letzten Jahre keine Ehe mehr geführt", sagt Meli ungerührt.

„Und jetzt solltet ihr mal Dampf machen, ihr beiden. Ich meine: Worauf wartest du eigentlich?", fragt sie leicht genervt.

„Ich möchte endlich mal umworben werden", sage ich kleinlaut. „Selbst Haralds Heiratsantrag war platt und formlos".

„Apropos. Wann ist eigentlich der Notartermin?", fragt Meli.

„Ach, der ist morgen", sage ich leichthin.

Was soll dabei schon rumkommen. Obwohl ich schon gerne wüsste, was Harald mit seinem Geld die ganze Zeit gemacht hat.

„Also ich bin schon sehr gespannt was Harald mit seinem Geld gemacht hat", sagt Meli bevor ich auch nur zu Ende denken kann.

„Keine Ahnung", sage ich und zucke mit den Achseln.

„Ich glaube nicht, dass er es gespart hat. Aber sich gegenüber war er auch sehr geizig. Eigentlich hat er immer nur gearbeitet, selbst im Urlaub".

„Ich hoffe nicht, dass plötzlich eine zweite Familie auftaucht", sagt Meli plötzlich.

„Ach quatsch. Wann hätte Harald das denn bewerkstelligen sollen? Das glaube ich nicht", sage ich trocken.

„Warts ab", sagt Meli, ebenso trocken.

Wir sitzen im Garten am Pool. So ein Garten ist schon etwas Schönes. Aber der Garten, den wir hatten, war schmal und irgendwie dunkel, speziell wegen der hohen Hecke. Natürlich hätte ich das alles abschneiden können und bepflanzen können, aber wann genau hätte ich das machen sollen neben dem ganzen Haushalt und der Schule?

„Was denkst du gerade", lacht Meli und steht auf.

„Ach an nichts Besonderes", sage ich ertappt. „Ich hätte auch gerne einen Garten und ich frage mich gerade, wieso ich nicht mehr aus dem Haus gemacht habe".

„Weil du das Haus nicht gemocht hast. Das war mir gar nicht so klar bis du das erzählt hast", sagt sie erstaunt und setzt sich auf die Poolkante. Ich geselle mich zu ihr und genieße das kühle Wasser.

„Ich wollte das nicht so laut sagen. Da Harald das Haus bezahlt hat, hatte ich da kein Mitspracherecht. Es war halt billig und komplett möbliert. Deshalb wollte es Harald kaufen".

„Eure Betten haben bereits anderen Leuten gehört?", ruft Meli angeekelt.

„Nein, nein", sage ich schnell. „Ich habe sofort ein neues Bett gekauft. Harald war stinksauer und meinte, dass ich zukünftig solche Geldausgaben mit ihm absprechen soll. Dabei habe ich das Bett natürlich selber bezahlt".

„Und die Sachen für Ari?", fragt Meli neugierig.

„Das Zimmer hat Harald bezahlt. Aber alles Nette wie Kissen oder Deko natürlich ich. Auch Aris Klamotten habe ich bezahlt. Haralds Budget waren 200€, also fürs gesamte Jahr. Für Babysachen war das ganz ok, aber heute braucht so ein Teenager schon etwas mehr. Auch das Handy habe ich ihr gekauft. Das hätte Harald niemals erlaubt".

„Eigenartig. Ich frage mich immer noch, wieso ich das gar nicht mitbekommen habe", sagt Meli überrascht.

„Ach. Das ist doch nichts worüber man spricht", winke ich ab.

„Ja, aber ich dachte wir wären so was wie Freundinnen", sagt sie betreten.

„Natürlich sind wir Freundinnen. Und nicht nur irgendwie", sage ich schnell. „Das liegt doch an mir. Zu Hause haben wir nie über persönliche Dinge gesprochen. Ich bin es einfach nicht gewohnt, über mich zu sprechen".

„Ein Glück tust du es jetzt", sagt Meli herzlich. „Ich bin froh, dass ich etwas mehr über euch erfahre. Soll ich morgen mitkommen?"

„Ja sehr gerne", sage ich erleichtert.

„Kommt Ari auch mit?"

„Der Notar hat sie auch eingeladen, also ja".

„Was stellst du dir denn genau vor?"

„Unter was?", frage ich verwirrt.

„Unter einem Date", sagt Meli ungeduldig.

Was für ein Gedankensprung, so was kriegt nur Meli hin.

„Ach ich habe keine Ahnung. Blumen, Restaurant, Spaziergang. Ich habe überhaupt keine Vorstellung von einem Date, deshalb will ich ja mal auf so etwas ausgeführt werden. Was habt ihr denn so gemacht, Ansgar und du?"

Meli lacht verträumt.

„Wir sind eigentlich ganz viel spazieren gegangen und haben geredet".

„Das würde mir schon reichen" schnaube ich. „Aber wie erwartungsfroh Ralf ausgesehen hat, als er mich nach Hause gebracht hat. Ich wollte es ihm einfach nicht so leicht machen", sage ich verärgert.

Aber irgendwie komme ich mir jetzt blöd vor.

„Schon ok" lacht Meli. „Vielleicht ist langsam angehen lassen doch nicht so verkehrt. Schließlich ist er auch noch nicht richtig getrennt".

„Was meinst du?", frage ich erstaunt.

„Na ja, das Scheidungsjahr ist doch noch gar nicht rum. Vielleicht überlegt es sich Esther noch anders mit den Kindern und dann zieht Ralf vielleicht nach Hamburg zurück".

„Davor habe ich auch Angst", gestehe ich.

Eigentlich ist das sogar meine größte Sorge, schon die ganze Zeit. Das Schicksal hat vielleicht nicht bestimmt, dass wir zusammenkommen.

Am nächsten Tag fahren wir zum Notar. Es ist mir unbegreiflich wieso so ein geiziger Mensch wie Harald, Geld für ein Testament ausgegeben hat.

Ich war überrascht als mich der Notar angerufen hat. Wir gehen zu dritt ins Gebäude. Ein älterer Mann kommt ernst auf uns zu.

„Guten Tag Frau Mangold. Richter mein Name. Wir haben telefoniert". Er schüttelt uns die Hände und wir gehen alle rein.

Völlig betäubt gehen wir nach einer Stunde raus. Meli ist ganz blass und ich muss sie etwas stützen.

„Das kann doch nicht sein", sagt sie immer wieder.

Ich kann es selber kaum glauben. Erst jetzt habe ich erfahren wie geizig Harald tatsächlich war. Denn die Summe der Konten belaufen sich auf beinah eine halbe Million €! Dazu kommen natürlich das Haus, Aktien und noch etliche Wertpapiere. Jeden Cent hat Harald in den letzten Jahren zurückgelegt.

„Uff", sagt Meli.

„Kriege ich jetzt den neuen CD-Player?", fragt Ari vergnügt.

Sie hat dem Ganzen völlig unbekümmert zugehört.

„Das werden wir sehen Ari", sage ich knapp.

„Aber eigentlich gehört es doch mir", sagt Ari ärgerlich.

Da hat sie allerdings Recht. Harald hat alles, bis auf das Haus, Ari hinterlassen. Natürlich soll ich alles verwalten bis Ari 25 ist, aber trotzdem ist es ihr Geld.

„Wir sollten uns in Ruhe überlegen, wie wir das Geld anlegen Ari", sage ich beschwichtigend. „Vielleicht willst du mal eine große Reise machen oder im Ausland studieren. Das ist jetzt alles möglich, deshalb sollten wir überlegen, wie du es am besten anlegst".

„Aber kann ich denn das Geld auch mal ausgeben?", fragt Ari enttäuscht.

„Natürlich. Einen kleinen Betrag könnest du dir pro Jahr nehmen, um dir etwas Schönes zu kaufen", sage ich schnell.
Schließlich will ich nicht wie Harald klingen. Ari soll sich ruhig auch mal was gönnen.

„Dann möchte ich für dieses Jahr den CD-Player und Karten für Greenday", sagt Ari bestimmt.

„Äh, spielen die nicht nur in den USA?", wirft Meli ein.

„Tun sie. Wo ist das Problem?", fragt sie erstaunt.

„Dass du minderjährig bist und nicht alleine über den Atlantik fliegen kannst", versuche ich einzuwenden.

„Na und. Dann kommst du halt mit. Ich lade dich ein", sagt Ari
großzügig.

Meli lacht. „Cool. Ich hoffe ihr bekommt Karten!"

Oh nein!

„Abwarten", sage ich zerknirscht.

Greenday ist so gar nicht mein Fall. Aber in die USA fliegen wäre schon
was. Nur, auf Aris Kosten? Das geht doch nicht!

„Und du kommst auch mit Tante Meli", sagt Ari fröhlich.

„Juchu!", jubelt Meli. „Ich liebe Greenday!"

Ok. Jetzt ist es offiziell. Ich bin 100.

Plötzlich sieht mich Ari ganz nachdenklich an.

„Wieso hat mir Papa eigentlich das ganze Geld vererbt?" Bevor ich auch
nur antworten kann, sagt Meli schnell:

„Weil er dich sehr geliebt hat Ari. Er konnte das nur nicht so zeigen".

Plötzlich schießen mir Tränen in die Augen.

„Wieso weinst du Mama?", fragt Ari besorgt.

„Weil Meli recht hat. Das ist mir jetzt erst richtig bewusst geworden",
schniefe ich.

„Gruppenumarmung", ruft Meli begeistert und drückt uns beide
gleichzeitig.

Was auch nur geht, weil Ari so schmal ist.

33. KAPITEL

Ralf

Schon eine Woche ist Katja in Hamburg. Wir telefonieren täglich miteinander. Ich kann immer noch nicht glauben, wie gut Katja die ganze Situation bis jetzt weggesteckt hat. Keine Ahnung, wann der Bumerang kommt, aber bis jetzt geht es. Esther und ich haben auch kurz wegen der Scheidung gesprochen. Diese Esther ist mir nach wie vor völlig fremd, aber eigentlich gefällt sie mir so sehr viel besser. Natürlich kein zu Vergleich zu Anna.

Anna. Seit dem Essen haben wir uns nicht mehr gesehen. Was sie wohl macht? Ob sie sehr um ihren Mann trauert? Wohl kaum. Immerhin wollte sie ja ein Date mit mir. Wieso habe ich mich eigentlich noch nicht darum gekümmert? Ich habe diese Woche unheimlich viel gearbeitet. Vieles ist liegen geblieben, speziell als Katja krank war. Und auf das einsame Haus hatte ich eh keine Lust.

Ein Date. Heute ist Samstag. Aber sehr romantisch wäre das bestimmt nicht, für heute Abend spontan anzurufen. Irgendwie war das früher einfacher mit uns. Ich oder sie sind vorbeigekommen und dann sind wir rumgehangen, ohne sich großartig verabreden zu müssen. Ach was soll`s.

Ich wähle ihre Nummer. Nach zwei Mal tuten geht sie ran.

„Hallo Anna, hier ist Ralf".

„Ralf?", fragt sie erstaunt.

„Hallo Anna. Also ich…äh…hab gedacht. Vielleicht hast du ja heute noch nichts vor und würdest gerne mit mir…mmh…vielleicht ausgehen?" Man. Einen Oscar werde ich wohl kaum dafür bekommen.

„Einen Oscar wirst du wohl kaum dafür bekommen", lacht Anna laut. Ich lache mit und plötzlich ist unsere Vertrautheit wieder da. Einfach so. Wir quatschen noch eine gute Stunde und Anna willigt tatsächlich ein, heute Abend vorbeizukommen. Als ich auflege, atme ich erst Mal tief durch. Dann springe ich ins Auto und fahre zum Supermarkt. Ok. Was jetzt? Wein? Bestimmt, aber welchen? Das kommt natürlich darauf an, was es zum Essen gibt. Was gibt es zu essen? Ich kaufe erst Mal ein paar Cracker, zwei Dips und eine Flasche Rotwein, mittleres Preissegment. Ich hoffe, Anna ist nicht so wählerisch damit wie Ansgar. Was isst Anna eigentlich gerne? Ich habe keine Ahnung. Ich düse zur Fleischtheke.

„Also", sage ich zur Verkäuferin. „Ich brauche etwas was schnell geht und trotzdem eine Frau beeindruckt".

„Eine Frau, so, so" lacht sie. „Ich habe hier ein fertiges Filetpfännchen, das brauchen Sie nur in den Ofen zu schieben. Oder Sie machen Steak. Das geht schnell und wenn Sie es hinbekommen, wird sie beeindruckt sein".

„Wie mache ich das Steak?", frage ich ratlos.

„Die Pfanne muss sehr heiß sein, dann die Steaks ohne Gewürze 4 Minuten von beiden Seiten anbraten. In der Zwischenzeit Knoblauch schälen und ein paar Rosmarinzweige abknipsen. Den Herd ausschalten, ein paar Butterflöckchen, die Rosmarinzweige und ein paar Knoblauchzehen reinwerfen. Mit einem Deckel abdecken und auf eine kalte Herdplatte stellen", zählt sie auf.

Ich notiere mir alles eifrig in mein Handy, bedanke mich und kaufe die restlichen Sachen ein. Vielleicht weiß sie ja zumindest die Mühe zu schätzen, seufze ich innerlich. Und Pizzabestellservices habe ich zu Hauf zu Hause. Dann fahre ich zu einem Blumenladen und kaufe einen Strauß Blumen. Ende Oktober kann man da leider nicht so wählerisch sein. Zuhause fange ich erst Mal an, das Haus zu putzen. Plötzlich höre ich die Eingangstür.

„Hallo Papa!"

„Äh Max", stottere ich. „Was machst du hier?"

„Ich wohne hier", sagt er gekränkt.

„Ja natürlich", sage ich schnell. „Aber du warst jetzt schon länger bei Bernd, da habe ich gar nicht mit dir gerechnet".

Max lacht. „Kriegst du heute Frauenbesuch?"

Ertappt grinse ich ihn an.

„Ja von Anna".

„Ach die mit der Tochter von neulich beim Eis essen? Die kommt vorbei? Ist die nicht verheiratet?", fragt er mit hochgezogener Augenbraue.

„Ihr Mann ist kürzlich verstorben", sage ich schnell.

„Aha", sagt er unbestimmt. „Ich wollte nur meine Sachen waschen, es ist nichts mehr sauber".

„Ich wasche deine Sachen", sage ich schnell.

„Na auf die bist du aber scharf", grinst Max.

Wenn du wüstest stöhne ich innerlich.

„Sei nicht so frech zu deinem alten Vater", sage ich streng. Allerdings muss ich dabei auch grinsen.

Max und ich unterhalten uns noch etwas. Ich habe ihn seit Wochen nicht mehr gesehen.

„Wie läuft es mit Bernd?", frage ich vorsichtig. Max zieht eine Augenbraue nach oben. Das hat er von Esther, beneidenswert.

„Was meinst du mit „wie es mit ihm läuft"?"

„Ich…äh…na ja, ich dachte ihr…also du wärst mit ihm…also ihr beiden", setze ich an.

„Du denkst wir wären ein Paar?", fragt Max erstaunt.

„Ich habe nichts gegen Schwule", sage ich schnell.

„Ich auch nicht", sagt Max. „Trotzdem bin ich nicht schwul und wir beiden sind nur Kumpel. Seine Bude ist zwar klein, aber wir lernen viel zusammen und er schmeißt ab und an `ne Party. Wo übrigens ein paar ganz passable Weiber rumlaufen, zumindest manchmal", fügt er hinzu.

„Und du bist nicht…?" „Nö, aber eine Freundin habe ich zurzeit auch nicht, falls das deine nächste Frage sein sollte", grinst Max.

„Tut mir leid", sage ich zerknirscht.

Vater Sohn Gespräche liegen mir einfach nicht. Mit meinem Vater hatte ich so gut wie keine und ich habe Max natürlich wenig gesehen die letzten Jahre.

„Halb so wild", winkt Max ab. „Im Moment brauche ich auch keine Tussi an meiner Seite".

„Rede mal etwas respektvoller Max", rüge ich ihn milde. Max lacht.

„Sag mal Papa. Wann wollte Anna eigentlich kommen?"

„Um acht Uhr. Wieso?"

„Es ist gleich halb acht", sagt er und zeigt auf die Wanduhr.

Ein hässliches Erbstück von Esthers Ururgroßmutter. War ja klar, dass sie die uns aufs Auge drückt.

„Oh nein und hier sieht es immer noch nicht aufgeräumter aus".

„Ach", grinst Max. „Vielleicht hat sie ja nur Augen für dich".

„Sei nicht so frech", sage ich erneut, aber ich lache dabei.

„Äh, da wäre noch was".

„Wieviel brauchst du?", frage ich gutgelaunt und zücke die Brieftasche. Max schaut mich erstaunt an.

„Wenn du schon so fragst, klar gerne. Aber das meinte ich gar nicht".

„Sondern?", frage ich erstaunt und drücke ihm 100€ in die Hand. Max steckt sie sofort ein.

„Ach nicht so wichtig. Lass uns das beim nächsten Mal klären. Anna kommt doch gleich".

Und schon ist er zur Tür raus. Wie seine ersten Semesterwochen gelaufen sind, weiß ich immer noch nicht. Na ja, das Abitur hat er ja auch ganz gut selber hinbekommen. Muss ich in der Küche noch etwas vorbereiten? Ach den Knoblauch schälen und die Rosmarinzweige waschen. Das Baguette mit Knoblauchbutter bestreichen und den Ofen vorheizen. Da Katja in der Kita Mittag isst und ansonsten am liebsten Nudeln isst, brauchte ich bis jetzt meine Kochkünste noch nicht zu sehr zu erweitern.

Und schon klingelt es an der Tür.

34. KAPITEL

Anna

Ich rufe sofort Meli an.

„Meli. Du musst mir helfen. Kannst du zu mir kommen?"

„Natürlich", sagt Meli überrascht und legt auf.

Merkwürdig. Sie hat nicht weiter gefragt. Sie kommt einfach vorbei!

Allerdings kann sie sich wahrscheinlich schon denken worum es geht.

Es vergehen keine zwanzig Minuten bis es an der Tür klingelt.

„Hallo Meli!", rufe ich die Treppe runter, die sich Meli gerade raufquält.

„Hallo Anna!", schnauft Mel. „Ich bin so schnell gekommen wie es mir

möglich war", japst sie.

„Worum", stöhnt sie, „geht es?", und hält sich die Brust.

„Komm erst Mal rein Meli", lache ich.

Es ist tatsächlich das erste Mal, seit wir hier wohnen, dass mich Meli hier

besuchen kommt. Natürlich hat sie uns bei der Renovierung geholfen, aber

so richtig im fertigen Zustand hat sie die Wohnung noch nicht gesehen.

„Ich hätte dich schon längst mal einladen sollen", sage ich verlegen und

schiebe sie zum Esstisch.

„Ach Quatsch", sagt Meli, wieder mit etwas mehr Atem, und setzt sich an den Tisch.

„Sag mir lieber, worum es geht!"

Meli quietscht begeistert auf, als ich ihr erzähle, mit wem ich heute Abend verabredet bin.

„Also er hat dich angerufen", fragt sie und nimmt sich Kaffee, den ich schnell noch gekocht habe.

„Na ja, eigentlich ist es nicht sehr romantisch, spontan anzurufen", meint sie grinsend. Ich grinse zurück.

„Ich wollte ihn nicht unnötig zappeln lassen", gebe ich zu. „Er war so nervös, als er mich gefragt hat. Richtig süß".

Meli quietscht wieder. Aua, das hat Ari definitiv von ihrer Patentante.

„Wann seid ihr verabredet. Wo werdet ihr hingehen. Was ziehst du an?", bombardiert mich Meli mit Fragen.

„Acht Uhr. Bei ihm. Ich habe keine Ahnung, deshalb habe ich dich ja angerufen", antworte ich.

„Ihr trefft euch bei ihm? Geht das nicht ein bisschen schnell?", meint Meli skeptisch.

„Na ja, Ralf ist ja kein Wildfremder", sage ich.

„Er hätte sich durchaus etwas einfallen lassen können", meckert Meli.

Mir ist es eigentlich egal was wir machen. Ich sehne mich einfach nach den Gesprächen, der Vertrautheit mit Ralf. Ich vermisse ihn einfach. Als er angerufen hat, hat mein Herz gehüpft. Jetzt ist mir allerdings eher schlecht vor Aufregung.

„Ich bin so aufgeregt, dass mir beinah übel ist", sage ich nervös.

„Aber ihr seid euch doch nicht wildfremd", wiederholt Meli meine Worte von gerade eben amüsiert.

„Ja schon. Trotzdem ist es ist bereits 100 Jahre her. Und seitdem haben wir so viel erlebt ohne den anderen", sage ich und werde noch nervöser. Vielleicht wäre eine Verabredung in einem Restaurant doch neutraler gewesen.

„Wie waren denn eure gemeinsamen Wochenenden", fragt Meli neugierig. Ich werde prompt rot.

„Sie waren einfach traumhaft", gebe ich zu und mein Gesicht glüht. „Aber das hatte mehr was von Urlaub", fahre ich nachdenklich fort.

„Jetzt geht es vielleicht um eine Beziehung und ich weiß gar nicht, ob wir das tun sollten oder ob nicht einfach viel zu viel Zeit vergangen ist. Ich frage mich halt die ganze Zeit, ob wir überhaupt noch eine Beziehung führen könnten. So als Erwachsene. Damals war das doch was ganz was anderes".

Meli nickt. „Stimmt. Damals wart ihr noch Teenager. Aber denkst du jetzt nicht schon zu weit?", meint sie vorsichtig.

„Geht doch erst Mal ein paar Mal aus und wartet ab was dabei rumkommt".

„Ja, du hast Recht. Kommt ja auch darauf an, wie der heutige Abend verlaufen wird. Man bin ich nervös", sage ich.

„Wobei soll ich dir denn jetzt genau helfen?", fragt Meli neugierig.

„Ich habe keine Ahnung was ich anziehen soll", sage ich seufzend.

Meli lacht. „Sehen deine Kleider nicht alle gleich aus Anna?"

„Findest du?", frage ich überrascht.

Ich führe Meli zu meinem kleinen Schlafzimmer.

„Gemütlich habt ihr es hier", sagt Meli herzlich.

„Danke", sage ich froh.

Irgendwie ist mir die winzige Wohnung gegenüber Meli peinlich.

„Was passiert eigentlich mit dem Haus?" fragt Meli beiläufig und begutachtet meinen Kleiderschrank.

„Ich will es auf alle Fälle verkaufen", sage ich und schaue meine Kleider an.

Irgendwie stimmt es tatsächlich. Meine Kleider sehen alle gleich aus.

„Es ist zu groß und viel zu teuer für uns", sage ich und nehme ein schwarzes Etuikleid aus dem Schrank.

„Zum Glück kann ich alleine darüber entscheiden. Wenn es Ari gehören würde, wäre es komplizierter".

„Meinst du? Du kannst diese Entscheidungen doch für sie treffen, solange sie nicht volljährig ist", sagt Meli und blickt auf das schwarze Kleid, dass ich mir vorhalte.

„Also das schaut aus, als ob du zu einer Beerdigung gehst", sagt Meli trocken.

„Ich befürchte auch", sage ich seufzend. „Wir könnten doch auch einkaufen gehen", schlägt Meli vor.

„Ungern", erwidere ich. „Ich muss sparen und ich habe dir dein Geld auch noch nicht wiedergegeben", sage ich kurz und schaue weiter in den Schrank.

Meli erwidert nichts, sondern schaut ebenfalls in meinen Kleiderschrank.

„Wieso wäre es komplizierter, wenn Ari auch das Haus gehören würde?", fragt sie stattdessen und nimmt ein geblümtes Sommerkleid aus dem Schrank.

„Es wäre dann allein Aris Entscheidung und vielleicht würde sie es behalten wollen", sage ich und nehme Meli das geblümte Kleid ab.

„Meinst du das geht? Es ist Ende Oktober", sage ich und betrachte mich

kritisch in dem kleinen ovalen Spiegel.

„Da bei dir selbst Sommerkleider gedeckte Farben haben, würde ich

sagen: Ja", schmunzelt Meli.

„Hast du denn mit Ari gesprochen?", fragt mich Meli plötzlich streng.

„Natürlich", sage ich sofort. „Ich würde so etwas niemals ohne sie

entschieden".

„Und was hat sie gesagt?", will Meli wissen.

„Dass sie es schade findet, jetzt so weit von ihren Freundinnen entfernt

zu wohnen. Aber sie versteht, dass es einfach viel zu teuer ist. Und mit der

Bahn ist sie wirklich schnell da. Und zum Glück habe ich das Auto

wieder".

„Ja ein Glück", nickt Meli und wühlt weiter in meinem Schrank rum.

„Und hast du schon einen Käufer gefunden?", fragt sie mit gedämpfter

Stimme. Ich hatte keine Ahnung, dass mein Schrank so groß ist.

„Ich habe eine Maklerin angerufen und die meinte es wäre gut,

zumindest den Garten in Ordnung zu bringen".

„Soll ich dir helfen?", fragt Meli und hält ein paar braune Stiefeletten

hoch.

„Die sehen super zu dem Kleid aus!"

„Danke Meli. Du bist wirklich ein Schatz", sage ich gerührt.

„Das sind eigentlich Winterstiefeletten", sage ich stirnrunzelnd und halte sie an das braun geblümte Kleid. Der Farbton passt einfach super dazu. Ich hätte das niemals gesehen.

„Du brauchst mir übrigens bei dem Garten gar nicht zu helfen. Ich hatte ja die ganze Woche Zeit. Er sieht jetzt wesentlich besser aus, nachdem ich die Hecke um einen Meter gekürzt habe und die Bäume geschnitten habe. Ich habe noch ein paar bunte Kübel auf die Terrasse hingestellt. Die Terrasse ist natürlich nicht wirklich schön, aber für neue Steine habe ich kein Geld. Da die Nachfrage hoch ist, ist die Maklerin eigentlich zuversichtlich, dass das Haus für einen guten Preis weggeht. Die Lage ist ja gut. Innen sieht es halt nur sehr düster aus, weil die Einbauschränke alle braun sind".

„Aber das kann man doch ändern", sagt Meli nachdenklich. Nachdem die Klamottenfrage geklärt ist, gehen wir ins Wohnzimmer Schrägstrich Esszimmer und setzen uns auf die kleine Couch, die vorher im Gästezimmer stand.

„Das kostet bestimmt sehr viel Geld", sage ich zögernd. Tatsächlich hatte ich auch schon darüber nachgedacht, aber es muss professionell aussehen, sonst brauche ich das gar nicht anzufangen.

„Ich kann dir nichts versprechen", sagt Meli schnell.

„Aber gib mir mal einen Schlüssel. Ich frage jemanden. Ich weiß nur nicht wann und ober er Zeit hat".

„Wen denn?", frage ich neugierig.

„Ach", sagt Meli und macht eine unbestimmte Handbewegung.

„Kennst du nicht. Hat mal mit Ansgar studiert, aber Jura war nichts für ihn. Und er hat uns damals in unserem Haus alles gemalert. Ich habe nur keine Ahnung was er im Moment macht".

„Das wäre ja riesig", sage ich begeistert.

„Ich kann es nicht versprechen", sagt Meli vorsichtig.

„Ist trotzdem nett", sage ich und drücke sie.

Wir quatschen noch eine gemütliche Stunde, dann fährt Meli einkaufen.

„Vielen lieben Dank für deine Moderatschläge", sage ich.

„Ach was, kein Problem. Und wegen dem Maler horche ich nach und melde mich bei dir, sobald ich etwas weiß. Hast du den Schlüssel da?"

„Natürlich", sage ich schnell und nehme den Schlüssel vom Schlüsselbrett. Meli schnappt sich den Schlüssel und fängt langsam an, die Treppen runterzusteigen.

Ich sehe mich in meiner Wohnung um. Sie ist nichts Besonderes, aber wirklich sehr gemütlich. Auf die Fensterbänke habe ich Blumentöpfe gestellt, die einen bunten Farbklecks abgeben. Einen Balkon hätte ich natürlich gerne gehabt, aber man kann nicht alles haben. Ich bin froh, dass wir überhaupt so schnell eine günstige Wohnung gefunden haben. Ohne Melis und Ansgars Hilfe hätten wir das nie geschafft. Wenn Melis Unbekannter auch noch die Einbauschränke im Haus lackieren könnte, würde das den Preis vielleicht doch noch erhöhen. Ich habe keine Ahnung, ob jemand das Haus kaufen wird. Ich habe mich nie wohl darin gefühlt. Aber nachdem ich mit dem Garten fertig war, habe ich schon ehrlich zugeben müssen, dass ich einiges mehr aus dem Haus hätte machen können. Auch das Schränke lackieren hätte ich einfach irgendwann veranlassen können. Ich glaube nicht, dass Harald was dagegen gehabt hätte. Solange ich es bezahlt hätte.

Ich räume noch etwas auf, dann ziehe ich das geblümte Kleid und die braunen Stiefeletten an. Makeup benutze ich eigentlich so gut wie nie. Ich bemale mir die Lippen mit einem zartrosa Lippenstift und begutachte mich in dem kleinen Spiegelschrank im Badezimmer. Dann werfe ich einen Blick auf die Uhr und erstarre: Es ist bereits viertel nach sieben! Ich rase zum Auto und fahre los. Um fünf Minuten vor acht parke ich in der Auffahrt vor einem riesigen weißen Haus. Nicht schlecht, denke ich beeindruckt. Die Blumenkästen beinhalten allerdings alle nur verwelkte

Blumen. Aber es ist auch schon Ende Oktober. Und wahrscheinlich legt niemand in Ralfs Familie da Wert drauf. Der Rasen dagegen ist ordentlich geschnitten und auch die Büsche und Sträucher sehen ordentlich aus. Hat wahrscheinlich ein Gärtner gemacht.

Langsam gehe ich zur Tür. Vielleicht sollte ich ganz schnell wieder fahren? Aber irgendwie drückt mein Finger wie von selbst auf die Klingel.

35. KAPITEL

Ralf

Es klingelt an der Haustür und ich rase zur Tür.

„Hallo Anna", sage ich atemlos.

„Hallo Ralf", sagt Anna lächelnd und reicht mir ihre schmale Hand. Ich ergreife sie und habe das Gefühl, dass kleine Stromschläge durch meine Hand jagen. Ich merke gar nicht, dass ich ihre Hand immer noch festhalte. Wir stehen also beide, Hand in Hand, an der Eingangstür bis sich Anna räuspert:

„Mmh" und ihre Hand fortzieht.

Meine Hand bleibt kurz in der Luft stehen. Schnell schließe ich die Haustür und führe Anna ins Wohnzimmer.

„Das ist das Wohnzimmer", sage ich überflüssigerweise.

„Das sehe ich", grinst Anna.

„Hast du Hunger?", falle ich mit der Tür ins Haus.

„Vielleicht", sagt sie zögernd.

„Dann lass uns in die Küche gehen", sage ich, lege meine Hand auf ihren Rücken und führe sie in die Küche. Das mache ich nur, um sie wieder berühren zu können. Mein ganzer Körper kribbelt.

„Das ist die Küche", sage ich.

„Aha. Was gibt es denn?", fragt Anna herausfordernd.

„Steaks", sage ich stolz.

„So was kannst du machen?", fragt Anna erstaunt.

„Na ja", sage ich jetzt weniger zuversichtlich, als noch etwa vor einer Sekunde.

„Das ist das erste Mal. Aber man muss ja schließlich mal anfangen".

„Genau. Anders lernt man Kochen schließlich nicht", stimmt mir Anna zu.

Ich nehme eine Pfanne aus dem Schrank.

„Kann ich dir was helfen?", fragt Anna.

Ich schüttele mit dem Kopf.

„Theoretisch ist es ganz leicht meinte die Verkäuferin".

„Dann öffne ich schon Mal den Wein", sagt Anna vergnügt und spaziert zum Esszimmertisch.

Ich lasse die Pfanne heiß werden, schiebe das Baguette in den Ofen und warte. Woran sehe ich eigentlich ob die Pfanne heiß ist?

„Wenn das Öl sich anfängt zusammen zu ziehen, ist es heiß genug!", ruft Anna vom Esszimmertisch rüber.

Ein bisschen unheimlich ist das schon, dass Anna meine Gedanken lesen

kann. Das war schon damals so, zumindest lag sie meistens richtig damit.

So wie heute.

„Danke!", rufe ich zurück.

Ich nehme die Steaks aus der Packung und lege sie vorsichtig rein. Sie

fangen sofort an zu brutzeln und ich ziehe schnell meine Finger weg. So,

jetzt muss ich vier Minuten warten. Ich schaue auf die Stoppuhr meines

Handys. Dann drehe ich die Steaks um und warte wieder. So nervös war

ich glaube ich selten in meinem Leben. Zumindest fällt mir keiner ein. Als

auch diese vier Minuten rum sind, schmeiße ich Butterflocken, Rosmarin

und Knoblauch in die Pfanne, werfe den Deckel auf die Pfanne und ziehe

sie auf die hintere Herdplatte. Dann tupfe ich mir den Schweiß von der

Stirn und öffne das Fenster. Was allerdings keine gute Idee war, denn

draußen ist es noch viel stickiger als hier drin. Bestimmt kommt bald ein

Gewitter herunter. Anna kommt in die Küche.

„Riecht lecker! Soll ich den Tisch decken?"

Ich reiche ihr die Teller. Dann nehme ich das Brot aus dem Ofen und

nehme Besteck aus der Schublade.

„Soll ich den Salat anmachen?", fragt Anna.

„Welchen Salat?", frage ich erstaunt.

Ich stelle alles auf den Tisch. Dann schlage ich mir meine Hand vor die Stirn.

„Ich habe gar nicht an andere Beilagen gedacht!", stöhne ich.

„Zumindest haben wir das Brot", sagt Anna grinsend.

„Und Kräuterbutter", sage ich seufzend.

An Salat oder dergleichen habe ich tatsächlich nicht mehr gedacht. Ich war so konzentriert auf das Fleisch. Apropos, was macht eigentlich das Fleisch?

„Meinst du das Fleisch ist jetzt gut?", frage ich und schaue Anna an.

„Kommt drauf an wie gut durch du deins magst", lächelt sie.

„Ich nehme es raus und wir schauen mal", schlage ich vor und versuche, selbstbewusst zu klingen. Ich lege jedem von uns ein Steak auf den Teller und setze mich.

„Möchtest du Wein?"

„Nicht zu viel", sagt Anna. „Ich muss noch fahren".

Ich gieße ihr ein halbes Glas ein und mir auch, damit es nicht zu übertrieben wirkt. Ich hätte vorglühen sollen, denke ich seufzend. Vielleicht wäre ich dann jetzt etwas ruhiger.

„Mmh. Das schmeckt sehr lecker", sagt Anna anerkennend.

Ich nehme mir ein Stück, beiße hinein und freue mich. Das Fleisch

schmeckt fantastisch.

„Sehr gut", lobt Anna. „Mein erstes Steak war übrigens ein Desaster",

sagt sie düster.

„Ach das sagst du doch nur so", sage ich verlegen.

„Nein, nein", lacht sie. Ich liebe dieses Lachen, denke ich verträumt.

„Ich habe eine gut geröstete Schuhsohle fabriziert. Harald war mächtig

sauer, weil das Fleisch so teuer war", erzählt sie.

„Und was habt ihr dann gemacht?", frage ich neugierig.

„Harald hat ein Brot gegessen und ich habe vor Wut erst Mal die Küche

geputzt. Das nächste Mal wurde es dann besser", lacht sie zufrieden.

Das Steak und das Brot sind leider recht schnell verputzt.

„Ich hoffe es war genug", sage ich besorgt. „Soll ich noch eine Pizza

bestellen?"

„Ach was. Wir haben ja noch den Wein", lacht Anna, schnappt sich die

Flasche und geht rüber zur Couch.

Als ob sie schon immer hier wohnen würde, durchfährt es mich. Kein

schlechter Gedanke, seufze ich und folge ihr mit den Weingläsern.

Draußen fängt es, an zu poltern. Als wir uns hinsetzen, kommt ein lauter

Schwall Regen runter. Anna fröstelt.

„Ist dir kalt?", frage ich.

„Ein bisschen", gibt sie zu. Schnell nehme ich die Wolldecke von der Couch und hülle sie damit ein.

„Danke, danke", sagt sie verlegen. „Das reicht schon".

Ich setze mich in den Sessel gegenüber von ihr.

„Schön hast du es hier", sagt Anna und kuschelt sich in die Wolldecke. „Der Garten ist wunderschön", schwärmt sie.

„Leider hat er keinen Pool. Sehr zu Katjas Bedauern", erwidere ich grinsend.

„Hattet ihr denn einen in Hamburg?", will Anna wissen.

„Nein, aber ich habe erzählt, dass Ansgar und Meli einen haben".

„Vielleicht kann Katja nächstes Jahr einfach dort plantschen", schlägt Anna vor.

„Meinst du?", frage ich erstaunt.

„Na klar, wieso nicht?", sagt Anna und schaut mich erstaunt an. „Unsere Freunde dürfen auch den Pool benutzen", erklärt sie.

Dieser Satz gibt mir einen Stich. Unsere Freunde, so, so. Ich räuspere mich.

„Wir sind also Freunde", sage ich und ärgere mich gleich, denn ich spüre sofort, dass sich Anna verkrampft.

„Natürlich sind wir das. Oder etwa nicht?", fragt Anna und schaut mich

traurig an.

„Natürlich sind wir Freunde Anna", versichere ich und versuche

zuversichtlich zu klingen. Aber ich weiß, dass es mir nicht gelingt. Denn

ich will nicht mit Anna befreundet sein, zumindest nicht nur.

„Es ist schon spät", sagt Anna plötzlich und steht auf. Ich suche nach

ihrer Jacke.

„Ich weiß gar nicht wieso ich eine dabei hatte, es war doch so schwül",

sagt Anna mit belegter Stimme.

„Ach so, ja", sage ich zerstreut und finde endlich das blöde Ding, dass

ich an die Garderobe gehängt habe.

„Ich bringe dich noch zu deinem Auto", sage ich als Anna bereits zur

Tür raus ist.

Draußen regnet es und ich schnappe mir einen Schirm. Ich rase hinter ihr

her und erwische sie noch am Auto.

„Anna! Bitte warte!", rufe ich.

Der Regen prasselt und Annas Kleid ist komplett durchnässt. Sie dreht

sich um. Zum Glück ist sie noch nicht ins Auto gestiegen. Die Luft hat sich

tüchtig abgekühlt, es regnet immer noch und ich sehe, dass Anna friert.

„Danke für den Abend", sagt sie zitternd und gibt mir die Hand.

Es reicht mir allmählich. Wir sind doch keine Teenager mehr!

„Anna. Verdammt noch mal. Was willst du?", sage ich heftig. Sie zuckt mit den Schultern. Ich stelle verblüfft fest, dass ich immer noch ihre Hand festhalte. Aber sie zieht sie auch nicht weg. Ich ziehe sie näher an mich ran. Sie protestiert immer noch nicht.

„Was willst du?", flüstere ich erneut und küsse sie heftig. Ich kann mich kaum beherrschen. Den ganzen Abend wollte ich sie berühren, sie küssen, aber ich wusste nicht ob sie es auch wollte. Aber jetzt ist es mir egal. Ich küsse sie immer heftiger und fange an, ihre Jacke zu öffnen. Jetzt schiebt Anna meine Hand doch fort.

„Wollen wir nicht vielleicht lieber drinnen weiter machen?", fragt sie und zieht mich ins Haus.

Wir lassen die Tür zu fallen und ich reiße Anna die Jacke runter. Alles ist nass und klebt an uns. Auch Anna beginnt, mein nasses Hemd aufzuknöpfen. Irgendwie schaffe ich es, ihr das klitschnasse Kleid auszuziehen und sie steht in Strumpfhose und Unterwäsche vor mir. Dann hebe ich sie hoch und trage sie zur Couch, stolpere allerdings fast über meine Hose. Fluchend setze ich Anna ab, ziehe meine Schuhe aus und entledige mich meiner Jeans. Auch Anna streift sich ihre Schuhe ab und setzt sich aufs Sofa. Ich gehe zu ihr und lege mich auf sie. Wir küssen uns heftig und endlich kann ich ihren Körper berühren. Ich fummele irgendwie ihren BH auf und endlich habe ich ihre Brüste freigelegt.

„Oh Anna", stöhne ich und versuche, ihr auch die Strumpfhose abzustreifen. Die Couch ist viel zu schmal, aber ich will sie endlich spüren.

„Ist die Couch nicht etwas schmal", keucht Anna.

Ich lasse sie sanft nach unten rutschen und kann ihr endlich die Strumpfhose und das Höschen ausziehen. Dann lege ich mich auf sie.

„Verdammt Anna", stöhne ich. „Ich will nicht dein Freund sein!"

Dann dringe ich heftig in sie ein, ohne auf den Widerstand zu achten. Verdammt, ich will sie. Heftig bearbeite ich ihre Brüste mit meinen Zähnen. Sie stöhnt immer lauter bis sie sich schließlich um mich herum zusammen zieht und ich mich kaum bewegen kann.

„Ralf", stöhnt sie laut.

Sie bewegt ihr Becken und ich muss mich beherrschen, nicht sofort zu kommen. Es ist so unbeschreiblich schön in ihr. Ich lasse sie noch ein weiteres Mal kommen bis ich endlich in ihr kollabiere. Dann liegen wir für einen Moment still aufeinander.

„Ganz schön unbequem hier", mosert Anna unter mir.

„Wollen wir vielleicht duschen gehen?", schlage ich vor und stehe auf.

„Ja gerne", sagt Anna. „Aber dann musst du mir aufhelfen", stöhnt sie.

Ich lache und ziehe sie schnell rauf.

„Ich bin zu alt für so etwas", seufzt Anna und reibt sich den Rücken. Ich lache immer noch und hebe sie hoch.

„Ralf!", ruft sie. „Ich bin doch viel zu schwer!"

„Keine Spur", ächze ich und trage sie rauf ins Badezimmer. Wir duschen gründlich, schon um wieder warm zu werden. Dann gehen wir ins Schlafzimmer und ich ziehe Anna ein Pyjamaoberteil von mir an und ich selbst schlüpfe schnell in die dazu gehörige Hose. Ich habe keine Ahnung wie spät es mittlerweile ist, aber wir kuscheln uns ins Bett und schlafen augenblicklich, eng aneinander gekuschelt, ein.

36. KAPITEL

Anna

OMG würde man wohl in einem Kitschroman lesen. Aber ein besseres Wort fällt mir absolut nicht ein für diese Nacht! War der Abend noch teilweise recht krampfig, so dass ich schon gedacht habe, dass wir uns vielleicht doch zu weit voneinander entfernt haben, kann ich das von dem späteren Abend bzw. von dieser Nacht nicht behaupten. Ganz im Gegenteil.

Ich schaue zu Ralf rüber. Er schläft noch tief und fest. Wann habe ich eigentlich das letzte Mal so tief geschlafen? Natürlich das letzte Mal als Ralf und ich zusammen waren. Als wir das Wochenende in Koblenz verbracht haben. Gerade mal vier Monate ist das her, trotzdem scheint es zu einer ganz anderen Zeit gewesen zu sein. Ralf fängt an sich zu räkeln.

„Guten Morgen", sage ich fröhlich.

„Guten Morgen?", fragt Ralf erstaunt.

Er reißt die Augen auf.

„Du bist noch da!", sagt er erleichtert.

„Na klar. Dachtest du, ich sei schon weg?", frage ich enttäuscht.

„Ich hatte diese Befürchtung", sagt er schnell und rutscht zu mir rüber.

„Natürlich habe ich gehofft, dass du noch da bist, wenn ich aufwache",

sagt er zärtlich und kuschelt sich an mich.

„Ich muss jetzt dringend wohin", sage ich schnell und ziemlich

unromantisch.

„Komm schnell wieder", nuschelt Ralf und bleibt liegen. Ich suche das

Bad und lande prompt in Katjas Zimmer. Schnell schließe ich die Tür und

suche weiter. Zum Glück liegt das Bad bereits hinter der nächsten Tür, die

ich öffne.

Das Bad ist riesig. Am liebsten würde ich unter die riesige Tellerdusche

springen. Ich setze mich aufs Klo und rufe erst Mal Meli an.

„Hallo", sagt eine verschlafene Stimme.

„Entschuldige bitte. Habe ich dich geweckt?", frage ich zerknirscht.

„Anna? Bist du das?", fragt Meli erstaunt. „Was ist denn passiert", fragt

sie besorgt.

„Ach nichts", sage ich.

„Nichts? Wie war denn dein Date mit Ralf?"

„Na ja eigentlich dauert es noch an", sage ich zögernd.

„Oh! Für sowas kannst du mich immer wecken", ruft Meli plötzlich ganz

aufgekratzt. „Wie war es? Seid ihr denn jetzt endlich zusammen? Ziehst

du zu ihm?", bestürmt sie mich mit Fragen.

„Hey. Mal langsam. Ich habe keine Ahnung", gebe ich zu.

„Liebst du ihn?", fragt sie ruhig.

„Ja", sage ich, ohne nachzudenken.

„Weiß er, dass du ihn liebst?"

„Na ja, nach letzter Nacht", fange ich an.

„Weiß er nur, dass du für gewisse Dinge offen bist", sagt Meli unwirsch.

„Über eure Gefühle habt ihr nicht geredet?"

„Wir haben über Freundschaft gesprochen", sage ich zögernd.

„Er hat gesagt, dass ihr Freunde seid?", fragt Meli entsetzt.

„Äh nein. Das war ich", sage ich schüchtern.

Ich kann hören wie sie ihre Hand gegen ihre Stirn klatscht.

„Ich hoffe du redest heute noch Mal mit ihm darüber, sonst steckt er dich in die „Freunde mit gewissen Vorzügen" Schublade. Klär das bloß, bevor du zu mir kommst!", sagt sie streng.

„Äh, wann komme ich denn zu dir?", frage ich erstaunt.

„Na, wenn du alles geklärt hast. Schließlich brauche ich mehr Details und meinen letzten Liebesroman habe ich gestern Abend ausgelesen und Ansgar ist zum Golf verabredet und kommt erst später. Ich brauche also Alternativen", zählt sie ernst auf.

Ich muss unwillkürlich lachen und verspreche ihr, heute noch vorbeizukommen. Dann klatsche ich rasch etwas Zahnpasta über meine Zähne. Plötzlich sehe ich auf die Uhr. Liebes bisschen, ich bin schon seit einer halben Stunde im Bad! Schnell düse ich zum Schlafzimmer, aber das Bett ist leer. Nanu? Ich ziehe mich schnell an und laufe die Treppe runter. Es duftet nach Kaffee.

„Guten Morgen mein Schatz!", ruft Ralf.

Schatz? Furchtbar! Das muss ich ihm schleunigst wieder abgewöhnen.

„Magst du Rührei mit Speck oder lieber Spiegeleier?"

„Rührei mit Speck wären super", antworte ich erstaunt und setze mich an einen gedeckten Frühstückstisch.

„So was hast du einfach da?", frage ich erstaunt.

Saft, frisches Obst, zwei verschiedene Sorten Brot und der Duft von Aufbackbrötchen. Dazu Kaffee, heißes Wasser und verschiedene Teebeutel. Ralf schaut mich verlegen an.

„Na ja, ich wollte halt was dahaben", sagt er verlegen.

„Falls ich bei dir übernachte", sage ich trocken.

„Findest du das schlimm?", fragt Ralf schüchtern.

Wie süß!

„Nein gar nicht", sage ich und bin selbst erstaunt über meine Antwort.

„Ein Glück", sagt Ralf und serviert mir Speck mit Rührei.

Wahnsinn!

„Ich dachte du kannst nicht kochen?", sage ich erstaunt und betrachte das fluffige Rührei.

„Ach na ja, ein bisschen muss ich schon für Katja kochen. Und Rührei ist ja schnell gemacht", sagt er verlegen.

Wir unterhalten uns über die Kinder, während wir das Rührei essen. Ich genieße die entspannte Atmosphäre.

„So könnte es bleiben", sagt Ralf plötzlich und prompt ist die Atmosphäre mit einem Mal völlig angespannt.

„Was meinst du?", frage ich alarmiert.

„Anna. Es ist so schön mit dir. Ich meine. Das kannst du doch nicht ignorieren. Letzte Nacht war bzw. gestern Abend…. Na ja, ich hoffe ich werde noch unseren Enkelkindern davon erzählen können", schwärmt er.

Ich schaue Ralf entgeistert an.

„Sollten wir nicht erst Mal reden, bevor wir plötzlich gemeinsame Enkelkinder haben?", frage ich verwirrt.

„Man kann ein Thema auch totreden", sagt Ralf ärgerlich und fängt an, den Tisch abzuräumen.

„Und? Was ist das mit uns?", frage ich jetzt verzweifelt.

„Alles was du möchtest", sagt Ralf hilflos und dreht sich zu mir um.

„Die Frage ist: Was möchtest du?"

Ok, was möchte ich? Ich habe keine Ahnung. Ralf seufzt und stellt das schmutzige Geschirr in die Spülmaschine.

„Wenn du Zeit brauchst. Das ist kein Problem, Anna. Ich will nur, dass du weißt, dass ich an mehr interessiert bin, als nur ein Freund für dich zu sein. Ich möchte alles für dich sein: Dein Liebhaber, natürlich auch dein Freund, aber auch dein Partner oder was du sonst noch von einem Mann willst".

Plötzlich fange ich an, zu weinen. Ich kann es einfach nicht damit aufhören. Wie peinlich! Ralf nimmt mich behutsam in die Arme und hält mich fest.

„Tut mir leid", schluchze ich.

„Wieso?", fragt Ralf erstaunt. „Die letzten Monate waren bestimmt sehr anstrengend für dich. Erst dieser Scheidungskrieg und dann Haralds plötzlicher Tod. Das war bestimmt nicht leicht für dich", sagt er zärtlich und streichelt mir über meine Haare.

Dieser Mann ist wirklich unglaublich. Ich kann gar nicht fassen, wie geborgen ich mich bei Ralf fühle. Ich kuschele mich an ihn und atme seinen Geruch ein.

„Ich liebe dich", flüstere ich.

Ralf hält mich weiter fest, sagt aber nichts.

Mist. Das war dann wohl doch zu schnell für ihn. Ich könnte mich ohrfeigen.

„Tut mir leid", sage ich schnell.

Ralf drückt mich an sich und schaut mich an.

„Ich habe nie aufgehört, dich zu lieben", sagt er schlicht.

37. KAPITEL

Ralf

Anna liebt mich!

Ich kann es noch gar nicht glauben. Gestern Abend und die Nacht mit Anna waren unbeschreiblich. Und obwohl sie fort ist, ist ihr Geruch ist noch überall. Ich atme ihn tief ein, während ich mich auf die Couch setze und versuche, etwas zu arbeiten. Aber meine Gedanken schweifen permanent zum letzten Abend, zu dieser unglaublichen Nacht und diesem wunderbaren Morgen ab. Ich wollte gar nicht, dass dieser Tag endet, wollte Anna aber auch ihren Freiraum lassen. Wahrscheinlich ist sie jetzt bei Meli. Worüber sie wohl sprechen werden? Über den Abend? Über die Nacht? Reden Frauen überhaupt über solche Dinge? Ich tue das eigentlich nicht, aber ich hatte auch, bis ich Theo kennengelernt habe, keine Freunde, mit denen ich so etwas hätte bequatschen können. Irgendwie drängt es mich sogar, mit jemandem zu reden. Ich wähle Theos Nummer.

„Mastew", brüllt er in den Hörer.

Oh man, das klingt ja nicht gut, denke ich.

„Hi, hier ist Ralf. Ist etwas Schlimmes passiert?", frage ich besorgt.

„Nein gar nichts. Nicht wirklich", sagt Theo jetzt wesentlich ruhiger.

„Nur?", frage ich geduldig. „Nur, dass diese Schlampe mich nicht will!", sagt er weinerlich.

„Welche Schlampe denn?", frage ich erstaunt.

„Na die keusche Lehrerin", regt sich Theo auf.

Ach die, denke ich seufzend.

„Wieso? Will sie immer noch nicht mit dir schlafen?", frage ich amüsiert.

„Viel schlimmer", regt sich Theo auf. „Sie will mich gar nicht mehr treffen".

„Was hast du angestellt?", frage ich sofort.

„Wieso soll ich denn etwas angestellt haben?", fragt Theo ärgerlich.

„Na ja, vielleicht ein bisschen", gibt er einen Augenblick später zu.

„Also was hast du gemacht?", bohre ich weiter.

„Ich habe ihr gesagt, dass ich sie liebe", stößt Theo wütend her vor.

„Und was hat sie erwidert?", frage ich neugierig.

„Sie hat mir eine geknallt und gesagt, dass das eine ganz doofe Masche sei, um sie ins Bett zu bekommen".

Ich seufze. Weiber. Man kann es ihnen einfach nicht recht machen.

„Na ja, das war ja vielleicht auch wirklich etwas verfrüht", fange ich vorsichtig an.

„Aber es ist mein Ernst! Ich kann nichts dagegen tun", stöhnt Theo. „Ich würde es ja mit anderen Frauen tun, aber da tut sich einfach nichts. Mich spricht keine andere Frau mehr an seit ich Claudia kennengelernt habe".

Ich muss unwillkürlich lachen, dabei tut mir Theo durchaus leid.

„Lach mich doch nicht aus!", ruft Theo empört.

„Tut mir leid, aber das alles klingt schon ziemlich dramatisch. Will sie dich denn gar nicht mehr sehen?"

„Ich glaube nicht", erwidert Theo traurig. „Sie ist sofort weggefahren und meinte, ich soll sie bloß nicht anrufen".

„Und wie oft hast du sie seitdem angerufen?", frage ich trocken.

„Mindestens 100 Mal", gesteht Theo.

„Die letzten Male hieß es allerdings, die Nummer sei nicht vergeben".

„War ja klar, dass sie sich ein neues Handy anschafft. Bei so einem Stalker", sage ich streng.

„Ich bin doch kein Stalker", sagt Theo entrüstet.

„Wie würdest du das denn bezeichnen, wenn eine Frau das bei dir täte?", frage ich grinsend und bin froh, dass Theo das nicht sehen kann.

„Keine Ahnung", gibt er zu. „Vielleicht, ja, aber ich vermisse sie wirklich. Wie kann ich sie nur davon überzeugen?", jammert er.

„Ich fürchte erst Mal gar nicht, denn sie ist einfach nur von dir genervt",
stelle ich sachlich fest.

Dann schaue ich auf die Uhr. Ich beschließe, heute Abend weiter zu
arbeiten.

„Wollen wir zum Italiener gehen?", schlage ich Theo vor.

„Klar", sagt Theo. „Und hinterher gehen wir einen trinken".

„Ich dachte du trinkst nicht", sage ich erstaunt, obwohl ich ja bereits
Rotwein mit Theo getrunken habe.

„Ich hatte bis jetzt noch keinen richtigen Grund dazu", sagt er traurig
und legt auf.

38. KAPITEL

Anna

„Hallo Anna", begrüßt mich Meli stürmisch.

„Hallo Meli", rufe ich und stelle den Kuchen, den ich noch schnell besorgt habe, auf den Küchentisch.

„Lecker! Du bist ein Schatz!", strahlt Meli. Schnell holt sie Tassen und Teller und ich setze den Kaffee auf.

„Herrlich. Zum Glück ist es jetzt wieder kühler. Eigenartig diese Wärme Anfang November".

„Ralf liebt mich", platze ich ohne Vorwarnung heraus.

Meli schaut mich überrascht an.

„Was denn. Das habt ihr auch schon geklärt? Da ward ihr aber schnell. Das hätte ich euch gar nicht zugetraut", sagt sie erstaunt und setzt sich.

„Was hast du geantwortet?"

„Ich äh", sage ich und werde verlegen. „Eigentlich habe ich mit dem Thema angefangen".

„Oh. Und was hat er gesagt? Ich meine, was waren seine genauen Worte?", will Meli grinsend wissen.

„Er hat gesagt „Ich habe niemals aufgehört, dich zu lieben"", gebe ich

Ralfs Worte wieder.

Allein, die Worte zu wiederholen, verursacht erneut eine Gänsehaut in

mir.

Meli ist sprachlos. Sie schaut mich mit einer Mischung aus Faszination

und Ungläubigkeit an.

„OMG", haucht sie.

„Du sagst es", lache ich. „OMG!"

„Ist dir klar, dass das voll der Kitschroman ist, den ihr da betreibt?", sagt

Meli trocken und nimmt sich ein Stück Kuchen.

„Es ist schon ziemlich kitschig", gebe ich zu.

„Hast du Lust, heute essen zu gehen?", fragt Meli mit vollem Mund.

„Wir essen doch gerade", sage ich erstaunt und zeige auf den Kuchen.

„Etwas Richtiges. Beim Italiener. Ich bin heute noch mit einer Freundin

verabredet. Sie ist auch Lehrerin, aber an einer anderen Schule. Sie hat den

letzten Typen abgeschossen und jetzt stalkt er sie wohl. Sie musste sogar

ihre Nummer wechseln!"

„Oh nein! Ist er gefährlich? Hat er sie bedroht?", frage ich erschrocken.

Wie furchtbar. Manche Menschen sind wirklich schrecklich.

„Bedroht hat er sie wohl nicht. Sie hat Schluss gemacht, weil er immer nur das Eine wollte. Da hat es ihr gereicht. Und seitdem ruft er sie ständig an und will mit ihr reden. Nervig sowas".

„Stimmt, ganz schön nervig, wenn jemand ein Nein nicht versteht. Wann seid ihr verabredet?", frage ich und schaue auf meine Uhr. Gleich fünf Uhr.

„In einer Stunde. Und hinterher wollen wir uns noch die Kante geben".

„Na da muss ich schauen, ob da ich mitmache", grinse ich.

„Och. Wäre bestimmt lustig. Ich habe dich noch nie beschwipst erlebt!", sagt Meli und stupst mich an.

Wir genießen unseren Kuchen und den Kaffee. Wir plauschen über belanglose Dinge. Zum Glück bin ich nach Ralf noch nach Hause gefahren und habe mich umgezogen. Wir rufen uns ein Taxi und sind wenige Minuten später am Restaurant.

Am Tisch sitzt bereits eine Frau in unserem Alter mit langen, brünetten Haaren, die ganz leicht gelockt sind. Sie schaut nett aus. Als sie Meli sieht, steht sie auf und versucht etwas zu lächeln. Sie ist mir auf Anhieb sympathisch.

„Hallo Claudia", sagt Meli.

Die beiden begrüßen sich mit Küsschen rechts, Küsschen links. Grässlich.

Ich kann diese Knutscherei nicht leiden.

„Das ist Anna. Sie ist auch Lehrerin", stellt mich Meli vor.

„Hallo Anna", sagt Claudia herzlich, schmatzt mich aber zum Glück

nicht auf die Wangen, sondern schüttelt mir glücklicherweise die Hand.

Wir setzen uns und bestellen erst Mal Wein. Zum Glück steht mein Auto

bei Meli. Irgendwie ist mir nach Alkohol.

„Was unterrichtest du?", frage ich sie und nippe an meinem Rotwein.

„Sport und Deutsch. Ich brauchte ein zweites Fach und dachte, Deutsch

schaffe ich schon".

„Ha, ha", lache ich.

„Du sagst es: Ha, ha", grinst sie.

„Ich bin die meiste Zeit mit Deutsch beschäftigt", stöhnt sie. „Bücher

lesen, Hausaufgaben korrigieren. Manche schreiben im LK glatt 30

Seiten!", regt sie sich auf.

„Ich kenne das", seufze ich.

„Anna unterrichtet Deutsch und Englisch. Da habe ich es mit Mathe

zumindest einfacher", bringt sich Meli ein.

„Mathe müssten mir die Schüler erst Mal beibringen", sagt Claudia

ehrfürchtig und schüttelt sich bei dem Gedanken.

„Ich war die Oberniete in der Schule. Ein netter Junge hat mich abschreiben lassen, sonst wäre das nie was geworden. Hätte ich gewusst was das für ein Arschloch ist, wäre ich lieber durchgefallen".

„Ach war das dein Ex?", fragt Meli erstaunt.

Claudia nickt und seufzt.

„Schon während des Studiums hat er wohl alles mitgenommen was sich angeboten hat und als er angefangen hat, zu arbeiten, wurde es auch nicht besser. Eine Arbeitskollegin hat es mir schließlich gesteckt, weil er sie angebaggert hat. Natürlich hat er mir versichert, dass das alles nichts von Bedeutung sei und dass er nur mich liebt. Blablabla", sagt sie ärgerlich und nimmt einen tiefen Zug Rotwein.

„Das tut mir leid", sage ich aufrichtig.

„Muss es nicht", sagt Claudia trocken. „Wir haben uns vor zehn Jahren scheiden lassen. Nur leider habe ich seitdem auch niemand Besseres getroffen", sagt sie resigniert.

„Aber es sind doch nicht alle Männer so", sagt Meli schnell.

„Alle sicherlich nicht. Dein Ansgar ganz bestimmt nicht. Aber wenn ich an den Letzten denke. Der wollte mich schon beim ersten Date ins Bett zerren. Und als ihm nichts anderes mehr eingefallen ist, hat er mir gesagt, dass er mich liebt!"

Naserümpfend trinkt sie wieder einen großen Schluck Rotwein.

„Er hat was?", fragt Meli verdutzt.

„Das ist doch nur eine Masche"", sagt Claudia ärgerlich.

„Wie oft habt ihr euch denn getroffen bis er dir das Liebesgeständnis gemacht hat?", will Meli wissen.

Ich halte mich lieber zurück, das geht mich schließlich nichts an.

„Schon ein paar Mal", gibt Claudia zu.

„Und ihr habt nie…?", fragt Meli erstaunt.

„Nein. Ich wollte nicht", sagt Claudia verlegen.

Ich kann es ihr nicht verdenken.

„Wieso hast du dich denn dann weiterhin mit ihm getroffen?", fragt Meli weiter.

„Ach. Ich weiß auch nicht. Ich mag ihn schon irgendwie. Er hat so etwas Kindliches". Meli prustet los.

„Und du stehst auf Kinder?", fragt sie vorsichtig.

„Nee, aber irgendwie finde ich ihn ganz süß", meint sie und wird rot.

„Ist er verheiratet?", will Meli wissen. „Er ist bereits das dritte Mal verheiratet, die Scheidung ist noch nicht durch. Also nicht gerade ein Traummann", sagt Claudia abfällig.

„Oder es waren keine Traumfrauen dabei", werfe ich ein. Claudia schaut mich direkt an.

„Und du? Bist du geschieden?", will sie wissen.

„Annas Mann ist vor kurzem gestorben, aber sie waren getrennt", sagt Meli schnell.

„Das tut mir leid", sagt Claudia bestürzt.

„Danke. Wie gesagt, ich hatte ihn bereits verlassen", sage ich schnell.

„Wenn ihr euch so oft getroffen habt, könnte es doch durchaus sein, dass er dich liebt", meine ich.

„Solche Männer lieben keine Frauen", widerspricht Claudia ernst. „Sie vögeln welche und manche heiraten sie sogar. Aber ich glaube nicht, dass er weiß was Liebe wirklich bedeutet bzw. was für Pflichten das Ganze mit sich bringt".

Plötzlich wird sie blass.

„Oh Gott. Da ist er!", kreischt sie.

Ein paar Gäste drehen sich erstaunt zu uns um.

„Wer?", fragen Meli und ich gleichzeitig und drehen unsere Köpfe in ihre Richtung.

„Mein Stalker! Verdammt, ich muss hier weg", ruft Claudia, bleibt jedoch wie angewurzelt sitzen und starrt in Richtung Eingang.

Ich sehe zwei Leute durch die Tür treten. Plötzlich setzt mein Herz aus. Ralf!

„Ralf ist dein Stalker?", frage ich entsetzt.

„Sein Name war auch noch falsch", ruft Claudia empört. „Bei mir hat er sich Theodor genannt. Und woher kennst du ihn?", fragt sie verwirrt.

„Ähm", räuspert sich jetzt Meli. „Ich glaube du meinst seinen Freund und der heißt tatsächlich Theo. Und der ist dein Stalker?", fragt sie ungläubig.

Als die beiden sehen, kommen sie direkt auf uns zu.

„Claudia!", ruft Theo entgeistert.

„Theodor", sagt Claudia ärgerlich. „Bist du mir etwa gefolgt? Du sollst mich doch in Ruhe lassen!".

„Na, na", sagt Ralf beschwichtigend. „Wir wollten hier nur etwas essen. Wir wussten gar nicht, dass ihr hier seid".

„Tut mir leid Claudia", sagt Theo jetzt schüchtern.

Ein Tonfall, den man so gar nicht von ihm kennt. Irgendwie schüchtern, aber auch sehr zärtlich. Irgendwas ist da mächtig schiefgelaufen bei den beiden! Meli schaut auch skeptisch zwischen den beiden hin und her.

„Sag Mal Theo. Seit wann stalkst du denn Frauen?", fragt sie beißend.

„Hey, ich habe niemanden gestalkt! Ich wollte doch nur mit Claudia reden", sagt Theo empört.

„Theo, wenn eine Frau Nein sagt, musst du das akzeptieren", sagt Meli streng.

„Ja", sagt Theo traurig. „Ich weiß. Aber ich vermisse dich so Claudia". Wie ein kleines Häufchen Elend steht Theo vor Claudia. Ich habe wirklich Mitleid mit ihm und auch Meli hat Mühe, ihre strenge Miene aufrecht zu erhalten.

„Ach rede doch keinen Blödsinn", sagt Claudia jetzt heftig. „Das meinst du doch alles nicht so. Das ist doch alles nur eine Masche, um mich ins Bett zu ziehen!"

Theo zieht Ralf zum Ausgang.

„Bitte lass uns woanders hingehen Ralf. Das hat doch alles keinen Sinn", ruft er verärgert.

„Natürlich Theo", sagt Ralf sofort.

„Auf Wiedersehen Anna", sagt er zärtlich und haucht mir einen kleinen Kuss auf die Wange. Es macht Ping, wie ein Blitz und ein kleiner Schauer durchfährt meine Wange.

„Auf Wiedersehen Ralf", sage ich mit rauer Stimme und spüre die Hitze an meinen Wangen aufsteigen.

Und dann sind die beiden auch schon weg und lassen eine völlig verstörte Claudia zurück.

„Er ist weg", sagt sie, es klingt beinah ein bisschen…traurig?

„Das wolltest du doch auch so", sagt Meli verständnislos. Aber irgendwie verstehe ich Claudia sogar.

„Wolltest du nichts von Theo, weil du nichts für ihn empfindest oder wolltest du vielleicht nichts von Theo, weil du glaubst, dass er ist wie die meisten anderen Männer?", frage ich und schaue sie ruhig an. Claudia schnieft.

„Ich weiß doch, dass er genau so ist wie die anderen. Das weiß ich. Ich meine. Das ist er doch auch, oder?"

Letzteres kommt nicht mehr ganz so bestimmt rüber.

„Keine Ahnung", gebe ich zu. „Aber ihr habt euch doch mehrere Male getroffen, ohne, dass etwas passiert ist. Also kann er doch nicht nur das Eine gewollt haben, oder?"

„Was habt ihr denn auf euren Dates so gemacht?", fragt Meli neugierig. War ja klar!

„Ach dies und das", sagt Claudia vage.

„Bitte etwas mehr Details", fordert Meli.

„Ja bitte", sage ich ebenfalls, sehr zu meiner eigenen Überraschung. Da spricht bestimmt der Rotwein aus mir, aber auch eine große Portion Neugier.

„Und wo habt ihr euch eigentlich kennengelernt?", frage ich.

„Wir haben uns im Supermarkt kennengelernt. Ich habe sämtliche Dosen umgesemmelt, man war das laut! Und er war so freundlich und hat mir beim Aufheben geholfen", fängt Claudia an.

„Er hat mich an der Kasse gefragt ob wir einfach mal ausgehen wollen und ich habe mir nichts dabei gedacht. Das erste Mal hat er mich in ein schickes Restaurant eingeladen. Beim nächsten Mal ins Theater und anschließend sind wir an der Isar spazieren gegangen. Beim dritten Mal hat er ein Picknick im Englischen Garten aufgebaut".

Meli seufzt.

„Also, wenn du den nicht haben willst, dann nehme ich den", sagt sie seufzend.

„Du bist verheiratet", sage ich streng.

„Und die ganze Zeit ist nichts passiert?", frage ich erstaunt und schaue Claudia fragend an.

„Na ja, rumgemacht haben wir schon", gibt Claudia zu.

„Und wieso seid ihr dann nicht weiter gegangen?", fragt Meli.

„Ich weiß auch nicht. Vielleicht hatte ich Angst, dass er das Interesse an mir verliert sobald ich mit ihm schlafe", gibt Claudia zu.

„Also, ich habe Theo nur ein paar Mal getroffen. Er hatte es wirklich nicht leicht in den letzten Monaten. Aber ich glaube nicht, dass er dich tatsächlich stalken wollte", sage ich jetzt vorsichtig.

„Nein. Das glaube ich auch nicht mehr", sagt Claudia nachdenklich.

„Vielleicht solltest du den nächsten Mann nicht sofort mit deinem Ex vergleichen", schlägt Meli vor.

„Vielleicht" seufzt Claudia.

„Wir brauchen mehr Wein!", ruft Meli schnell in die Richtung eines Kellners, der auch sofort reagiert und uns eine neue Flasche roten irgendwas bringt. Ich habe keine Ahnung von Wein.

Meli hebt ihr Glas.

„Auf uns Mädels und dass die Liebe niemals aufhört, auch wenn sie mal furchtbar weh tut!"

Wir stoßen an, wieder und wieder. Bei der dritten Flasche höre ich auf, zu erzählen. Claudia wird immer offener und erzählt uns von ihrer Ehe, von der sie anfangs geglaubt hatte, sie sei in Ordnung. Bis ihr ihre Kollegin erzählt hat, dass ihr Mann auf einer Partnervermittlungsseite im Internet gemeldet ist, wodurch sie ihn kennengelernt hat. Natürlich wusste sie, wer er war, hat sich aber nichts anmerken lassen. Am nächsten Tag erzählte sie Claudia dann sofort alles. Claudia meldete sich daraufhin ebenfalls auf der Seite an und versuchte, mit ihrem Mann ins Gespräch zu kommen. Er biss an und sie verabredeten sich.

„Er ist tatsächlich aufgetaucht. Mit einer roten Rose! Mir hat er nie Rosen mitgebracht", erzählt sie erbost.

„Ich habe ihm eine geknallt und bin dann nach Hause gefahren. Dann habe ich seine Sachen gepackt und ihm vor die Tür gestellt. Schließlich sah ich nicht ein, wieso ich hätte ausziehen sollte. Er konnte schließlich zu irgendeiner Geliebten verschwinden!"

Meli und ich lachen herzlich und prosten Claudia zu.

„Super!", rufen wir. „Und dann?"

„Nichts weiter. Wir haben uns scheiden lassen und danach kam nichts mehr, leider", sagt sie plötzlich traurig.

„Ich bin immer wieder mal mit Männern ausgegangen, aber es war nie der richtige dabei. Bis ich Theo kennengelernt habe". Meli und ich halten den Atem an.

„Bei Theo war es also anders?", fragt Meli und hängt an ihren Lippen. Notiz an mich: Meli einen neuen Liebesroman kaufen.

„Ja", sagt Claudia schließlich. „Und deshalb habe ich Angst", gesteht sie.

„Ich habe seit Jahren nicht mehr so für einen Typen empfunden. Aber Theo ist bereits drei Mal verheiratet gewesen. Er redet immer eine Spur zu laut und zu selbstgefällig. So jemand ist doch niemand, der mich interessieren sollte!"

„Aber anscheinend tut er das", stellt Meli fest.

„Sogar sehr", kichere ich, was völlig untypisch für mich ist. Claudia wird rot.

„Und wie war das bei dir?", fragt sie jetzt mich, um vom Thema abzulenken.

„Ich war jahrelang mit einem Typen verheiratet, der eigentlich nur die Arbeit näher an sich hat rankommen lassen", fasse ich meine zwölf Jahre Ehe mit Harald zusammen.

„Aber wieso hast du ihn überhaupt geheiratet? War er damals anders. Hat er sich erst während der Ehe so verändert?", fragt Claudia stirnrunzelnd.

„Ich glaube er war schon immer so", überlege ich laut. „Ich habe wohl gedacht, dass niemand Besseres mehr kommt".

„Das hast du mit 25 bereits gedacht?", fragt Meli erstaunt.

„Na ja. Meine Mutter hat auf mich eingeredet, dass ich doch heiraten soll. Und Harald war als Staatsanwalt halt hoch angesehen".

„Ja, ich habe wohl aus ganz ähnlichen Gründen geheiratet", gibt Claudia
zu.

„Deine Mutter hat dir auch zugesetzt?", frage ich erstaunt.

„Nein", lacht Claudia. „Aber ich wollte auch versorgt sein und dachte,
dass Micha eine gute Partie sei. Das war er ja auch, deshalb war es kein
Problem für ihn, Weiber ins Bett zu kriegen".

„Komisch", sagt Meli. „Für mich hat das eigentlich keine Rolle gespielt
was Ansgar arbeitet. Wir haben uns während des Studiums
kennengelernt, aber wir sind nicht zusammen ausgegangen. Das mit uns
kam erst später, also kurz nach dem Studium", erzählt sie verträumt.

„Wie kam es dazu?", fragt Claudia.

„Ja stimmt. Das hast du mir noch nie erzählt", sage ich überrascht.
Meli lächelt verschmitzt.

„Wahrscheinlich habe ich das nicht erzählt, weil es absolut nicht
jugendfrei ist", schmunzelt sie.

„Was? Mehr Details", fordert sie Claudia auf. Meli wird tatsächlich rot!

„Na ja. Ich war da auf so einer Party eingeladen".

„Auf was für einer Party?", frage ich argwöhnisch.

„Es war eine Kostümparty. Jeder hatte ein Kostüm an und eine Maske
auf".

Ok, jetzt hängen Claudia und ich an Melis Lippen.

„Was dann?", fragen wir beide gleichzeitig atemlos.

„Ich war mit zwei Freundinnen da. Ich war als Rotkäppchen verkleidet und hatte eine rote Maske auf. Die ganze Party fand in einem Haus einer Kollegin statt. Bei Frau Kolja, übrigens", sagt Meli beiläufig und ich muss grinsen.

Stille Wasser sind eben doch tief.

„Das Haus von denen ist riesig. Außer meinen beiden Freundinnen kannte ich niemanden dort und irgendwie fand ich die männlichen Gäste auch ziemlich blöd. Rumpelstilzchen finde ich einfach nicht sehr sexy", sagt sie und rümpft die Nase.

„Aber einer hat dir dann doch gefallen", fährt Claudia dazwischen.

„Ja, aber ich kannte seinen Namen nicht. Verkleidet war er als Robin Hood", erzählt Meli.

„Und dann seid ihr ins Gespräch gekommen?", frage ich aufgeregt.

„Nein, eigentlich nicht", sagt Meli trocken.

„Sondern?", fragt Claudia.

„Wir hatten Sex", sagt Meli grinsend.

„Was? Einfach so?", frage ich fassungslos.

„Ja", sagt Meli. „Ich bin bestimmt nicht stolz darauf. Aber wir sind in eines der Zimmer gegangen und sind dann sofort zur Sache gekommen. Ich dachte ja schließlich, dass ich ihn nie wiedersehe", sagt sie entschuldigend.

„Unverbindlicher Sex mit einem Fremden", haucht Claudia erregt.

„Es war wirklich sehr aufregend", gesteht Meli verlegen. „Und wir haben die ganze Zeit unsere Masken aufbehalten", sagt sie und Claudia fängt an zu keuchen.

„Wahnsinn Meli", sage ich. „Da kenne ich dich seit dreizehn Jahren und dann erfahre ich solche Dinge über dich! Wann hast du denn gewusst, mit wem du da S., äh ich meine geschlafen hast?" Meli lacht wieder.

„Nach dem Sex haben wir unsere Masken abgenommen. Als wir uns erkannt haben, haben wir laut gelacht. Und dann hatten wir wieder Sex", schwärmt sie mit roten Wangen.

Was für eine Geschichte. Aber ich kann schon verstehen, dass man so etwas nicht einfach erzählt.

„Was ist denn jetzt eigentlich mit Theo und Ralf?", fragt Meli plötzlich.

„Was soll mit Theo sein?"

„Was soll mit Ralf sein?"

Fragen wir beide gleichzeitig.

„Na ja. Habt ihr beide nicht noch etwas zu klären?", fragt Meli erstaunt.

39. KAPITEL

Ralf

Theo und ich laufen nach draußen. Theo läuft so schnell, dass ich kaum

hinterherkomme. Er macht Anstalten, sich auf den Fahrersitz zu setzen,

aber ich halte ihn auf und bugsiere ihn einfach auf die andere Seite.

„Setz dich hin. Ich fahre", sage ich streng und murrend setzt sich Theo

auf den Beifahrersitz. Ich steige in seinen Aston Martin und freue mich

schon auf die Fahrt.

„Sei bloß vorsichtig. Sie ist noch nicht abbezahlt", jammert Theo neben

mir auf dem Beifahrersitz.

„Keine Sorge", grinse ich und brause los.

„Sag mal. Was ist das eigentlich mit euch beiden?", frage ich Theo von

der Seite, während ich sein Baby fahre.

„Wohin fahren wir eigentlich?", will Theo wissen.

„Zu mir. Ich bestelle uns eine Pizza", sage ich kurz.

Das Schweigen fasse ich mal als Zusage auf.

„Ich habe es echt versaut", heult Theo ein paar Minuten später.

„Das kann man durchaus so ausdrücken", seufze ich und biege

vorsichtig mit dem Auto in meine Straße ein, damit ich ja nirgendwo langschramme. Eigentlich konnte ich teuren Autos noch nie etwas abgewinnen, aber diese Fahrt ist durchaus ein Erlebnis.

„Sag Mal", fragt mich Theo auf dem Weg zum Haus plötzlich unvermittelt.

„Wann hast du das mit Anna eigentlich hinbekommen?"

Ich lache. „Da gab es absolut nichts hinzubekommen. Allerdings hat sie mein perfektes Steak doch sehr beeindruckt", sage ich und schlage mir gegen die Brust.

„Du kannst Steaks braten?", fragt Theo und sieht mich erstaunt an. „Wieso gehen wir dann ständig essen, wenn du so gut kochen kannst!", mosert er.

„Weil ich so was nur für schöne, dunkelblonde Frauen tue und du hast nicht mal Ähnlichkeit damit", erwidere ich und schließe die Haustür auf.

„Meine Haare waren auch mal dunkelblond", sagt Theo trocken und stiefelt hinter mir her.

„Ach ja?", frage ich stirnrunzelnd. „Wann war das denn?"

„Nach Ehefrau Nummer zwei waren sie einfach nicht mehr dieselben", stöhnt Theo und lässt sich auf die Couch plumpsen.

„Und was habt ihr jetzt vor?", fragt er mich, während ich mich in den Sessel setze.

„Was sollen wir denn schon vorhaben?", gebe ich erstaunt zurück.

„Ich hoffe ich sehe sie bald wieder".

„Na. Wollt ihr zusammenziehen? Wollt ihr heiraten? Möchte sie vielleicht noch mehr Kinder haben?", zählt Theo auf.

Ich hebe abwehrend die Hände.

„Jetzt mach mal halblang Theo. Kann es sein, dass du einfach sehr ungeduldig bist?"

„Wie kommst du denn darauf", fragt Theo und schnappt sich eine Flasche Wein.

„Man muss Nägel mit Köpfen machen. Mir geht Geplänkel und ein vages „vielleicht" einfach auf die Nerven. Wenn man sich sicher ist, dann sollte man es auch durchziehen".

„Warst du deshalb drei Mal verheiratet?", frage ich grinsend.

„Ich war mir zumindest jedes Mal sehr sicher", entgegnet er grinsend.

„Aber mein Frauengeschmack ist leider nicht besonders gut", fügt er noch an.

„Das kann man wohl sagen", stimme ich ihm zu, erhebe mich wieder aus meinem Sessel und hole Weingläser aus der Küche.

„Ich dachte du trinkst nicht", wiederhole ich mich und stelle die Gläser auf den Couchtisch.

„Wein ist Wasser. Das sagte schon Jesus", sagt Theo ernst und nimmt einen tiefen Zug.

„So ungefähr", sage ich trocken und proste ihm zu.

Da klingelt es an der Tür.

„Erwartest du jemanden oder hast du eine Nutte angerufen?", fragt Theo heiter.

„Weder noch", sage ich und düse zur Tür.

„Hallo", lallt mich Claudia an. „Is` Theo da?"

„Ist er", sage ich überrascht. Sie torkelt rein.

„Hallo Theo", sagt sie leise.

Theo schaut sie völlig perplex an.

„Claudia? Was machst du bitte hier? Wieso weißt du überhaupt, dass ich hier bin? Stalkst du mich etwa?"

„Es tut mir leid Theo", sagt sie verschämt.

Und sie klingt auch gar nicht mehr betrunken.

„Wollen wir vielleicht woanders hingehen?", fragt Theo sie und steht auf.

„Ja gerne", sagt sie.

Und schon sind die beiden zur Tür hinaus und ich alleine in dem großen Haus. Irgendwie hatte ich mir diesen Sonntag anders vorgestellt.

Da klingelt es wieder an der Tür. Was ist denn das heute.

„Hallo Ralf", lallt mir jetzt Anna entgegen.

Ich schaue raus, ob auch noch Meli draußen wartet, aber draußen steht nur das Taxi, in das jetzt Claudia und Theo einsteigen und mit dem Anna wahrscheinlich gerade gekommen ist.

„Wo ist denn der Rest von eurer Truppe?", frage ich lachend und nehme sie in die Arme. Ihr Shampoo duftet großartig, irgendwas mit Pfirsichen.

„Schön dich zusehen mein Schatz. Komm doch rein", sage ich zärtlich und ziehe Anna rein.

„Meinst du die beiden bekommen das hin?", frage ich, nachdem sich Anna auf die Couch gesetzt hat.

„Vielleicht", seufzt Anna.

„Wieso ist sie eigentlich plötzlich zu ihm gekommen?", frage ich erstaunt.

„Ach weißt du", sagt Anna vage.

„Das wart ihr?", stelle ich erstaunt fest und ziehe die Augenbrauen nach oben.

„Ich dachte Frauen sind sich immer darüber einig, dass Männer Schweine sind", meine ich trocken.

„Im Prinzip seid ihr das ja auch", gibt Anna zurück und lacht. „Aber wir wollten nicht, dass Claudia das von vornherein so sieht. Deshalb hoffe ist, dass sie Theo diesmal etwas näher an sich heranlässt".

„Äh, apropos heranlassen", fange ich vorsichtig an.

Anna schaut mich mit großen Augen an.

„Äh, was ist das mit uns?", frage ich vorsichtig.

„Ich dachte man kann ein Thema auch totquatschen. Das waren deine Worte, nicht meine", sagt Anna kurz.

„Wir müssen doch erst Mal schauen, wie das mit uns läuft. Liebe allein reicht da nicht aus", sagt sie.

Bei diesem Worten zucke ich gehörig zusammen, aber Anna fährt ungerührt fort.

„Lass uns das doch erst Mal bei solchen Treffen belassen und uns besser kennenlernen. Solange Ari zur Schule geht, will ich keine feste Bindung", fährt sie fort. Mein Magen sticht bei diesen Worten und mir wird flau.

„Und später nehme ich mir dann eine kleinere Wohnung, die hoffentlich etwas billiger ist".

So jetzt reicht es mir endgültig.

„Wie? Danach?", frage ich und habe Mühe, mich zu beherrschen. „Heißt das etwa, dass du nie mit mir zusammenziehen willst?"

Ich stelle mein Glas mit einem lauten Klirren auf den Wohnzimmertisch und schaue Anna direkt an.

„Und was soll das genau bedeuten: Keine feste Bindung. Heißt das etwa, wir gehen noch mit anderen Leuten aus?"

„Quatsch, das soll es nicht heißen", sagt Anna ärgerlich.

„Ich finde nur gut, sich erst Mal kennenzulernen, ohne gleich von Zusammenziehen oder Ehe zu rede".

„Verdammt Anna. Niemand redet hier von einer Ehe! Schließlich ist meine erste Ehe noch nicht mal geschieden". Ich hole tief Luft.

„Ja natürlich müssen wir uns kennenlernen. Für jetzt, den Moment. Aber in fünf Jahren soll das Ganze immer noch so sein? Mit Übernachten und dann fährst du nach Hause zum Zähneputzen? Das ist ok für einen kleinen Zeitraum, aber doch nicht bis zum Rest unseres Lebens!"
Ich raufe mir die Haare und rede einfach drauflos:

„Anna. Ich habe mein ganzes Leben auf dich gewartet. Ja, ich habe Mist gebaut und ich habe ihn ausgelöffelt. Heute weiß ich, dass das der falsche Weg war. Ich habe aus völlig falschen Gründen geheiratet. Das war niemandem gegenüber fair. Aber jetzt habe ich es doch endlich hinbekommen, oder?"

Flehend schaue ich Anna an und da lacht sie doch tatsächlich laut auf. Ich

komme mir reichlich verkohlt vor.

„Ralf. Ich denke schon, dass wir es endlich hinbekommen haben.

Tatsächlich denke ich einfach gar nicht über solche Dinge nach. Ich finde

es schön, die Dinge einfach mal auf mich zukommen zu lassen".

„Irgendwie klingt das so gar nicht nach dir Anna. Gerade das macht mir

irgendwie Sorgen", sage ich besorgt und komme mir etwas weinerlich

dabei vor.

„Wieso?", fragt Anna erstaunt.

„Na ja", druckse ich herum. „Vielleich, weil ich dadurch glaube, dass das

Ganze für dich nur eine Episode ist. Ein Zeitvertreib".

So, jetzt ist es raus. Ich atme meine angestaute Luft wieder aus und warte

ab, was sie dazu sagt. Seit wann bin ich eigentlich eine solche

Dramaqueen? Und woher kenne ich bitte solche Wörter? Sie sieht mich an

und schaut mir direkt in die Augen.

„Ich wusste nicht, dass dich das Ganze so sehr beschäftigt. Es tut mir

leid", sagt sie und zuckt mit den Schultern.

„Was ist eigentlich los mit euch Weibern?", stöhne ich.

„Wir Männer müssen uns doch sonst immer anhören, dass wir zu

unromantisch sind, uns nicht binden wollen oder einfach zu

unaufmerksam sind. Aber wenn wir dann davon anfangen, blockt ihr ab",

rege ich mich auf.

Schon, um von meinem weinerlichen Getue abzulenken.

„Ralf", sagt Anna ungeduldig. „Du beschreibst die Frauen Ende zwanzig

oder vielleicht noch Anfang Dreißig. Aber jetzt hast du es mit Frauen zu

tun, die das alles schon hinter sich gelassen haben. Nein, wir wollen euren

Ring nicht an unserem Finger, denn da war schon einer. Und nein, wir

wollen auch nicht mehr eure Babys kriegen, denn unsere Kinder sind

bereits aus dem Gröbsten raus", zählt sie auf.

Dabei schaut sie mich so strafend an, dass ich mich wieder wie in der

Schule fühle.

„Äh, langsam, langsam", versuche ich dazwischen zu kommen.

„Wie gesagt. Es ist doch keine Rede von Heiraten oder Kinderkriegen,

Anna, auch wenn ich natürlich gerne welche von dir hätte".

Anna zuckt zusammen, unterbricht mich aber nicht.

„Ich fände es nur einfach schön, wenn wir das eines Tages in Erwägung

ziehen würden", schließe ich und hole tief Luft. Irgendwie ist die Luft

knapp hier. Anna nimmt meine Hände und schaut mich an.

„Mach dir doch nicht so viele Gedanken Ralf. Ich will nicht von der

einen Ehe in die nächste stiefeln und du solltest das auch nicht wollen".

Verflucht, denke ich. Hat sie mir überhaupt zugehört?

„Verdammt Anna, ich will dich nicht heiraten! Zumindest jetzt nicht".

Langsam werde ich wirklich ärgerlich.

„Wahrscheinlich habe ich nur immer gedacht, dass wir zusammen sein sollten. Aber ich glaube, es ist einfach viel zu viel Zeit vergangen und wir sind nicht mehr dieselben Menschen, die wir damals waren", sage ich resigniert und leider, ohne nachzudenken. Denn, nachdem ich das gesagt habe, schluckt Anna und sieht mich traurig an.

„Ja", sagt sie und steht auf. „Vielleicht haben wir uns doch zu sehr verändert. Auf Wiedersehen Ralf".

Und dann ist sie zur Tür raus bevor ich auch nur etwas erwidern kann.

Zum Beispiel was ich für ein Vollidiot bin.

40. KAPITEL

Anna

Wütend stapfe ich die Straße runter. Was bin ich für eine Vollidiotin! Was war das bitte gerade für ein Auftritt? Ich möchte doch nichts lieber, als mit Ralf zusammen zu sein. Also was habe ich mir gerade eben gedacht? Er muss mich echt für eine mega Zicke halten. Also. Was jetzt? Was mache ich? Wie komme ich überhaupt nach Hause? Ich könnte mir ein Taxi rufen und schnurstracks zu Meli fahren. Oder…? Nein. Ich kann da nicht wieder hin gehen. Das mit Ralf habe ich gründlich versaut. Also rufe ich mir ein Taxi und lasse mich zu Meli bringen.

„Also mit dir habe ich heute aber nicht mehr gerechnet", sagt Meli stirnrunzelnd und bereits im Bademantel als sie mir die Tür öffnet.

„Kann ich bei dir schlafen oder hat Ansgar was dagegen?", frage ich zerknirscht.

Meli lacht und zieht mich rein.

„Natürlich nicht. Äh, natürlich kannst du hier übernachten und nein, Ansgar hat nichts dagegen. Komm rein. Aber was ist passiert?"

Ich komme rein und setze mich auf einen Stuhl, das Sofa ist zu gemütlich und ich brauche etwas weniger Komfortables, damit ich mich weiterhin schlecht fühlen kann.

„Ich habe es vermasselt Meli. Gründlich", schnaube ich.

„Äh, wieso gehen wir nicht ins Wohnzimmer?", fragt Meli und deutet in die Richtung.

„Zu gemütlich und komfortabel", seufze ich und Meli setzt sich sofort wieder an den Esstisch.

„Aha, du willst dich weiterhin schlecht fühlen. Verstehe. Aber was ist jetzt eigentlich passiert?", fragt sie ungeduldig.

Ich erzähle ihr von meinem Abend mit Ralf. Meli hat Mühe, ernst zu bleiben.

„Man, ihr wäret eine tolle Sitcom, wenn ihr lustiger wäret", sagt sie kopfschüttelnd. „Fehlt nur noch, dass einer von euch draufgeht".

Ich schaue sie entsetzt an.

„Meli! So was sagt man doch nicht!"

Meli zuckt mit den Schultern.

„Was würde das denn für einen Unterschied machen? Ich dachte das Ganze sei ohnehin beendet".

Ich fühle mich furchtbar, nachdem sie das gesagt hat.

„Ok, aber. Na ja. Ich will doch nichts Schlechtes für Ralf", sage ich

traurig.

„Ich auch nicht", erwidert Meli ungerührt. „Aber ihr verhaltet euch wie

die verdammten Königskinder. Was kann ich tun, damit ihr es endlich

begreift: Ihr gehört zusammen!"

Hände an den Hüften steht sie auf und fixiert mich mit einem

durchdringenden Blick. Ihr gefürchteter Lehrerinnenblick, wenn jemand

seine Hausaufgaben nicht gemacht hat. Absolut legendär und niemand

will ihn auf sich ziehen. Ich am allerwenigsten.

„Hör bloß auf Meli. Ich fühle mich wirklich schon schrecklich genug.

Und ja. Ich habe es wirklich vermasselt. Ralf wird nie wieder mit mir

reden".

„Wirklich?", fragt Meli und zieht eine Braue nach oben. Das würde ich

auch gerne können. Ari kann das übrigens auch. War ja klar!

„Er muss mich wirklich für eine hysterische Furie halten. Vielleicht auch

für eine Schlampe, die nur mit ihm gespielt hat".

Ich jammere noch ein bisschen und fange an, mir selber leid zu tun. Dann

reicht es Meli und sie schaut mich direkt an.

„Ok. Genug rumgeheult Anna. Du schnappst dir jetzt ein Taxi und gehst

da noch Mal hin. Und du kommst nicht eher zurück, bis du diese

Beziehung in den Griff bekommen hast. Ein Heiratsantrag wäre sogar

noch besser".

„Ich will gar nicht heiraten", versuche ich einzuwenden.

„Uff", sagt Meli nur, greift zum Handy und ruft mir ein Taxi.

Und dann stehe ich wieder vor diesem Haus. Mittlerweile ist es eins und das Haus dunkel. Bestimmt schläft Ralf bereits. Zögernd stehe ich vor der Tür. Und dann klingele ich. Keine Ahnung wie, aber plötzlich höre ich die Klingel läuten. Ich muss wohl geklingelt haben. Es vergehen keine zwei Minuten, da geht die Tür auf.

„Anna", sagt Ralf erstaunt.

„Hallo Ralf. Es tut mir leid", bringe ich gerade mal hervor.

Dann liege ich in Ralfs Armen. Es fühlt sich unglaublich an. Kleine elektrische Blitze schießen durch mich hindurch. Diese körperliche Anziehung zwischen uns beiden ist beinah greifbar. Irgendwie schaffen wir es ins Haus, ohne uns loszulassen. Ralf drückt mich gegen etwas und dann lassen wir uns auf die Couch fallen. Dé-ja-vú.

Er greift mir unter die Bluse, die immer noch leicht feucht ist, weil ich durch den Regen gelaufen bin.

„Die brauchst du nicht mehr", sagt er, lässt sich jetzt aber doch Zeit, die Knöpfe einzeln aufzumachen. Die Spannung wird noch heftiger und fühlbarer als er sie mir endlich auszieht. Dann öffnet er den BH in einer fließenden Handbewegung.

„Ich bin beeindruckt", keuche ich und fange ebenfalls an, sein Hemd aufzuknöpfen.

Ich mag Ralfs Körper. Für mich müssen Männer nicht mit Muskeln vollgepackt sein, sondern natürlich aussehen. Diesmal lassen wir uns Zeit. Wir fallen nicht übereinander her wie gestern Abend oder auf dem Friedhof damals. Wieviel seitdem geschehen ist. Nein, diesmal genießen wir einander, jeden Augenblick. Es fühlt sich alles noch intensiver an, als er anfängt, mich auszufüllen. Wir liegen auf der Couch, die gar nicht so klein ist, wie ich gestern dachte. Langsam und zärtlich schlafen wir mit einander und entdecken uns Stück für Stück neu. Dann bleiben wir aufeinander liegen.

„Davon werde ich nie genug bekommen", sagt Ralf und küsst mich.

„Ich könnte mich daran gewöhnen", gebe ich zu.

Wir streicheln uns, küssen uns, bis es doch zu unbequem wird.

Wir gehen gemeinsam die Treppen rauf ins Schlafzimmer und lassen uns auf die Matratze sinken. Dann beginnt Ralf mich zu berühren, überall. Er bedeckt meinen Körper mit Küssen, bis er schließlich weiter unten mit seiner Zunge fortfährt. Ich stöhne laut auf, er macht weiter. Dann nimmt er seinen Daumen mit dazu und lässt mich immer weiter nach oben kommen bis ich explodiere. Mein ganz Körper erschauert, so heftig bin ich noch nie gekommen. Ralf wartet bis ich mich beruhigt habe und macht dann weiter. Ich stöhne auf.

„Bitte Ralf, ich kann nicht mehr!"

Ich richte mich auf.

„Ich würde sagen, du bist dran"

Dann tauche ich runter und bearbeite ihn, bis er meinen Kopf festhält.

„Ich kann es nicht mehr aufhalten Anna!"

„Das brauchst du auch nicht", sage ich und mache weiter. Nur kurze Zeit später kommt Ralf in meinem Mund. Er kommt heftig, sein ganzer Körper bebt. Danach küssen wir uns, schmecken den jeweils anderen, aber es macht uns nichts aus. Nie in meinem Leben war ich so intim mit einem Mann. Aber mit Ralf ist es ganz natürlich, sich so nah zu sein. Er legt sich auf mich, aber wir beiden können absolut nicht mehr. Wir kuscheln uns eng aneinander und schlafen gemeinsam ein.

Wieder wache ich völlig entspannt am nächsten Morgen auf. Ralf schaut mich lächelnd an und gibt mir einen Kuss.

„Frühstück?", fragt er. „Ich habe gar keinen Hunger, aber Kaffee wäre super", sage ich.

„Der ist schon fertig", sagt Ralf und springt aus dem Bett.

Nur zwei Minuten später kommt er mit zwei dampfenden Tassen ins Schlafzimmer. Ich schaue ihn fragend an. „Programmierbarer Kaffeevollautomat", sagt er lachend und steigt zu mir ins Bett.

„Es tut mir leid", sage ich plötzlich. Ralf schaut mich ernst an.

„Mir tut es auch leid Anna", sagt er und streichelt meine Hände sanft.

„Ich will es ja langsam angehen. Deine Einstellung ist völlig richtig. Aber irgendwie habe ich eine solche Angst davor, es wieder zu vermasseln, dass ich andauernd Blödsinn rede".

„Na das trifft ja wohl eher auf mich zu", protestiere ich. „Ich habe keine Ahnung wieso ich andauernd auf Abstand gehe. Ich will doch mit dir zusammen sein. Aber ich habe Angst, wieder in eine solche Abhängigkeit zu geraten". Endlich habe ich es ausgesprochen. Es tut gut, darüber zu sprechen. Ralf schaut mich erstaunt an.

„Anna", sagt er lächelnd. „Du bist die selbstständigste Frau, die ich kenne. Wie kommst du darauf, dass du von mir abhängig werden könntest?"

Ich schlucke, lasse seine Hände los und fange an, von Harald zu erzählen. Davon, wie wenig ich mich durchgesetzt habe, wie wenig ich Ariane gegenüber Harald unterstützt habe.

„Na ja", wirft Ralf ein. „Eltern müssen vor ihren Kindern eine Einheit bilden, auch wenn man nicht immer einer Meinung ist. Sonst tanzen einem die Blagen nur auf der Nase rum".

„War das so bei dir und Esther?", frage ich neugierig.

„Ich war viel zu wenig da die letzten Jahre. Viele Überstunden und beim letzten Job bin ich andauernd unterwegs gewesen. Dadurch konnte Esther eigentlich immer machen wie sie dachte".

„Und deine Kinder? Ich meine jetzt leben sie doch bei dir. Funktioniert das gut mit euch?", frage ich.

„Eigentlich schon", sagt Ralf. „Ich habe es mir viel schwieriger vorgestellt, aber tatsächlich läuft es gut im Moment. Ich glaube das liegt ganz viel an Max", lächelt Ralf.

„Haben deine Kinder ein gutes Verhältnis zu einander?", fragt Anna.

„Anscheinend ja, nicht dass ich darüber Bescheid gewusst hätte bevor sie zu mir kamen", sagt Ralf ehrlich.

Seine ehrliche Art ist völlig entwaffnend. Ich schmiege mich eng an ihn.

„Das muss eine ganz schöne Umstellung für dich gewesen sein".

„Oh. Anfangs wusste ich überhaupt nicht, was mich erwarten würde. Aber eigentlich musste ich Esther Recht geben. Sie hatte sich die ganzen Jahre um alles gekümmert. Es wurde Zeit, dass sie auch mal etwas für sich tun konnte".

„Sie schreibt Bücher, nicht wahr?", frage ich.

„Ja. Sie ist unheimlich erfolgreich", sagt Ralf anerkennend. „Die ersten drei Bücher hat sie während der letzten Jahre geschrieben. Aktuell macht sie die Promotion, damit die Bücher vielleicht auch international bekannt werden".

„Wahnsinn", nicke ich.

Bücher schreiben, das wäre nichts für mich. Auf der zwanzigsten Seite wüsste ich nicht mehr, was ich auf der ersten Seite geschrieben habe.

„Hast du ein gutes Verhältnis zu Ariane?", fragt mich Ralf plötzlich.

„Seit ich nicht mehr mit Harald zusammen bin, ja", sage ich.

Denn es stimmt auch. Ari und ich haben ein viel besseres Verhältnis zueinander als noch vor einem halben Jahr. Plötzlich blickt Ralf auf seine Uhr.

„Anna, es tut mir leid! Ich muss leider sofort los. Irgendwie war mir immer noch nach Sonntag, aber leider ist es bereits Montag!"

Ich lache entspannt und stehe langsam auf. Ich habe ja immer noch Herbstferien und Ari befindet sich an der Nordsee. Ralf düst ins Bad, nur wenige Minuten später kommt er halbwegs rasiert und gewaschen wieder raus.

„Es tut mir leid Anna. Wollen wir uns heute Abend sehen? Möchtest du vielleicht hierbleiben?", fragt er mich wie beiläufig als er sich anzieht. Er wartet meine Antwort jedoch nicht ab, sondern verschwindet einfach. Verdutzt bleibe ich im Schlafzimmer stehen, ich habe wieder Ralfs

Schlafanzugoberteil von letzter Nacht an. Ob ich tatsächlich bleiben soll?

Erst Mal marschiere ich unter die riesige Tellerdusche und putze mir

notdürftig die Zähne. Dann laufe ich nach unten und blicke mich in Ruhe

um. Aber den ganzen Tag hierbleiben? Das stelle ich mir dann doch zu

langweilig vor. Ich rufe Meli an.

„Hallo Anna. Ist Ralf schon arbeiten gefahren? Bist du wieder zu

Hause?"

„Ja, er ist schon weg, aber ich bin noch in seinem Haus. Er hat gefragt, ob

ich bleiben möchte, ist aber ohne die Antwort abzuwarten, weggedüst".

„Er hatte es also eilig", stellt Meli amüsiert fest.

„Ja", sage ich und werde rot.

„Habt ihr denn jetzt alles geklärt?", will Meli wissen.

„Ich glaube schon", sage ich.

„Du glaubst?", fragt Meli irritiert.

„Na ja, wir müssen uns erst Mal kennenlernen. Und das werden wir jetzt

auch erst Mal tun", sage ich.

„Willst du denn jetzt den ganzen Tag in dem leeren Haus rumhängen?",

fragt Meli verwundert.

„Keine Ahnung, eigentlich nicht", gebe ich zu.

„Aber ich wäre gerne heute Abend wieder da sonst denkt Ralf, dass ich das Ganze doch nicht will".

„Verstehe", sagt Meli. „Hat er denn einen Schlüssel dort hängen? Dann könntest nach Hause fahren, aber wiederkommen. Am besten bevor Ralf wieder nach Hause kommt".

Mmh, daran habe ich noch gar nicht gedacht. Mein Blick fällt an die Eingangstür und auf ein Schlüsselbrett.

„Ich habe das Schlüsselbrett gefunden, aber ich muss schauen, ob auch einer für die Haustür dabei ist", sage ich stirnrunzelnd.

„Was hast du denn heute so vor?", frage ich Meli, während ich die Schlüssel inspiziere. Der eine könnte in die Haustür passen. Ich stecke ihn rein und drehe einmal um. Perfekt.

„Och nichts weiter", sagt Meli. „Leider ist der Pool nicht beheizt. Wir könnten aber schwimmen gehen".

„Super Idee!", sage ich.

Das Schwimmen wird guttun, vielleicht lösen sich dann auch die Reste meines Katers auf, denke ich seufzend. Ich schnappe mir meine Handtasche, aber jetzt fällt mir auf, dass ich ja gar nicht mit dem Auto da bin. Ich werde alt und wähle erneut Melis Nummer.

„Du bist nicht mit dem Auto da und möchtest abgeholt werden", sagt Meli und ich fühle ihr Grinsen durchs Telefon.

„Äh ja", sage ich verlegen.

„Bin gleich da", sagt sie vergnügt.

Kurze Zeit später brausen wir zu meiner Wohnung. Ich ziehe mich um und packe meine Schwimmsachen ein. Meli wartet allerdings währenddessen im Auto.

„Da raufsteigen, um gleich wieder runterzusteigen? Das lohnt die Mühe nicht!", hat sie gesagt.

Ich beeile mich daher und flitze wieder runter.

Das Schwimmen tut gut und macht den Kopf frei. Zwischendurch gönnen wir uns Pommes mit Mayonnaise. Anschließend fährt mich Meli wieder nach Hause.

Zu Hause setze ich mich erst Mal in Ruhe hin und telefoniere mit Ariane. Es ist ziemlich kalt und sie überlegen, ob sie früher wieder zurückfahren. Die erste Woche war es noch warm, aber jetzt sind es höchstens zehn Grad und ein eisiger Wind fegt. Nach dem Telefongespräch schaue ich auf die Uhr. Es ist tatsächlich schon drei Uhr! Ich packe ein paar Sachen ein und fahre einkaufen. Dann parke ich das Auto in Ralfs Auffahrt, damit er es direkt sehen kann, wenn er nach Hause kommt. Als ich jedoch die Tür aufschließe, kommt mir Ralf entgegen.

„Anna. Du bist wieder da!", sagt er überrascht.

„Hallo Ralf", sage ich verdutzt. „Du bist schon zu Hause?"

„Ich hatte heute früh einen wichtigen Termin, deshalb musste ich so überstürzt weg. Um eins war ich wieder da, aber da warst du leider nicht mehr da. Moment, wie bist du eigentlich reingekommen?", fragt er plötzlich.

„Ersatzschlüssel", sage ich grinsend und hänge ihn wieder ans Brett.

„Wenn du willst, kannst du ihn behalten", sagt Ralf und umarmt mich zärtlich.

„Danke", sage ich überrascht und stecke ihn in meine Handtasche.

„Ich wollte dich natürlich nicht zu lange allein lassen", sagt Ralf entschuldigend.

„Ich wusste nicht, wann du kommst", sage ich. „Ich wollte dir aber auch nicht das Gefühl geben, dass ich nicht bleiben will. Deshalb habe ich mir den Schlüssel geschnappt".

„Gute Idee. Da hätte ich auch selbst draufkommen können", schmunzelt Ralf.

„Musst du denn jetzt weiterarbeiten?", frage ich. „Das hat Zeit. Einen Vorteil muss die Teilzeit ja schließlich haben", sagt er und zieht mich noch enger an sich.

„Du könntest jetzt etwas arbeiten und ich bereite das Essen vor, wenn du magst", schlage ich vor.

„Was für ein Essen? Ich war leider nicht einkaufen", sagt Ralf erstaunt.

„Ich war einkaufen", sage ich fröhlich und zeige auf den Beutel, den ich an die Wand gestellt hatte.

„Wow", sagt Ralf. „Aber das musst du doch nicht tun. Wir können doch eine Pizza bestellen".

„Ach was. Du gehst arbeiten. Und ich mache ein Essen", sage ich und scheuche ihn weg.

„Dann können wir doch nach dem Essen noch etwas Zeit verbringen", meine ich.

„Das stimmt", sagt Ralf und verschwindet in seinem Arbeitszimmer. Ich gehe in die Küche, die viel moderner ist, als jede Küche, die ich jemals besessen habe. Ich schäle die Kartoffeln, putze die Bohnen und packe das Schweinefilet aus. Dann heize ich den Ofen vor. Nach dem ich das Filet kurz angebraten habe, stelle ich es in den Ofen. Dann schäle ich Äpfel. Apfelauflauf als Nachtisch oder zum Frühstück, mal schauen.

Ich liebe Apfelauflauf. Schnell rühre ich Stärke, Vanille, Eier und Milch zu einer Sauce an, dann muss ich auch schon das Fleisch rausholen. Ich lege es auf einen Teller. Zum Glück finde ich einen großen Teller in einem der Schränke. Den Fond nehme ich mit Mehl auf, rühre genügend Wasser rein und fertig ist die Sauce. Dann decke ich den Tisch. Irgendwie finde ich mich tatsächlich mühelos zu recht hier, denke ich kopfschüttelnd. Ich schiebe den Auflauf in den Ofen und fange an, die Teller anzurichten. Dann laufe ich die Treppen rauf zu Ralfs Arbeitszimmer.

„Das Essen ist fertig Ralf", sage ich.

„Oh gut. Die ganze Zeit riecht es so gut, dass ich mich kaum konzentrieren kann", stöhnt Ralf und folgt mir ins Esszimmer. Er blickt auf die angerichteten Teller und murmelt:

„Unglaublich". Dann essen wir.

„Anna, das schmeckt unglaublich!", ruft Ralf vollem Mund.

„Schön, dass es dir schmeckt. Möchtest du Nachtisch?"

„Was gibt es denn?", fragt er neugierig.

„Apfelauflauf mit Vanillesauce", antworte ich.

„Oh je", stöhnt Ralf. „Lass uns damit etwas warten. Ich glaube das bekomme ich nicht mehr rein".

„Kein Problem. Aber dann nehme ich ihn schnell raus", sage ich und flitze in die Küche.

Dann nehme ich mir mein Buch und Ralf geht wieder in sein Arbeitszimmer. Irgendwie fühlt sich das Ganze gar nicht so schlecht an, denke ich als ich mich gemütlich aufs Sofa kuschele. Natürlich habe ich Ari von Ralf erzählt. Sie hat nicht viel dazu gesagt, außer, dass sie gefragt hat, ob wir da jetzt einziehen. Ich konnte sie etwas damit beruhigen, als ich meinte, dass ich das erst Mal nicht vorhabe und dass ich unsere Wohnung auf alle Fälle behalten möchte, egal wie sich das mit Ralf und mir entwickelt.

Um acht Uhr kommt Ralf die Treppe runtergelaufen.

„Ist das schon so spät!", ruft er bedauernd.

„Macht doch nichts", sage ich lächelnd und zeige auf mein Buch, das ich gelesen habe. Ich bin froh, dass ich ein paar Sachen mitgenommen habe. Kennenlernen muss ja nicht zwangsläufig heißen, ständig aufeinander zu hängen.

„Bist du denn jetzt fertig?", frage ich. Ralf nickt.

„Für heute muss es reichen. Wollen wir den Apfelauflauf essen?".

Wir schauen einen Film an. Dieses Streaming ist wirklich toll, vielleicht melde ich auch so etwas an. Und dabei futtern wir den Apfelauflauf. Wir reden den ganzen Abend. Irgendwann fragt mich Ralf schüchtern:

„Möchtest du bleiben?"

Ich nicke und gemeinsam gehen wir rauf in sein Schlafzimmer. Wir ziehen uns um und kuscheln uns ins Bett.

So kann es bleiben, denke ich als letzten Gedanken und schlafe tief und fest in Ralfs Arm ein.

EPILOG

Ralf

Ich stehe am Bahnhof und warte.

Der Zug hat Verspätung.

Züge haben immer Verspätung, deshalb gibt es auch so viele Autos. Doch da rollt der Zug ein.

„Hallo", sage ich und reiche ihr die Hand.

„Hallo Ralf", sagt Esther lächelnd und reicht mir ihren Koffer.

„Wie war die Zugfahrt?", frage ich ächzend.

„Nervtötend", sagt sie und wischt sich den Schweiß von der Stirn mit einem Erfrischungstuch.

„Wie geht es Katja? Wieso ist sie nicht mitgekommen?", fragt Esther erstaunt.

„Weil sie in der Schule ist", sage ich trocken und muss ein ärgerliches Schnauben unterdrücken.

„Ach ja natürlich. Daran muss ich mich noch gewöhnen, dass wir jetzt ein Schulkind haben", sagt sie lachend.

„Sie geht bereits in die vierte Klasse", sage ich.

Diese Worte kommen wesentlich ruhiger raus als ich sie meine. Viel zu wenig hat sich Esther die letzten Jahre um Katja und Max gekümmert. Verabredete Treffen wurden in letzter Minute von ihrer Agentin abgesagt. Dann war sie längere Zeit in Amerika, weil ihre Bücher nun auch den amerikanischen Markt erobert haben. Aber ich habe es nicht anders gemacht, deshalb will ich sie nicht kritisieren. Die Kinder haben gelernt, damit umzugehen, denn hier haben sie eine Familie. Nachdem Theo ein neues Jobangebot angenommen hat, arbeite ich erst Mal wieder Vollzeit. Seitdem lebt meine Mutter bei uns was erstaunlich gut funktioniert. Und sie versteht sich blendend mit Anna, was mich wirklich wundert. Meli und Ansgar sind auch wie eine Familie für uns. Meine Kinder sind Feuer und Flamme, wenn wir zu einer Poolparty eingeladen sind. Meine Kinder nennen es so, eigentlich verabreden wir uns nur zum Grillen. Seitdem ich wieder Vollzeit arbeite, hat es die Firma leider versäumt, einen zweiten Geschäftsführer einzustellen. Na ja, das wundert mich nicht wirklich. Theo arbeitet jetzt seit einem halben Jahr bei der neuen Firma und erzählt lustige Anekdoten. Dagegen erscheint mir meine Firma beinah menschlich. Die beiden leben in Augsburg und auch wenn es dasselbe Bundesland ist, sieht man sich doch leider sehr selten. Max hat bereits mit seinem Masterstudium begonnen und hat seit längerem eine Freundin. Sie studiert Sport und Wirtschaft, Tatjana heißt sie. Die beiden haben sich auf einer Party an der Uni kennengelernt und sind seit zwei Jahren zusammen. Ari musste sich wohl damit abfinden. Natürlich hat man gesehen, dass sie Max angehimmelt hat, aber der Altersunterschied wäre ja doch beträchtlich. Aber ich glaube, dass Ari durchaus andere Angebote bekommt. Das Größte für Ari war aber sicherlich die Reise mit Anna und Meli nach New York, um Greenday zu sehen. Noch wochenlang haben die drei kein anderes Thema gehabt.

Claudia und Theo haben zwar nicht geheiratet, leben aber seit dem damaligen Abend im Grunde genommen zusammen. Noch allerdings arbeitet Claudia hier bis ihr Versetzungsantrag durch ist. Schon deswegen sehen wir uns kaum, selbst, wenn Theo sie hier besuchen kommt.

Anna und ich sind auch nicht verheiratet, offiziell leben wir auch nicht zusammen. Das hält Ari und Anna aber nicht davon ab, quasi ständig bei uns zu sein.

Aber die Wohnung behält Anna. Sie nennt es ihren Rückzugsort, den sie aber höchstens einmal im Monat aufsucht.

Aber es ist gut so. Unser Leben verläuft so schön wie ich es mir niemals hätte ausmalen können.

Neugierig geworden?

Lesen Sie schon jetzt die ersten Kapitel des zweiten Bands der Sommertrilogie!

Lily Winter

Lieb mich lieber morgen

Sommertrilogie Band 2

Roman

PROLOG

Ariane

Wir setzen uns gemütlich draußen vor die Eisdiele hin, obwohl nichts an unserer Stimmung gemütlich ist. Der bloße Gedanke daran, eventuell bei meinem Vater leben zu müssen, treibt mir die Tränen in die Augen. Aber eigentlich will ich deswegen nicht heulen. Ich muss meiner Mutter zeigen, dass ich mit der Situation umgehen kann.

„Ist das für dich ok Ari?", fragt mich meine Mutter wieder und wieder.

„Natürlich Mama", sage ich immer wieder.

Auch, um mich selbst davon zu überzeugen".

Plötzlich sehe ich Ralf am Nachbartisch sitzen. Neben ihm sitzt ein rothaariges Mädchen.

„Hallo Ralf!" brülle ich rüber, damit wir endlich das Thema wechseln können. Ralf steht sofort auf. Was für ein Glück.

„Hallo Ari, hallo Anna!", ruft er erfreut.

„Hallo Ralf", sagt meine Mutter leise, fast schüchtern. Ich schiebe sofort beide Tische zusammen und wir setzen uns alle.

„Das ist Max und das ist Katja", stellt Ralf vor.

„Hallo ihr beiden", sagt meine Mutter.

„Das ist Ari, meine Tochter".

Ich nicke kurz und sage Hallo, dabei schaue ich zufällig auf Max. Es macht ping und ich werde rot. Zum Glück erzählt Katja gerade etwas Lustiges und alle lachen.

„Was macht sie?", frage ich, um auch etwas zu sagen. Aber eigentlich schaue ich nur diesen großen, dunkelhaarigen Mann mit den blauen Augen neben Ralf an.

Ich versuche nicht zu sehr hinzu starren. Mir wird gleichzeitig heiß und kalt, denn irgendwie weiß ich, dass ich mich gerade verliebt habe.

1. KAPITEL

Ariane

Langsam packe ich meinen Koffer. Ich stehe in meinem Wohnheimzimmer in Hamburg. Möglichst weit weg von München wo ich aufgewachsen bin. Meine Mutter stammt allerdings aus dem Ruhrgebiet, aus Hattingen, um genau zu sein. Denn auch sie ist damals geflohen. München schien ihr der weit möglichste Ort zu sein, um Abstand zu bekommen.

Von ihrer Mutter, aber wahrscheinlich auch von Ralf. Ich kann das nur vermuten, denn mit mir würde sie niemals über solche Dinge sprechen. Ich weiß noch nicht mal, ob sie mit meiner Tante Meli jemals darüber gesprochen hat und die ist ihre beste Freundin. Tja und da ich bereits in München war, musste ich halt in die andere Richtung ziehen und zum Glück habe ich einen Studienplatz in Hamburg bekommen. Nachteil ist allerdings, dass Max Mutter in Hamburg lebt, aber er besucht sie nicht allzu oft und natürlich besucht er mich auch nicht, wenn er mal da ist. Denn außer, dass ich die Tochter der Freundin seines Vaters bin und zeitweise im selben Haushalt gelebt habe, besteht keinerlei Verbindung zwischen uns. Womit wir bei meinem Fluchtgrund wären. Als ich Max damals das erste Mal gesehen habe, habe ich sofort ein Kribbeln gespürt.

Es kam einfach an und hat sich seitdem auch nicht wieder aufgelöst, im Gegenteil. Es ist immer stärker geworden. Mein Problem war nur, dass Max da bereits 18 Jahre alt war und ich gerade mal 12. Katja und er waren damals von Hamburg zu ihrem Vater gezogen, nachdem ihre Mutter beschlossen hatte, eine Karriere als Autorin zu starten. Sie hat die beiden einfach dort abgeladen. Speziell Katja hatte noch lange damit zu kämpfen, glaube ich, auch wenn das anfangs gar nicht danach aussah. Max hatte sich gerade an der LMU eingeschrieben und angefangen, Elektrotechnik zu studieren. Natürlich weiß ich, dass er in mir nur ein kleines Mädchen sieht bzw. mittlerweile vielleicht so etwas wie eine kleine Schwester. Ich befürchte selbst heute noch mit 22 bin ich wohl nicht viel mehr für ihn. Und deshalb bin ich vor vier Jahren nach Hamburg gegangen. Es war besser für mich, damit ich mich ganz auf mein Studium konzentrieren kann. Ich habe übrigens gerade meinen Bachelorabschluss in Mathe und Chemie bestanden.

Im Gegensatz zu meiner Mutter, die nie Lehrerin hatte werden wollen, hat für mich schon sehr früh festgestanden, dass ich nichts anderes werden will. Bereits in der Grundschule habe ich anderen Kindern etwas erklärt. Allerdings nicht immer mit ihrer Zustimmung, wodurch ich schnell als Besserwisserin abgestempelt worden bin. Auf dem Gymnasium hat sich das aber ganz schnell aufgelöst, nachdem die erste Klassenarbeit in Mathe geschrieben wurde und die meisten nur Bahnhof verstanden hatten. Also habe ich eine Musterlösung angefertigt und verkauft, auf Wunsch sogar mit Erklärungen, natürlich gegen einen Aufschlag. Und so habe ich dann meine persönliche Nachhilfeschule aufgemacht, allerdings mit individuellen Beträgen. Wusste ich, dass die Eltern nur wenig Geld hatten, was gar nicht so wenige waren, denn in München hat man selbst mit einem guten Einkommen nicht sehr viel übrig, habe ich einen reduzierten Satz genommen oder auch einfach Mal nur eine kleine Schokolade. Natürlich hat sich das rumgesprochen und die anderen Kinder haben gemeckert.

„Tja", meinte ich dann nur. „Dann sagt euren Eltern, dass ihr eine normale Nachhilfe braucht", und damit war die Sache vom Tisch. Denn natürlich habe ich maximal 10€ genommen, mehr hätte meine Mutter gar nicht erlaubt.

Dass ich Geld dafür nehme, fand sie allerdings in Ordnung, denn schließlich bekamen die Leute ja eine Leistung von mir. Das hat sie auch zu den Eltern gesagt, die sich aufgeregt haben, dass ich Geld für die Nachhilfe genommen habe.

„Die Ariane könnte das schon aus Gefälligkeit tun", meinten gerade die

Eltern zu meiner Mutter, die es sich finanziell leisten konnten. Nachdem meine Mutter mit den Eltern gesprochen hatte, sind tatsächlich ein paar Leute abgesprungen und zu „professionellen" Nachhilfelehrern (Studenten) gewechselt. Ich konnte den Verlust der Leute verschmerzen, denn ich hatte auch so genug zu tun und jede Menge Schüler, auch von anderen Schulen.

Meine Mutter unterrichtet übrigens am selben Gymnasium, auf das ich gegangen bin. Ein Umstand, den ich, sollte ich mal Kinder bekommen, tunlichst vermeiden möchte. Es ist einfach nicht gut, seine Eltern an der eigenen Schule rumlaufen zu haben. Die persönliche Privatsphäre wird dadurch empfindlich gestört.

Das Lernen ist mir immer sehr leichtgefallen. Ich wünschte, Liebe ließe sich einfach durch Lernen steuern. bzw. man könnte das Erlernen, in wen man sich verliebt.

Ich habe Max damals das erste Mal kennengelernt, als wir Ralf mit seinen Kindern beim Eis essen getroffen haben. Ich verfluche diesen Tag immer noch, obwohl dieser Tag eigentlich keine spezielle Rolle spielt. Ich hätte Max auch später noch kennengelernt, denn nachdem meine Mutter und Ralf wieder zusammengekommen sind, nach vielem Hin und Her und einer 18-jährigen Beziehungspause, habe ich Max teilweise täglich sehen müssen.

Obwohl Mutsch und ich eine eigene Wohnung haben, sind wir doch langsam bei Ralfs Familie eingezogen, ohne jemals richtig eingezogen zu sein. Meine Mutter wollte es so und ich war froh darüber. Denn sobald ich alt genug war, durfte ich tatsächlich allein in unserer Wohnung bleiben und brauchte nicht mehr ständig in Max Nähe zu sein.

Und dann kam Max plötzlich mit einer Freundin an! Sie haben zwar nicht rumgeknutscht, Danke schön, aber allein ihn mit einem anderen Mädchen zu sehen, hat mir persönliche Schmerzen bereitet. Was mich am meisten an der Sache mit Max aufregt, ist, dass ich einfach keine Augen für andere Jungen habe.

Natürlich habe ich Beziehungen gehabt. Hey! Nein und ich bin auch keine

Jungfrau mehr, aber genug Details darüber!

Aber dieses wunderbare Kribbeln, diese Schmetterlinge, auf die man hofft,

wenn man jemanden näher kennenlernt, habe ich leider nie bei jemand

anderes gespürt als bei Max.

Nicht das Kleinste bisschen, auch wenn ich jedes Mal und bei jedem Kuss,

den ich bekommen habe, gehofft habe, dass wenigstens die heftigen

Gefühle für Max nachlassen würden. Natürlich sind sie das nicht und ich

habe nur nach wenigen Monaten die Beziehungen beendet, weil es mir

einfach nicht fair erschien, demjenigen weiter etwas vor zu machen.

Meine Mutter weiß zum Glück nichts darüber, das wäre auch eine

Katastrophe.

Deshalb habe ich irgendwann beschlossen, möglichst weit wegzugehen,

sobald ich die Möglichkeit dazu bekomme. Nachdem ich verschiedene

Unis angeschrieben hatte und tatsächlich die Zusage für Hamburg

bekommen habe, habe ich meiner Mutter eröffnet, dass ich in Hamburg

studieren möchte. Komischerweise hat sie das gar nicht in Frage gestellt.

Auch meine Tante Meli nicht und das finde ich immer noch merkwürdig.

Meine Tante Meli ist keine richtige Tante, sondern meine Patentante. Sie

unterrichtet übrigens ebenfalls an derselben Schule wie meine Mutter, was meine Privatsphäre noch Mal mehr als deutlich untergraben hat.

Ich bin wirklich froh, dass meine Schulzeit hinter mir liegt!

Habe ich erwähnt, dass Max Mutter in Hamburg lebt? Glücklicherweise haben wir uns aber nie zufällig getroffen, wenn Max und Katja ihre Mutter in Hamburg besucht haben. Schließlich ist Hamburg riesengroß und wie gesagt: Es besteht keine nennenswerte Verbindung zwischen uns, die das notwendig gemacht hätte. Allerdings haben sie sie auch nicht sehr oft besucht, das Verhältnis ist nicht sehr innig.

Max wohnt tatsächlich noch zu Hause, trotz eines gut bezahlten Jobs. Grund ist seine kleine Schwester Katja, die mittlerweile eigentlich gar nicht mehr so klein ist. Sein Vater, Ralf, ist als Geschäftsführer einfach viel und lange unterwegs bzw. arbeitet einfach viel. Max Großmutter ist vor ein paar Jahren zu ihnen gezogen, was sehr gut funktioniert hat. Als Katja 11 war, ist sie jedoch ganz plötzlich gestorben. Max hat daraufhin seine Pläne über Bord geworfen und ist in München geblieben. Allerdings weiß ich gar nicht, ob er vorgehabt hatte, München zu verlassen.

Ralf hat den Dachboden ausbauen lassen und Max lebt seitdem mit seiner Freundin dort.

Seine Freundin studiert schon ewig, sie ist nur drei Jahre jünger als Max, hat aber schon vier Mal ihr Fach gewechselt. Ihre Eltern haben richtig Kohle und wahrscheinlich hofft sie, dass Max einfach mal genug Geld für sie beide verdienen wird. Ich finde ja nicht, dass die beiden gut zusammenpassen, aber ich bin vielleicht auch kein guter Bewerter dafür. Uff was mache ich hier! Mein Zug kommt doch in einer Stunde und ich habe immer noch nichts eingepackt!

2. KAPITEL

Max

„Hallo Schatz!", ruft mir Ria schon von weitem entgegen.

„Hallo Ria", sage ich und lasse mir einen Kuss auf die Wange hauchen.

„Du musst dich rasieren", sagt sie und rümpft die Nase.

„Ja das muss ich wohl", sage ich und reibe mir übers Gesicht, das sich allerdings ganz glatt anfühlt.

„Denkst du bitte daran, dass wir morgen bei meinen Eltern essen", sagt Ria und packt ihre Einkaufstüten aus.

Jede Menge exklusive Unterwäsche, soweit ich das sehen kann.

„Morgen hat Anna Geburtstag", sage ich.

„Na und?", fragt Ria. „Was hast du damit zu tun?"

„Sie ist die Freundin von meinem Vater", sage ich und spreche etwas langsamer.

„Ja und?", sagt sie wieder und imitiert meine langsame Sprache.

„Nichts und", sage ich und werde langsam ungeduldig.

Immer dasselbe mit Ria. Wenn es um ihre Sachen geht, muss die ganze Welt springen, aber sie selbst rührt keinen Finger.

„Ich werde da morgen hingehen bzw. die Party findet ja ohnehin hier statt", sage ich kurz.

„Natürlich", näselt Ria. „In ihrer kleinen Wohnung kann sie das ja schließlich nicht".

„Nein", sage ich unwirsch.

Mir sind diese Gespräche wirklich zuwider.

„Muss sie auch nicht, schließlich ist das hier genauso ihr zu Hause", sage ich.

„Das ist doch nicht ihr Haus", schnaubt Ria verächtlich. „Schließlich sind die beiden ja nicht verheiratet. Ich verstehe auch gar nicht wieso sich dein Vater mit ihr abgibt. Als Geschäftsführer könnte er wirklich etwas Besseres haben als eine Lehrerin", sagt sie und rümpft die Nase.

„Und das wäre wer?", tue ich interessiert.

Ich lege meine Tasche ab und setze mich an den Küchentisch, der auch mein Schreibtisch ist. Für zwei Tische ist auf dem Dachboden kein Platz.

„Na ja", sagt sie jetzt doch etwas zurückhaltender.

„Jemand besser zurecht gemachtes zumindest", sagt sie.

Ich belasse es dabei. Schließlich liegt noch ein Haufen Arbeit vor mir und ein Meeting, dass ich vorbereiten muss.

„Wieso musst du schon wieder arbeiten?", regt sich Ria auf.

„Du kommst doch gerade von der Arbeit! Ich dachte wir gehen aus", fügt sie schmollend hinzu.

„Ausgehen?", frage ich erstaunt und ziehe die Augenbraue nach oben.

„Natürlich. Schließlich ist heute Freitag. Da geht man aus", schnappt Ria.

„Sagt wer?", frage ich trocken.

„Jeder sagt das und jeder tut das auch", faucht Ria.

„Du könntest doch auch allein gehen", schlage ich vor.

„Wie sieht denn das aus, wenn ich da allein aufkreuze", mosert Ria noch, während sie ihre Tasche nimmt und aus der Tür verschwindet.

Ich setze mich erst Mal in einen Sessel und trinke etwas Wasser.

Ich habe keine Ahnung wieso ich bereits seit drei Jahren mit Ria zusammen bin. Dass wir jetzt zusammen wohnen ist auch so eine Sache. Irgendwie hat sie es geschafft, immer mehr Kram anzuschleppen und jede Nacht zu bleiben. Aber im Grunde genommen ist es mir völlig egal ob sie da ist oder nicht. Die Beziehung davor mit Tatjana war ganz angenehm, leider ist sie nach dem Studium in die USA gegangen. Ria habe ich vor drei Jahren auf einer Party kennengelernt und bin sie seitdem irgendwie nicht wieder losgeworden. Sie geht mir gehörig auf die Nerven, aber der Sex mit ihr ist der Wahnsinn. Also lasse ich die dummblöden Gespräche einfach an mir vorbeirauschen und konzentriere mich völlig auf meine Arbeit. Schließlich lenkt mich Ria ganz gut ab. Damals als meine

Großmutter, also die Mutter meines Vaters gestorben ist, habe ich angeboten, zu Hause wohnen zu bleiben. Ich war damals mitten im Bewerbungsprozess. Ich hatte mich überall, auch im Ausland beworben, aber ich wollte Katja nicht allein lassen. Damals als meine Mutter beschlossen hatte, Katja bei unserem Vater abzuladen, habe ich viel mit Katja darüber geredet. Ich hatte ohnehin vorgehabt, nach München zu gehen, weil mir der Weiberhaushalt auf die Nerven ging. Die Mutter meiner Mutter hatte die ganze Familie im Griff als sie nach Hamburg zog. Katja konnte ihre Oma nicht leiden, denn sie hat alles an Spielzeug weggenommen, was nicht „mädchenhaft" genug ist. Deshalb wusste ich gar nicht, ob ich Katja tatsächlich mit den beiden allein lassen sollte.

Mein Vater hat damals als Projektmanager gearbeitet und war ständig unterwegs. Ich musste mich damit abfinden, keinen Vater zu haben. Ich habe mich völlig zurückgezogen bis Bernd in meine Klasse kam. Durch ihn habe ich dann doch etwas von meiner Pubertät gehabt und hatte mit 16 dann sogar eine Freundin. Lisa, ein Wahnsinns Mädchen mit blauen Augen und einer blonden Lockenmähne. Ich hatte mit ihr mein erstes Mal und dachte, dass ich sie liebe.

Dann starb plötzlich meine Großmutter, also die Mutter meiner Mutter, und meine Mutter kam auf einen riesigen Egotrip. Ich hatte durchaus vorgehabt, wegzugehen. Aber nachdem meine Mutter Katja eröffnet hat,

dass sie nach München muss, stand mein Entschluss fest. Katja brauchte

mich und ich glaube, ich habe ihr das Ganze leichter machen können.

Bis wir gemerkt haben, dass nichts in Ordnung war.

Katja kam in der Schule nicht mit, sie hatte massive

Konzentrationsstörungen. Letztendlich schlug Anna, die Freundin meines

Vaters, vor, sie zu einem Kinderpsychologen zu schicken. Es war gut für

Katja und auch, dass mein Vater sie schließlich auf einer Privatschule

unterbringen konnte. Katja ist mittlerweile sehr viel ausgeglichener. Und

eigentlich braucht mich Katja auch gar nicht mehr so sehr, trotzdem

wohne ich offiziell immer noch zu Hause.

Wegen ihr.

Denn, inoffiziell wollte ich nie aus München weg. Natürlich habe ich mich

tatsächlich überall beworben, aber eigentlich wollte ich nicht fort. Ich

wollte in ihrer Nähe bleiben, um sie wenigstens ab und zu sehen zu

können.

Hatte ich damals gedacht, dass ich Lisa lieben würde, musste ich

feststellen, dass das nur ein Scheingefühl war. Ein schwacher Abklatsch

dessen, was Liebe tatsächlich ist. Das weiß ich, seitdem ich Annas Tochter

das erste Mal kennengelernt habe. Ich habe mich seitdem in keine andere

Frau verlieben können, auch wenn ich es bei Tatjana zumindest versucht habe. Bei Ria weiß ich, dass es nur eine Ablenkung ist, um die heftigen Gefühle, die ich für Ari habe, unter Kontrolle zu halten.

Ich lebe zu Hause, weil hier die Möglichkeit besteht, sie ab und zu, zu sehen.

Wie morgen zum Beispiel.

Morgen würde ich sie sehen, würde vielleicht ein paar Worte mit ihr wechseln können und einfach ihre Nähe genießen. Ich komme so armselig dabei vor, aber wenn ich Ari sehe oder an sie denke, fühle ich mich gleichzeitig schwer und leicht, traurig und fröhlich. Dass ein Mensch in mir so etwas auslösen kann, hätte ich nie gedacht.

Es ist daher völlig ausgeschlossen, dass ich irgendwo anders hingehen werde. Und schon gar nicht zu meinen „Schwiegereltern in spe", wie sich Rias Eltern immer gerne selbst bezeichnen. Ausgeschlossen, aber für sie sind wir quasi verlobt, Ria und ich. Ich habe keine Ahnung was Ria ihnen über uns erzählt hat, aber nichts von meiner Seite her kann das auch nur irgendwie beflügelt haben. Bernd meint ja, dass die einfach froh sind, wenn ihnen jemand ihre Tochter abnimmt. Ich befürchte auch, dass das der Fall ist. Ich mache mir ein Brot und gehe an den Schreibtisch. Es ist acht Uhr abends, aber das Arbeiten ist mir lieber als mit Ria und ihren schickimicki Freunden feiern zu gehen. Zum Glück hat Anna zu ihrer

Geburtstagsfeier morgen auch Bernd eingeladen, dann habe ich jemanden

zum Reden. Eigentlich könnte ich auch nach unten gehen. Bestimmt sind

Anna, Papa und Katja da. Ich weiß gar nicht ob Ari nicht sogar schon

heute kommen wollte. Also gehe ich lieber nicht runter, denke ich bei mir.

Doch als ich gerade angefangen habe, mich wieder an den Schreibtisch zu

setzen, klopft es an der Tür.

„Herein", rufe ich.

Ich bin wirklich dankbar, dass meine Familie klopft!

„Hallo Max", quietscht Katja.

Was ist das nur mit Mädchen, entweder quietschen sie oder sie kreischen.

Aber es scheint sich zu verwachsen, denn weder Anna noch Meli

quietschen.

„Komm runter! Alle sind schon da!"

„Wer ist alle?", frage ich argwöhnisch.

„Na alle", sagt Katja ungeduldig und ist auch schon die Treppen runter

gedüst.

Ich seufze und folge Katja ins Wohnzimmer.